Aoi Mizuki
葵井瑞貴
Illustration
夏葉じゅん
Okazari duma ha Kirawaretai!
お飾り妻は嫌われたい!
～愛のない契約結婚のはずが、
旦那様がなぜか離してくれません～

CHARACTERS
ジュリエ
オルティス伯爵家長女。
心優しく、おっとりとした性格。
近づいてくるのは、
モラハラ男やお金目当てのクズ男など…
男運のなさから恋愛に懲りている。
ルーファス
クライン王国の王弟殿下。
国の争いを治めるために、"いわくつき"と
呼ばれるジュリエをお飾り妻として所望する。
警戒心が強く、女嫌いとの噂がある。
紫の羽根を持つ
リラ
赤い羽根を持つ
ロット
「ブルーバード」と呼ばれ、
クライン王国エヴァンズ領にのみ
生息する"野鳥"。
幸福と奇跡を運ぶという
伝説が残っている

メイソン
ルーファスの専属秘書で、
エマの息子。
ルーファスとは乳兄弟で、
家族同然の気心知れた間柄。
エマ
ルーファスのお屋敷の
侍女頭であり、
嫁いできたジュリエの
専属世話係となる。
ロザリー
高飛車で自己中心的な
公爵令嬢。
ルーファスとの結婚を
狙っていたため、
ジュリエを恨んでいる。

「君から、目が離せないな」
ジュリエを見つめるルーファスの口元に浮かんだのは、
仮面のような偽りの笑みではなく本物の笑顔だった。

Okazari duma ha Kirawaretai!

お飾り妻は嫌われたい！

～愛のない契約結婚のはずが、旦那様がなぜか離してくれません～

Aoi Mizuki
葵井瑞貴

Illustration
夏葉じゅん

目次

プロローグ

幸福と奇跡を運ぶという〝聖なる青い鳥《ブルーバード》〟の伝説が語り継がれている、クライン王国のエヴァンズ公爵領。

その領都にそびえ立つ歴史ある大聖堂にて、今まさに王弟とその伴侶《はんりょ》となる私の結婚式が執り行われていた。

ステンドグラスから差し込む七色の光が聖堂内を美しく彩り、澄《す》んだ静けさの中、祭壇の前に立つ神父の厳《おごそ》かな声が響き渡る。

「新郎、ルーファス・クライン・エヴァンズ。汝《なんじ》はジュリエ・オルティスを妻とし、病める時も健やかなる時も愛し支え合い、生涯の伴侶として真心を尽くすことを誓いますか？」

隣から「はい、誓います」と低く伸びやかな声が聞こえてきて、続く神父の問いに私も俯《うつむ》きがちに誓いの言葉を口にした。

「それでは、指輪の交換を」

辺りを満たす眩《まばゆ》いばかりの光の中、新郎と向かい合った私は、薄いレースのヴェール越しに彼を見つめる。

輝きをまとい佇《たたず》む新郎ルーファス王弟殿下は、上品な雰囲気の美しい貴公子だった。

プロローグ

軽く後ろに撫《な》でつけた柔らかな金髪、形のよい額にスッと伸びる綺麗《きれい》な鼻筋。

目元は涼やかで、口元にはいつものように微笑《ほほえ》みを湛《たた》えている。

だけど、私は気が付いていた。

その端正な顔立ちを彩る笑顔が、偽りであることに——。

(微笑んでいるのに、やっぱり目の奥が笑っていない。いつもそう、なにを考えているのか分からない……)

感情の窺《うかが》えない氷の微笑を湛えたルーファスが、流れるような所作で私の手を取り、そっと左手の薬指に煌《きら》びやかな結婚指輪をはめてくれた。

同種の指輪が彼の指にも収まれば、互いの手元で夫婦の証《あかし》がキラリと輝き、もう後戻りはできないのだと私に訴えかけてくる。

(よりによって、この人に嫁ぐことになってしまうなんて……)

声なき嘆《なげ》きは誰にも届くことはなく、結婚式は私の心を置き去りにしたまま、粛々《しゅくしゅく》と進んでいく。

視界を覆うヴェールが持ち上げられ、ゆっくりと仰ぎ見れば、ルーファスのネイビーブルーの瞳が私を静かに捉えていた。

青の双眸《そうぼう》は一見すると神秘的でとても美しいけれど、間近で見ると光の届かない深海のようで、暗く冷たい水底《みなそこ》に引き込まれてしまいそうな感覚に陥る。

私が息を呑《の》んで見つめていると、ルーファスがフッと笑みを深めた。

「そろそろ、目を閉じてほしいのだが」

「あっ、すみません」

我に返った私は小声で謝罪し、そっと目を閉じてその時を待つ。

誓いの口づけの直前、心の中で固く決意した。

（ルーファス様に〝あのこと〟を知られる前に、この人から離れなきゃ……！）

それぞれの目的を果たすため、私たちは神の前で愛のない口づけを交わす。

その直後、門出を祝う鐘の音が高らかに鳴り響き、数羽の鳩《はと》が大空に向かって一斉に羽ばたいていった。


偽りの笑顔で本心を隠す新郎と、いわくつき令嬢と噂《うわさ》される新婦。

今日ここに、ひと組のワケアリ夫婦が誕生したのであった。

一章　運命の歯車が回りはじめる時

クライン王国の外《はず》れにあるオルティス伯爵家の長女として生まれた私、ジュリエ・オルティスは、王都から遠く離れた田舎《いなか》の領地で穏やかな日々を過ごしていた。

しかし、十四歳の時に突然届いた一通の書状をきっかけに、私の運命の歯車は大きく狂いはじめてしまう。


「ジュリエ、お前に縁談の書状が来たよ」

父のもたらした突然の知らせに、リビングで刺繍《ししゅう》をしていた私は「えっ？」と驚いて手を止め、ひとつ年下の弟ディランも弾かれたように本から顔を上げた。

「社交界デビューもまだの姉さんに縁談？　早すぎるんじゃないの？」

「確かにそうだが、相手は格上の侯爵《こうしゃく》家だ。せめて顔合わせくらいはしなければ。我が家から理由もなく断るわけにはいかないのだよ。すまないな、ジュリエ。理解してほしい」

「謝らないでください、お父様。私は平気です」

いきなりの見合い話に驚きはしたけれど、貴族令嬢として生まれた以上、家のために嫁ぐのは宿命のようなもの。

（どうかお相手が、よい方でありますように……）

私はそう祈りながら、オルティス領を出発して馬車に数日揺られ、初顔合わせの舞台となる王都に到着したのだった。

そして迎えたお見合いの当日。

同い年のお相手カイン・チェスター侯爵子息は、品定めするかのような目つきで、私のことをじっと睨《にら》みつけていた。だから彼の第一印象はあまりよくはなく、無口で怖そうな男性としか思えない。

カインの父親であるチェスター侯爵の話を聞くと、私を選んでくださった理由は、豊かな父の領地に興味を持ったのと、カイン本人が私の容姿を気に入ってくれたからのようだった。

両家の親が退室してふたりきりになると、それまで無愛想に黙り込んでいたカインがなぜか上機嫌に語り出す。

その内容は自慢ばかりだったけれど、私は嫌な顔をせず淑女《しゅくじょ》の笑みを浮かべながら、ひたすら聞いていた。

それなのに――。

「おい！　お前、なぜ黙ったままなんだよ⁉　本当につまらない奴《やつ》だな」

今まで楽しそうに話していたのに、急に不機嫌になって罵《ののし》ってくるカインに、私は戸惑ってしまう。

言葉を失い固まっていると、カインがこれ見よがしに深くため息をついた。

「はぁ。この俺が相手をしてやっているのに、媚《こ》びを売って楽しませようという気にはならないのか？　まったく。気の利かない女だ」

一方的に侮辱《ぶじょく》されて内心すごく不愉快だけれど、こういう人になにを言っても通じない。

私は「我慢、我慢……」と自分に言い聞かせて、微笑みを崩さず耐え抜いた。

そうして見合いを終えて、王都にあるオルティス伯爵家の別宅に戻れば、父もチェスター侯爵からひどい扱いを受けていたようで、珍しく声を荒らげて怒り出す。

「侯爵の明らかにこちらを見下した態度、思い出すだけでも腹が立つ！　この縁談はなかったことにする‼　そう今すぐ言ってやりたいところだが、今後のことを考えると、うちから断るのは……。はぁ、厄介な相手に目をつけられてしまった。さて、どうしたものか」

「お父様、きっと大丈夫です。カイン様は私のことを気に入らないご様子でしたから、おそらくお断りになってくるはずです」

「そうか？　では、もう少し様子を見るとしようか……。まぁ、考えてみれば今日顔合わせをしたばかりだし、お前も侯爵子息もまだ若い。このまますぐに婚約になるとは思えないからな」

私も父も、この見合い話は流れるだろうと思い、安心していたのに……。

驚くことに翌朝カインから呼び出されてしまい、それからというもの、私は連日侯爵邸へ通うことになってしまった。

そこで分かったのは、カインがとても短気で傲慢《ごうまん》な性格だということ。

さらに見栄っ張りで自己中心的、自慢話と暴言は日常茶飯事《さはんじ》で、少しでも彼の意にそぐわない反応をすれば、罵詈雑言《ばりぞうごん》の嵐が吹き荒れる。

おっとりとした性格だと言われることが多い私でも、カインとの会話はイラッとすることの連続で、自分自身の心を守るため、聞き流すように努めていた。

そうして今日も、侯爵邸の美しい中庭を一望できるテラス席で、カインの自慢話にウンザリしていると……。

「ジュリエ。おい！　俺の話を聞いているのか？　おい‼」

「あっ、すみません。風が気持ちよくて、少しぼんやりしていました」

「まったくお前って奴は仕方ないな。もう一度話してやるから、今度はちゃんと聞いておけよ。この前、剣の――」

「先生に、すごく褒められたという話ですよね？　筋がよくて将来が楽しみだと」

「なっ、なぜ知っている⁉　ハッ！　もしかして俺は、お前の耳にも入るほど有名なのか⁉」

「えっと……そのお話は……」

「なんだよ、はっきり言えよ！」

「それでは、恐れながら……カイン様から何度も聞いておりましたので、知っていました」

怒らせないようにやんわりと伝えてみたけれど、カインは侮辱されたと思ったようで、顔を真っ赤にして烈火《れっか》のごとく喚《わめ》き出す。

「うっ、うるさい‼　女のくせに俺の話に口を挟むな！　可憐《かれん》でおとなしそうな顔をしているから、従順な女だと思って選んだが……。クソッ！　とんだ見かけ倒しだったな！」

カインの言う通り、私は見た目の雰囲気から物静かな印象を持たれやすい。

ふわふわと波打つストロベリーブロンドの髪に、長いまつげに縁取られた大きな深緑色の瞳。母親譲りの色白で繊細な面立ちを、周りの人から『まぁ、お人形さんみたいなお顔ですね』と褒められることも多かった。

割とのんびり屋な性格も、おとなしそうな雰囲気に拍車をかけていると思う。

今までは家のためにと思って我慢してきたけれど、私だって人間だもの、傷つくこともあれば腹が立ってしまうこともある。

カインが望むような、なにを言われても口答えをしない人形のようにはなれないわ。

(ごめんなさい、お父様。私、もう限界です。これ以上は我慢できない)

おとなしくて従順で、見下せるような女性がカインの好みなら、その真逆を演じれば――。

たとえば、彼よりもなにかをうまくやってみせたら、もう呼び出されなくなるかもしれない。

「カイン様、私が来るまで剣の練習をなさっていたのですか？」

「ああ、さっきまでな。そうだ、今日は特別に俺の剣を見せてやるよ！」

カインは不機嫌顔から一転、得意げな顔で豪奢《ごうしゃ》な剣を見せびらかすようにテーブルの上に置いた。

「いいか、よく聞け。これは特別に重く作らせた物で、俺以外は扱うことができないんだ」

「そんなに重いのですか？　あの、持ってみてもよろしいでしょうか？」

「はぁ？　お前が？　女には無理だ、やめておけ」

カインは知らないのだ。私が貴族令嬢なのに力持ちで、剣の心得があることを――。

しおれたように俯けば、カインは私が泣いてしまったと思ったようで、面倒くさそうに舌打ちをした。

「チッ。まったく、メソメソしやがって。仕方ない、ほんの少しだけだからな。絶対に落とすなよ！　いいか、絶対だぞ！」

「ありがとうございます、カイン様」

私は微笑んで立ち上がり、両手で慎重に剣を持ち上げて重さを確かめてみる。

（あれ？　そんなに重くない。これなら問題なく振れそう）

カインに背を向けてゆっくりと剣を引き抜き、振り返って鞘《さや》をテーブルの上に置けば、先程まで得意顔で笑っていた彼が目を丸くして私を見ていた。

「嘘《うそ》だろう……？　ど、どうして……？　女のお前が、ありえない……」

「カイン様。この剣、少しお借りいたしますね。決して落としたりしませんから」

私は呆然《ぼうぜん》とするカインを置き去りにして庭に下り立つと、教わった通りに剣を振りはじめる。

そして最後に剣先をピタリと止めれば、その直線上にカインの姿があった。

わざと狙ったわけではなく距離もかなりあるのに、彼は「ヒィィッ！」と悲鳴を上げて椅子から転げ落ちてしまう。

まさかそれほど驚くとは思ってもみなかった私は、急いでテラスに戻り剣を鞘に収めてから彼に歩み寄った。

「カイン様、大丈夫ですか？」

そっと声をかけてみるも、彼は座り込んで顔を伏せたまま返事をしない。

「どうしよう……ごめんなさい。今、助けを呼んできますね」

屋敷の中に駆《か》け込み、使用人にカインの様子を伝えて共に戻ってくると、もう彼の姿はなく。

そこにあったのは、床に叩《たた》きつけたと思われる、粉々になってしまった陶器のティーセットの残骸《ざんがい》だけ――。

その後、王都の別邸に戻った私は、怒られるのを覚悟して父にすべてを打ち明けたけれど、返ってきた言葉は意外にも穏やかだった。

「事情は分かった。後は侯爵子息が父親にどう話すかだが、まずは向こうの出方を見てから対処しよう」

「はい……。本当にごめんなさい、お父様」

「お前の気持ちもよく分かる。あまり気にすることはない。それにしても、護身用に習わせていた剣術がこんなところで役に立つとは。ハハハッ！」

クライン王国の貴族社会では、令嬢は花嫁技能に優れていればよく、剣や乗馬などはもってのほかという風潮が強い。

そんな中、進歩的な考えの父は、私が興味を示したことは弟のディランと共になんでも学ばせてくれる。

母が亡くなってから男手ひとつで私たちを育ててくれた父に、少しでも親孝行したいと思って頑張ってみたけれど、こんな結果になってしまって胸が苦しい。

せめて事が穏便に収まりますようにと願いながら、私はその夜、眠りについたのだった。

翌日、チェスター侯爵家からの書状を読んだ父が、険しい面持ちで手渡してくる。

そこに書かれていたのは。

【当家は、大事な跡取り息子のカインに剣を突きつけるような、野蛮《やばん》な令嬢を迎えるつもりはない。ゆえに、この見合い話はなかったものとする】

――という、事実の一部を切り取り、私を一方的に悪者にするような内容だった。

「今すぐチェスター侯爵家に抗議書をしたためる。このまま見過ごすわけにはいかないからな」

「待ってください、お父様。もうこれで終わりにしましょう」

「だが……！」

「侯爵家に異議を唱えて、お父様の立場が悪くなってしまったら……私はきっと、自分を許せなくなってしまいます。これ以上、ご迷惑をおかけしたくないのです」

そう告げれば、父は私の気持ちを分かってくれたようで、悲痛な面持ちながらも頷《うなず》いてくれた。

そうして私たちは、静かにオルティス領へ帰ろうとしていたのに……。数日後、思わぬ事態に巻き込まれてしまったようで、父は帰宅するなり険しい表情で状況を語りはじめた。

「チェスター侯爵子息が、お前のことを〝野蛮令嬢〟だと吹聴しているようだ。事を収めるよう先方に願い出たが、取り合ってもらえなかった。だが、このまま手をこまねいてはいられない。そこでだが、ジュリエ、女学校に入ってはどうだろうか？」

「女学校、でしょうか？」

「あぁ。名門校を卒業すれば、お前の悪評を払拭できる上に令嬢としての箔《はく》もつくだろう。この際、しっかりと淑女教育を受けてはどうかと思ってな」

「けれど、入学時期はもう過ぎていますよね？」

「それについては、心配いらない。任せなさい」

父は明確なことは言わないけれど、その口ぶりから察するに、多額の寄付金を積んで根回しをするのだろう。

できることなら、そんな方法で女学校に入らず、領地で家族と穏やかに暮らしたい。

けれど、私の将来を案じる父の気持ちが痛いほど伝わってきて、〝嫌です〟とは口が裂けても言えなかった。

「はい、お父様のおっしゃる通りにいたします」

「そうかそうか。では、さっそく手配しよう」

それからほどなくして、王都にある全寮制の名門グレイス女学校から入学の許可が下りたと父に伝えられた。

もし、この場に弟のディランがいたら『男子禁制の女学校って、どんなところなのかなぁ〜』と、好奇心に目を輝かせていたに違いない。

でも残念なことに、弟よ。

女の園はキラキラの花園じゃなくて、ドロドロの泥沼みたいなところなのよ……。


それから数日後の登校初日——。

女学校の廊下を歩いていると、さっそく嫌な視線が突き刺さり、クスクスという嘲笑が耳につく。

「ねぇ、見て。あちらにいる方、例の野蛮令嬢じゃない?」

「あら、本当だわ。あの子、侯爵子息に剣を突きつけたのでしょう?」

「そうなの?　きゃあっ!　怖ぁ〜い!」

聞こえよがしに私の悪口を言いながら、楽しそうに後ろをついてくる暇なご令嬢たち。

名門校でもこういう人っているのねと思っていると、彼女たちは私の反応が気に入らなかったのか、急に金切り声を張り上げた。

「ちょっと！　貴女《あなた》、聞こえているのでしょう？　わたしたちを無視する気⁉」

やむを得ず振り返ってお淑《しと》やかに「ごきげんよう」と挨拶をすれば、令嬢たちはさらに悔しげに顔を歪《ゆが》める。

「ごきげんよう、って……。なっ、なんて図太い人なのかしら！」

「フンッ！　貴女みたいな野蛮令嬢、あの御方が絶対に許しませんことよ‼」

「覚えてなさい――！」

そんな小物感漂う捨て台詞《ぜりふ》を残して、意地悪な令嬢たちは騒がしく去っていった。

（今の、なんだったのだろう……？）

気を取り直して指定された教室に入ろうとした時、通りかかった令嬢に「待ってください」と呼び止められた。

令嬢はノートの切れ端になにかを書きつけて私に手渡すと、足早にその場を去っていく。

不思議に思い紙片《メモ》に目を落とすと、そこに書かれていたのは親切な助言だった。

【ロザリー・モディール公爵令嬢は、窓際の一番前の席がお気に入りですから、座らない方がよろしいですよ】

女の園は悪意に満ちた怖い場所だと思っていたけれど、泥水の中で美しい蓮《はす》の花が咲くように、こうしてわざわざ教えてくれる優しい人もいるのね。

紙片に書かれていた窓際の最前列に目を向ければ、そこには薄茶色の長い髪の少女が座っていた。

きっと彼女がロザリー・モディール公爵令嬢だろう。

目尻の切れ上がった瞳に、酷薄《こくはく》そうな笑みを浮かべる唇。

顎《あご》をツンと持ち上げ、周囲の人々を威圧的に見下しながら命令口調で話をしている。

モディール公爵家といえば、王家とも繋《つな》がりが深く、過去には宰相や側妃を輩出したこともある、クライン王国の最有力貴族。

校内には、モディール公爵家に対抗できる高位貴族がいないようで、生徒はもちろんのこと教師までもがロザリーを恐れて、忖度《そんたく》しているように見えた。

先程の親切な令嬢もロザリーの名前を口に出すのが怖いから、わざわざ紙に書いて教えてくれたのだろう。

なんだかとても、恐ろしい女学校に来てしまったみたい。

どうか目をつけられませんように……と、私は心の中で祈りながら授業を終えて、足早に教室を立ち去ったのだった。

——その後ろ姿を、ロザリーと取り巻きの令嬢たちがじっと見つめていたことに、まったく気付かずに。

一夜明けた、女学校生活の二日目。

今日は、社交界デビュー前の令嬢が王宮内を見学できる特別な日。

グレイス女学校の他にも、王都にあるさまざまな学校の生徒が集まり、着飾った少女たちが豪華絢爛《ごうかけんらん》な城内を行き交っている。

見学可能な場所はどこも人で溢《あふ》れ返っていて、王宮舞踏会が開かれる大広間の出入り口には長蛇《ちょうだ》の列ができていた。

感嘆のため息をこぼす令嬢たちはみな、この煌びやかな舞踏ホールで社交界デビューをする日を夢見ているに違いない。

最初は私もみんなと同じく見るものすべてに感動していたけれど、だんだん気分が悪くなってきて、見学どころではなくなってしまった。

（うぅ……人に酔っちゃったのかな。めまいがして、すごく気持ちが悪い……）

立っているのも辛《つら》くて座る場所を探していると、グレイス女学校の引率の先生が手を高く掲げて呼び声を上げた。

「みなさん、見学はここまでですよ。グレイス女学校の生徒は集まってください！　この後は、離宮のお部屋でお茶会をいたします。さぁ、移動しますよ！」

あぁ、よかった……このまま立っていたら倒れてしまうところだった。

人混みの中を、ふらつく身体ではぐれないように気をつけながら歩き続ける。

お茶会の会場は学校ごとに異なるようで、徐々に人の波は枝分かれするように別の方向へと流れていく。

そうして最終的に廊下を歩いているのは、グレイス女学校の生徒だけになっていた。

「さぁ、みなさん、着きましたよ。お部屋に入ったら座って待っていてください」

指示に従って空いている席に腰を下ろして休んでいると、不意に甲高い声が私の耳に飛び込んできた。

「見つけましたわ、ロザリー様！　野蛮令嬢はあそこです！」

なんだか、ものすごく嫌な予感がする……。

ただでさえ具合が悪いのに、さらに面倒事にまで巻き込まれたくない私は、俯き目を閉じてどうかお願いだからこっちに来ないで……と、ひたすら祈った。

「ねぇ、みなさん。わたくしたち、この方と同じテーブルにいたしましょう」

「ええ、ロザリー様。そういたしましょう！」

目をつむっているから見えないけれど、近くから聞こえてくる椅子を引く音で、ロザリーと取り巻きの令嬢たちがこのテーブルを占拠したことが窺える。

うわぁ、どうしよう……目を開けるのが怖い……。

さりげなく違う席に移ろうかしら？

いいえ、それじゃあ逆に角が立って、ロザリーを刺激することになるかもしれない。

頭を高速回転させて色々と考えてみるけど、これだという名案が浮かばず、私は結局その場でおとなしくしていることにした。

「みなさん、揃《そろ》ったみたいですね。それでは、お茶会を始めてください」

先生の言葉を合図にして、賑やかな話し声やティーカップがソーサーに当たる音などが辺りに響きはじめる。

紅茶のよい香りがしてきて、私はほんの少しだけ顔を上げて周囲の様子を窺ってみた。

すると驚くことに、隣の席に座っていたのはロザリーで、香り高い紅茶とおいしそうなお菓子を堪能しながら楽しそうに談笑している。

めまいも治まってきたから乾いた喉を潤《うるお》したいけれど、わざとか偶然か、ティーポットは私が手を伸ばしても届かないほど遠くに置かれていた。

「みなさん、次の鐘が鳴った時に帰りますからね！」

先生がそう言い残して退室した途端、お淑やかなロザリーの口調がガラリと変わった。

「あぁっ、臭《くさ》い！　この席、すごく臭いのだけれど」

「ロザリー様、これは田舎臭ですわ！」

「田舎臭？　嫌だ。どこの田舎者が撒《ま》き散らしているのかしら？　すごく迷惑だわ！」

あざけるようにクスクスと笑っているけれど、そもそも田舎臭ってなんだろう？

確かにオルティス領は田舎だけど空気がとても澄んでいて、深呼吸をすると草花のよい香りがするのに。

俯いたままそんなことを考えていると、ビチャビチャッ――という耳障りな音と共に、いきなり頭上から冷たいなにかが降ってきた。

「え？　なに……？」

自分の身に起きた出来事に呆然としていると、前髪からポタッポタッと茶色い雫《しずく》が滴り落ちて、その香りと色でようやく理解する。

ロザリーに、頭から紅茶をかけられたのだと――。

私は『なにするの!?』と怒る前に、『あぁ、これ熱くなくてよかった……』と安堵《あんど》した。

頭皮を火傷《やけど》するなんて、想像するだけで悲惨だもの。

心を落ち着けて自分の状況を確認してみると、濡《ぬ》れて肌に貼りついた薄紫色のドレスは、紅茶のせいで茶色いシミになっていた。

あぁ……お気に入りの一着だったのに……。

「フフッ！　わたくしに感謝なさい！　田舎臭がひどいから、消して差し上げたのよ」

「まぁ！　さすがですわ、ロザリー様！」

「あのね、いいこと？　野蛮令嬢。新入りはロザリー様の洗礼を受けるのがしきたりなのよ」

（えぇ……？　なんて変なしきたりなの……）

高飛車に言い放つロザリーに、取り巻きの令嬢たちが賛同して笑いながら賞賛の拍手を送っている。

あまりにもひどい言葉の数々にさすがに腹が立ってくるけれど、相手は親の権力を振りかざす悪質極まりない公爵令嬢。

慎重に対応しなきゃ、これから先の学校生活、いばらの道を歩むことになるわ。

我慢、我慢……と自分に言い聞かせながら、ひとまずハンカチで顔と髪を拭《ぬぐ》ってみるものの、あまりにもびしょ濡れで埒《らち》があかない。

試しに濡れ髪を束ねて雑巾を絞るように軽く捻《ひね》ると、滝のように紅茶が滴り落ちた。

「キャッ！　ちょっと！　こっちにしぶきを飛ばさないでよ！　わたくしのドレスが汚れるじゃない!!」

ロザリーが大げさに悲鳴を上げるので、私は軽く頭を下げて謝るが、手は止めない。

だって、まだ濡れているんだもの。

きっとロザリーのことだから、ティーポットの中身を全部かけたのだろう。

そうしている間にも、こちらの様子を窺っていた別テーブルの令嬢たちが、ヒソヒソと言葉を交わしはじめる。

「あんなことをされても冷静でいられるなんて、あの子、すごいわね」

「ええ、わたくしなら、きっと泣いてしまうと思うわ」

「素晴らしい大人の対応だわ。わたしも見習いましょう」

周囲から集まる私への賞賛が癇《かん》に障ったのか、ロザリーが突然大声で喚き散らす。

「うっ、うるさい！　そんなみっともない格好で、わたくしの隣にいるのは許さない！　目障りよ、出ていって！」

　みっともない？　私をこんな姿にしたのは貴女なのに、という反論をゴクリと呑み込み、私は控えめにロザリーに告げてみる。

「あの……お言葉を返すようですが、許可なく勝手にこの部屋を出るわけには……」

「はぁ？　このわたくしに口答えするの？　まぁ、呆《あき》れた！　田舎者はこれだから嫌なのよ。あのねぇ、この学校でわたくしの命令は絶対なの。ちょっと、貴女たち！　ボーッとしていないで、早くこの女を追い出しなさい‼」

「はっ、はい！　ロザリー様！」

　取り巻きの令嬢たちがロザリーに命じられるまま私を取り囲み、強引に引きずって部屋の外に押し出した。

　廊下に尻餅《しりもち》をついた私は急いで立ち上がり扉を開けようとするも、内鍵をかけられてしまったみたいでビクともしない。

　ひどい身なりを誰かに見られる前に一刻も早く中に戻りたいのに、この様子だと先生が来るまで入れそうになかった。

ずぶ濡れだけど喉はカラカラ。日の当たらない寒い廊下で私は途方に暮れる。

「はぁ、なんでこんなことに……クシュン！　ううっ、寒い……」

口元に当てたハンカチを見れば、紅茶の色の他にも赤や黒が混じり合い、ひどく汚れていた。

（これって……。え？　まさか、お化粧？　じゃあ、か、顔！　もしかしてグチャグチャ!?　どうしよう……）

そういえばここに来る途中、確かお化粧室の前を通ったような気がする。

どうか誰にも出会いませんようにと願いながら、私は微かな記憶をたどり、お化粧室を探して歩き出した。

しかし、いつまで経ってもビロードの絨毯《じゅうたん》に白い壁紙の廊下が続くだけで、目的地は見えてこない。

（あれ？　確かこの辺りだった気がするのに、おかしいなぁ……）

慌てて引き返して別の道を進んでみたり、行ったり来たりしているうちに、化粧室どころかお茶会の部屋にすら戻れなくなってしまった。

田舎の領地は一本道ばかりだから気付かなかったけれど、もしかして私、方向音痴だったの……!?

「ううっ、よりによって王宮で迷子になるなんて……クシュン！　うぅ、さ、寒い……」

震えながら彷徨《さまよ》い歩いていると、遠くに日の光が燦々《さんさん》と差し込む大きな窓を見つけた。

まるで光に誘われる羽虫のように、暖かそうな陽気に誘われて自然と足がそちらへ向いてしまう。

「あぁ……あったかい……」

日当たりのよい窓辺に佇み外を見ると、そこは陽光が降り注ぐ美しい中庭。

このままだと風邪を引いてしまうから、ドレスと髪を乾かすまで、ほんの少しだけなら外に出ても構わないよね。

私は自分自身に言い訳をして、近くの扉からこっそりと中庭に出てみた。

「うわぁ、とっても暖かい！」

太陽の光を全身に浴びて暖を取りながら、目の前に広がる庭園を見回すと、辺り一面には色鮮やかな草花が咲き誇っている。

爽やかな水しぶきを上げる噴水の近くには、純白の支柱に青い円形屋根のガゼボがそびえ立っていた。

「なんて素敵な景色なのかしら……」

夢心地で美しい庭園を眺めていると、近くからカサッ、カサッと、草を踏みしめる足音が聞こえてくる。

音のする方を見ると、そこには息を呑むほど美しい少年が立っていた。

少しウェーブがかった金色の髪が、ふわりふわりと風になびき、端正な顔立ちに華やかさを添えている。

すっきりとした輪郭に、透き通るような綺麗な肌。

こちらを見つめる大きな瞳は、海を思わせる澄んだ青色。

身長は私より頭ひとつ分くらい低く、体つきも華奢《きゃしゃ》。

見た目から推測すると、多分年下だと思う。

私と同じように道に迷ってしまった、どこかの貴族令息かしら？

数秒の見つめ合いの後、天使のような美少年は盛大に顔を引き攣《つ》らせて、突然こちらに人差し指を突き出した。

「バッ、ババッ！」

「ん？　ババ？」

「バッ、バッ、バケモノ……!?」

「ええっ、バケモノ!?　どっ、どこにっ!?」

私は悲鳴を上げて一目散にその場から逃げ出して、噴水のそばにあるガゼボの陰に隠れた。

バケモノとかオバケとか、私、そういう怖いものは大嫌いなの！

そーっと顔を出して辺りを見回していると、なぜか美少年が駆け足で追ってくる。

「おい、バケモノ！　なぜお前が逃げるのだ？」

「ええっ!?　私がバケモノ？　どうして？」

「お前、自覚がないのか？　顔はグチャグチャだし、髪の毛からなんか茶色の液体が出ている
その姿、どう見たってそうだろう」

「液体？　あっ、これは紅茶です」

「髪から紅茶⁉　やっぱり、バケモノじゃないか‼」

少年はそう叫び、物珍しそうに私のことをまじまじと見つめてくる。

令嬢なのにバケモノ呼ばわりされて、おまけに珍獣を見るような目つきで観察されるなんて。

うぅ……今日は災難続きだわ……。

向こうは、見るからに育ちのよさそうな貴族子息。

かたやこちらは、髪の毛から紅茶を滴らせた、ずぶ濡れ女。

こんな状況を誰かに見られたら、たとえ私が少年になにもしなくても、変態もしくは変質者
と見なされて捕まってしまうかもしれない。

（ど、どうしよう……とっ、とりあえず、穏便にこの場を立ち去らないと！）

必死に考えた末に私が思いついたことは、両手を挙げて降参の姿勢を取ることだった。

笑顔を浮かべて、『貴方《あなた》に危害を加えるつもりはありませんよー』と意思表示しながら、無
害さをアピールしつつ後ろに下がってみる。けれど……。

「待て。不審者」

あぁ、呼び止められちゃった。やっぱりこの作戦はダメよね……。

疑わしげな視線を向けてくる少年を落ち着かせるように、私はさらに口角を持ち上げて笑みを深めた。

「大丈夫、大丈夫、安心して。私は怪しい者じゃありません。怖くない、怖くないですよ」

「わ、笑うな！　なおさら不気味だ！」

「えぇっ……。なんだか、すごく辛辣《しんらつ》……」

でも冷静に考えてみれば、確かにそうだよね……。

バケモノに見間違えられるような顔面崩壊の令嬢がニヤリと笑っていたら、それは間違いなく不気味よね。

ごめんなさい！　目の前の美少年‼

でも、貴方も動揺していると思うけれど、私も内心少し……いいえ、すごく慌てふためいているの。

だって、変態として通報されるか否かの瀬戸際なのだもの‼

焦りすぎた私は、この場をどうにかやり過ごすための言い訳を考えはじめる。

「あのぅ。驚かせてすみません。お、落ち着いて話を聞いてくださいね。実は私、あのぅ……その……バケモノじゃなくて……」

「なにを口ごもっているのだ。バケモノじゃないなら、いったい何者だ」

「わ、私、そのぅ……人間じゃないから、不審者でもなくて……」

「はぁ？　人間じゃないなら、なんだというのだ？」

「私……ええっと……要するに、よっ、よよ、よう、妖精、なのです……」

消え入りそうな情けない声で告げた直後、その場がシーンと静まり返った。

少年の『お前はいったい、なにを言い出すのだ？』というような呆れた眼差しが、私の心にグサグサと容赦なく突き刺さる。

「はぁ？　妖精？　お前が？」

「はっ、はい！」

苦し紛れに、突拍子もないことを口にしてしまったのは自覚しているけれど、もう言ってしまったものは仕方がない。

ここはなにがなんでも、この設定で押し通すしかないと思った私は、童話で読んだ儚《はかな》げな妖精を思い浮かべながら弱々しく頼み込んでみる。

「私、妖精なので……人間と関わっちゃいけなくて……なので、どうか、どうか見逃してください……！」

「フッ、アハハハッ！　妖精って、そんな子供だましが通用すると思っているのか？　あぁ、バカバカしい！」

少年はひとしきり笑ってから、なにかを思いついたような顔つきになって、腕組みしながら偉そうに呼びかけてくる。

「それでは、そこの者！　本当に妖精だと言うのなら……。人間の悩みなど、簡単に解決できるはずだよな？」

「え？　ええ、多分……」

「多分、だと？　自信がないのか？　それでは、勝手にこの場所に入り込んだ罰を受けてもらわなければいけないいな」

少年はこれから大声を上げるぞ、というようなそぶりで両手を口元に持っていき、大きく息を吸い込む。

（大変！　人を呼ばれたら、とっても困る！）

私は慌てて少年の手を押さえ、小声で告げた。

「待って！　やる、やります。お悩み、解決いたします」

「よろしい。期待しているぞ」

少年は腰に両手を当てて、大人の真似をするように鷹揚《おうよう》に告げてくる。

この子、私よりお子様なのに……。さっきから、すごく偉そう。

でもここは、年上の私が広い心で許してあげなきゃいけないわよね。

「それで？　貴方のお悩みって、どのようなことでしょうか？」

そう尋ねると、少年は先程までの自信に満ち溢れた様子から一転、ためらいがちに口を開く。

「……家族の望む生き方と、自分の気持ちが違ったら、お前ならどうする？」

「えっ？　ええっ？　そ、それはですね……」

てっきりお小遣いが少ないとか、気になる女の子に告白する勇気が出ないとか、その程度の悩みだと思っていたのに……。

少年が投げかけてきた難しい問いかけに、私はどう答えたらよいのか口ごもってしまった。

家族が望む生き方と、自分の気持ちが違ったら……。

私自身、父の望む生き方と自分の気持ちが違うことがある。グレイス女学校への入学を決めた時が、まさにそう。

だから、少年の苦悩が少しだけ、分かるような気がする。

「できることなら、私は自分の気持ちを優先したいな。もちろん家族の期待には応えたいけれど、一度きりの人生だもの。自分の思う通りにしないと、後悔すると思う。それに私が選んだ道なら、家族はきっと応援してくれるはずだから」

「そうか……そうだな。後悔するのは、嫌だよな」

少年はどことなく寂しげに呟《つぶや》いた後、下を向いて口を閉ざしてしまった。

（えっと、私、なにか気に障るようなことを言ってしまったのかしら……？　そんなに深刻に考え込んで……まっ、まさか、泣いちゃった⁉）

心配になった私は、弟のディランを慰める時のように優しく語りかけてみる。

「ごめんなさい。お姉さんが余計なこと言ってしまったわね。今の話は忘れてね。それじゃあ、なにか他に楽しい話でもしましょうか？　お歌でも歌う？　それとも、かくれんぼがいい？　好きな方を選んでもいいのよ」

「なぜお前が姉なのだ？　子供扱いをするな」

顔を上げた少年は泣いておらず、偉そうな口調で言い返してから、フッと表情を緩めた。

「お前、見た目は変だが、中身は案外まともなのだな」

「え？　それって、褒めているの？」

「あぁ、そう聞こえないか？」

「う〜ん、褒められたような気はしないけど、貴方が笑ってくれたからホッとした！」

少年の様子を見る限り人を呼ぶ気配はなさそうで、通報の危機は一旦去ったみたい。

とりあえず、よかった……。

「それで、貴方のお悩みは解決したの？」

「あぁ、一応。仕方ないな、今回は見逃してやるとしよう」

悩みが消えたのか溌剌《はつらつ》と笑う少年につられて私も微笑んでいると、遠くからゴーンゴーンと王宮見学の終了を知らせる鐘の音が鳴り響いた。

大変！　このままだと置いていかれちゃう！

「私、もう行かなくちゃいけないの！」

「おい、ちょっと待て！　お前、名前は？」

「私は――」

名乗ろうとして、私はとっさに口を噤《つぐ》んだ。

こんな身なりで王宮の庭園にいるなんて、どう考えても褒められたことではない。

ただでさえ野蛮令嬢と呼ばれているのに、そこに今日の醜聞《しゅうぶん》まで加わったら、いったいどんな噂を立てられてしまうのか……。

ここは本名を告げず、お芝居で見た決め台詞を言いましょう。

「私、名乗るほどの者ではございません。それでは先を急ぎますので、ごきげんよう！」

「あっ、おい！」

私は少年に背を向けて走り出し、急いで離宮の中へと入った。そしてお茶会の部屋を探して歩いていると、廊下の曲がり角でグレイス女学校の先生を見つけて駆け寄る。

小さな声で呼びかければ、先生は私が誰だか分からなかったようで、こちらを見るなり眉間に深いしわを刻んだ。

「まぁ、ひどい格好。嫌だわ、わたしになんの用です？　……ん？　もしかして貴女、ジュリエ・オルティスなのですか⁉」

「はい。あの、先生。この格好は――」

「なにも言わなくて結構！　他の生徒たちはもうとっくに帰りましたから、わたしたちもすぐに行きますわよ！　ほら貴女、ハンカチで顔を隠しなさい」

私は弁明する間もなく馬車に押し込まれ、こうして人生初の王宮見学は慌ただしく幕を閉じたのだった。


――幼いふたりは、まだ知るよしもない。

今日の偶然の出会いが、のちに自分たちの人生を、さらには国の行く末をも大きく変えてしまうことになるなんて。


私たちを乗せた馬車は王都の街中を颯爽《さっそう》と走り、なぜかグレイス女学校を素通りして、閑静な貴族街にあるオルティス伯爵家の別邸に到着した。

「先生？　あの、どうして私の家に……？」

「貴女は自宅謹慎《きんしん》になりました。今後の処遇は改めて知らせますので、降りなさい」

厳しい口調で命じられて降車すると、馬車は私を置き去りにして行ってしまった。

急な展開に思わず呆然と立ち尽くしてしまうけれど、こんな姿を誰かに見られたら、また悪評を立てられてしまうかもしれない。

足早に屋敷へ向かって歩き出すと、外にいた男性使用人がこちらに駆け寄ってきて、おずおずと尋ねてくる。

「当家になにかご用でしょうか？」

「お父様に話があるのですけど、今、屋敷にいるでしょうか？」

「お父様？　……もっ、もしかして、そのお声はジュリエお嬢様ですか⁉」

私が頷くと使用人は驚いて屋敷の中へと消えていき、知らせを受けたのだろう、慌てた父が姿を現した。

「ジュリエッ⁉　なっ、なんだ、その格好は⁉　なにがあった？　大丈夫なのか？　学校はどうしたのだ？」

「お父様、ごめんなさい。私、自宅謹慎になってしまいました」

矢継ぎ早な質問に私が端的に答えると、父は玄関先で解決できることではないと悟ったようで、先程よりも幾分か冷静さを取り戻した。

「そう、か……。まずは身なりを整えてきなさい。話はそれから聞こう」

そうして入浴と着替えを済ませた私は、父の書斎を訪ねて、今日のお茶会での一件について順を追って説明した。

「とりあえず話は分かった。お前が帰ってきた後、すぐに執事を学校へ向かわせたから、自宅謹慎になった理由も含めて今後についても分かるだろう」

「ごめんなさい、お父様。今度こそうまくやろうと思っていたのに……」

「お前のせいではないようだから、あまり気に病むな。それにしても、名門女学校という評判だったが内情はひどい有様だな」

そう言って父がため息をついた時、ドアをノックする音が響き渡り、青ざめた顔の執事が書斎に入ってきた。

「ご苦労だった。それで学校側はどのように言っているのだ？　なにか話を聞けたか？」

「それが……大変申し上げにくいのですが……ジュリエお嬢様の処分が、自宅謹慎ではなく退学に決まったそうです。つきましては、旦那様宛にこちらの書類を預かって参りました」

執事はカバンの中から、グレイス女学校の校章が描かれた大きな封筒を取り出して、父に手渡した。

「いきなり退学とは……随分《ずいぶん》と厳しい処分だな」

封を開けて内容に目を通した父が、書類を私の前に差し出してくる。

【グレイス女学校は本日をもちまして、ジュリエ・オルティス伯爵令嬢を退学に処するという結論に達しましたので、ここにお伝え申し上げます。

理由といたしましては、この先、ジュリエ様をご卒業まで導くことが不可能だと判断したためでございます。

つきましては、僅《わず》か二日の在籍での退学という異例の事態により、特例を適用いたします。

まず、我が校にお支払いいただいた入学金および授業料などは、すべてご返金いたします。

次にジュリエ様が本校に入学、在籍した記録をすべて抹消《まっしょう》させていただきたく存じます。

なお、本件は双方にとって不名誉なことのため、なにとぞ口外せぬようお願い申し上げます】

文面を読む限り処分の理由はかなり曖昧《あいまい》で、なぜ退学になったのか具体的なことは一切書かれていなかった。

真実を知る術《すべ》はないから、これはあくまでも憶測に過ぎないけれど……。もしかしたらロザリーが、私を退学にするようグレイス女学校に圧力をかけたのかもしれない。

「お前が復学したいと言うのなら、試しに学校側に掛け合ってみるが、ジュリエは今後どうしたい？」

不当な処分を下されるのは悔しいけれど、仮に再び在籍できることになったとしても、同じようなことが繰り返されるだけだと思うから。

「私は、グレイス女学校の決定に従おうと思っております」

「そうか……。分かった」

父は少し残念そうな面持ちで頷き、書類にサインをしてから執事に手渡した。

「この後の手続きを任せてもよいか？」

「かしこまりました。こちらを提出し、寄宿舎からお嬢様の荷物を取って参ります」

執事がそう告げて部屋を出ていくと、父が慰めるように優しく声をかけてくる。

「色々なことがあって落ち込んでいるかもしれないが、未来を悲観してはいけないよ、ジュリエ。人生、よい時もあれば流れの悪い時もある。先のことは領地に戻ってゆっくり考えよう」

「はい。ありがとうございます、お父様」

私は精一杯の笑顔を作って、元気よく答えた。

いつまでも暗い顔をしていたら、父を悲しませてしまうだけだもの……。


その後、オルティス領に戻った私は、王都での出来事が嘘だったかのように穏やかな日々を過ごした。

そして瞬く間に、三年の月日が経ち――。

十七歳になった私の元にある日突然、王宮舞踏会の招待状が届いた。

社交界にはまったく興味がないから、できることなら行きたくないけれど、【特段の事情がない限り出席をせよ】との王命が記されているから逃れようがない。

招待状を眺めて何度もため息をつく私の様子に、ディランが不思議そうに首を傾げた。

「さっきから憂鬱な顔をして、どうしたの？」

「王宮舞踏会、特別な理由がない限り欠席は認められないって」

「ふぅん、そうなんだ。でもその舞踏会、レオナルド王太子殿下の婚約者探しの場だって噂だよ。もしかしたら、童話みたいに王子様に見初められて恋に落ちる、なんてこともあるかもしれないだろう？　やる気出しなよ」

「やる気なんて無理よ……。ディランも三年前のカイン様との縁談を覚えているでしょう？

お相手が侯爵子息でも大変だったのに、王族だなんて考えただけでも恐ろしいわ」

「あ〜あ、またそんな夢も希望もないようなことを言って。我が姉ながら欲がなさすぎだよ」

「ディラン、いいことを教えてあげる。すぎた欲は、身を滅ぼすのよ」

「えぇ？　なんだよ、それ？」

なにを言っているのか分からないという顔をするディランに微笑み返して、私は舞踏会に出席するための準備を始めたのだった。

そうして迎えた王宮舞踏会の当日――。受付に招待状を出して大広間に足を踏み入れると、そこには夢のような豪華絢爛な光景が広がっていた。

見上げるほど高い天井に、眩いばかりの輝きを放つシャンデリア。

光に満ちた黄金のホールの中央で紳士淑女が踊りを楽しみ、壁際の休憩スペースでは貴族らがワイングラス片手に談笑している。

社交界に疎《うと》く、場の雰囲気に気後れしてしまった私は、悪目立ちしないように壁際に寄って佇んだ。

「まぁ！　ルーファス殿下は、謁見《えっけん》前にご退席なさってしまうのね。めったにお目にかかれないから楽しみにしていたのに、残念ですわ」

ふと聞こえてきた令嬢たちの声に導かれるようにして王族席へ目を向ければ、奥の扉へと向かっていくルーファス第二王子の後ろ姿が見えた。

「ああっ……顔立ちもお美しいけれど、スラリと背が高くて、去ってゆくお背中も素敵……。一度でいいから、ルーファス殿下とお話をしてみたいわ」

「あら、貴女。お話をされたことがないの？　わたくしはありますわよ。低く艶やかなお声がとても魅力的でしたわ」

「へぇ、そうなのですか。それで、どのようなお話をなさったの？　まさか、挨拶を交わしただけなんて言いませんわよね？」

「そ、それは……。だってルーファス殿下は紳士的な方ですから！　ペラペラ女性とお話をなさるような男性ではございませんもの、挨拶だけでも十分貴重なのですわ！」

「おふたりとも、言い争いはおやめになって。そろそろ謁見のお時間になるけれど、ルーファス第二王子派の貴女たちは、レオナルド王太子殿下の列には並ばないのよね？」

言い争いを繰り広げていた令嬢たちは途端に口論をやめ、気まずそうに「いいえ、並びますわ……」と呟いた。

令嬢たちが連れだって立ち去ると、隣にいた年配の貴族たちが彼女たちの後ろ姿を眺めながら、眉をひそめて談笑を再開する。

「やれやれ。今宵は若い令嬢が多いせいか、騒がしくて我々年寄りは落ち着きませんな」

「ええ、まったくです。なんでも未婚の令嬢全員に招待状が届いたそうですわよ」

「いやはや、どうりで人が多いわけだ。国王陛下のご体調を考えれば、譲位に向けてレオナルド王太子殿下の妃選《きさきえら》びをしているという噂は、やはり本当なのかもしれませんなぁ」

「そんな……レオナルド殿下は、王になるにはまだお若いでしょう？　どうなるのかしら……」

貴族たちが、病床にある国王陛下の容体と国の行く末を憂い、不安げな面持ちで話す中、令嬢たちが我先にと謁見の列に並びはじめる。

その中にロザリーらしき女性の姿を発見した私は、とっさに顔の下半分を扇で隠した。

絶対に出席していると思っていたけれど、やっぱり……。

一目で彼女だと分かる他人を見下すような高飛車な仕草、ライバルを威圧するような鋭い眼光、この場に相応《ふさわ》しいとは思えない自己主張の強い真っ赤なドレス。

言葉を交わさなくても、ロザリーの性格が昔となにひとつ変わっていないことが見て取れる。

彼女に二度と関わりたくない私は、顔を隠したまま大広間を去り、急ぎ足で宮殿の出口を目指した。

頭の中にひどい仕打ちを受けた三年前の記憶が蘇《よみがえ》り、激しい動悸《どうき》に襲われる。

顔を隠しながら人目を避けて逃げるように歩いていたせいだろうか。

ひとけのなさに気付き足を止めれば、そこは出口に向かうような道ではなく、白壁に赤い絨毯の敷かれた廊下がずっと続く場所だった。

（嘘……。ここ、どこだろう？　まさか私、また迷ってしまったの？）

その場で、呆然と立ち尽くしていると――。

「そこで、なにをしている」

突然後ろから、背筋がゾクリとするような、強く咎《とが》める冷たい声が聞こえてきた。

驚いて振り返ると、そこに立っていたのはスラリと背の高い金髪の美しい青年。

次の瞬間、彼の胸元で煌めく王家の紋章《もんしょう》に気付いた私は、慌てて頭を下げた。

「この場所は立ち入り禁止だが、なぜここにいる。名を名乗れ」

「もっ、申し訳ございません……！　私は、オルティス伯爵家の長女、ジュリエと申します。王宮舞踏会の大広間を出て、宮殿の出口を目指して歩いていたのですが、道に迷ってしまったようです」

数秒の沈黙の後、再び凍《い》てつくような冷たい声が降り注ぐ。

「来た道を戻れば衛兵がいる。その者に訊《き》くといい」

「はっ、はい！」

私は背中に冷や汗を滲《にじ》ませながら丁寧にお辞儀をした後、男性が教えてくれた通りに来た道を引き返した。

（い、今の方、ルーファス第二王子よね……？）

一瞬のこととはいえ、恐れ多くも間近でお顔を拝見してしまった。

感情の窺えない容貌《ようぼう》は作り物のように整っていて美しく、冷ややかな声色と相まって威圧感があり……思い出しただけで背筋に寒気が走る。

今度は道を間違えないように注意して歩いていると、廊下の角に衛兵が立っていて、私を見るなり目をつり上げた。

「そちらのご令嬢、この先は立ち入り禁止の場所です！　いつ、どのように、ここを通ったのですか？」

「すみません。今、別の方にも注意されて引き返して参りました。ですが、そう言われてみれば、なぜ咎められずに通ることができたのでしょう……？」

疑問に思って呟けば、衛兵はギクリとしたように顔を強ばらせて、その場を取り繕うように咳払《せきばら》いをした。

「そ、それはもうよろしい！　貴方は王宮舞踏会にいらした方ですよね？　ここは会場や出口とは真逆の場所ですよ」

衛兵は自分が持ち場を離れていたことを追求されたくないのか、犬猫を追い払うかのように手をシッシッと動かす。

「とりあえず、出口はそちらです。早く行きなさい！」

舞踏会に来て、見初められるどころか王子様には咎められ、さらに衛兵にまで邪険に扱われるなんて……。

王宮を訪れるたびに、嫌な思い出ばかりが増えていく。

もう二度と来たくはないと、私は心の底から思うのだった。

＊＊＊

ルーファスはオルティス伯爵令嬢が引き返していくのを確認してから、再び歩き出した。

今宵の王宮舞踏会は、正妃の子である異母兄レオナルドの妃選びの場。

側妃の子であり、しかも三年前に王位継承権を放棄した自分がいなくても特に問題はないため、ルーファスはレオナルドの了承を得て先程宴を中座したのだ。

『レオナルド兄上。私はこの辺で、お暇《いとま》させていただきます』

『あぁ、分かった。ん？　あそこにいるのはモディール公爵たちか？』

『ええ。顔を合わせて面倒なことになる前に、退室すべきかと思いまして』

『そうだな、早く行った方がいい。あぁ、待て、ルーファス。父上がお前に会いたがっていたから、挨拶をしてから帰るように。それと、お前のお母上の住まいだった離宮と中庭に明かりを灯《とも》すよう命じてある。訪れるのは久々だろう？　寄ってみるといい』

『お心遣い、感謝いたします。今宵、兄上が運命のご令嬢に出会えますよう、願っております』

『ありがとう。領地へは気をつけて帰るのだぞ』

そうして大広間を出て父王への挨拶を終え、離宮で休んでから退城しようと思い、ここに来たのに……。

どうやらまだ、一息つけそうにないようだ。

「ルーファス殿下！　ああ、やはりこちらにおられましたか！　随分と探しましたぞ」

そう言って駆け寄ってくる中年の男性はモディール公爵——亡き母の弟で、ルーファスにとっては叔父にあたる人物だ。

権力を誇示するかのような豪奢な夜会服を身にまとった彼は、よほど急いで走ってきたのだろう。息を切らして額の汗をハンカチで拭いながら、愛想のよい笑顔を向けてくる。

だが、態度こそへりくだっているものの、糸のように細く鋭い目には隠しきれない欲望が滲んでいた。

「あの、それで殿下……かねてよりお願いしておりました、わたしを宰相に推挙していただく件、国王陛下にお伝えしてくださいましたでしょうか？」

「何度も言っておりますが、父の政《まつりごと》に口を挟むつもりは一切ありません。それに私は王宮政治から遠ざかった身、頼るのなら別の者にした方が賢明ですよ」

「そのような無慈悲なことをおっしゃらないでくださいませ！　我々は血の繋がった身内ではありませぬか」

これまでクライン王国の宰相職は、代々モディール公爵家の人間が務めてきた。

しかし、力を持ちすぎたことで驕《おご》り高ぶった行動が目立つようになり、ルーファスの父が即位してからは、その任を解かれてしまったのだ。

半ば世襲で宰相になれると高をくくっていたモディール公爵は当てが外れてしまい、それでもどうにか国の中枢《ちゅうすう》に返り咲こうと必死で、毎回会うたび、こうして泣きついてくる。

「殿下！　我がモディール家が再び国の要職に就くことは、貴方様のお母上の悲願でもありました。国王陛下と恋愛結婚した正妃がなかなか身ごもらず、お母上は子を産むためだけのお役目だと分かっていながら、我が家のために甘んじて側妃になったのです。ゆえに、どうかお母上のためにも、陛下との間を取り持ってくださいませ！」

「はぁ……。叔父上、貴方は昔からなにひとつ変わりませんね」

「変わらない？　なんのことですかな？」

「口を開けば、母のことを持ち出すばかりだ。確かに以前の私であれば、亡き母のためにモディール公爵家の再興に手を貸すべきか、苦悩したことでしょう。しかし……」

〝あの少女〟の言葉が胸にある今、自分はもう揺るがない。

「一国の王子が、特定の貴族にのみに便宜を図ることは許されません。諦めてください」

一切耳を貸さず容赦なく拒絶の意志を示せば、モディール公爵はそれまでの低姿勢から一転、苛《いら》立ちを滲ませて忌々《いまいま》しげに睨みつけてくる。

「側妃という屈辱的な立場のまま亡くなったお母上の願いを、そのように無下にして……。後悔しても知りませんぞ！」

「私が下した決断なら、どのようなことでも母は応援してくれると信じておりますので、後悔などいたしません」

苦し紛れにしつこく脅し文句を言ってくる愚かなモディール公爵に、ルーファスは酷薄な笑みを向けた。

「それに後悔しないように、私は三年前、継承権を放棄したのです。あのまま王宮に留《とど》まれば、いつか必ず貴方に担ぎ上げられ、兄上と対立せざるを得ない状況に追い込まれていたでしょう。そうですよね、叔父上？」

「担ぎ上げる？　なんのことか、さっぱり分かりませんなぁ」

「そうやって白《しら》を切るのは構いませんが、この国の平穏を脅かす者はすべて排除します。たとえ相手が身内でも。それをゆめゆめ、お忘れなく」

冷たく警告すれば、モディール公爵は憤りを抑えるように悔しげに顔を歪ませて、その場に立ち尽くした。

ルーファスが背を向けて歩き出すと、なおも後ろから強欲な男の叫び声が聞こえてくる。

「お待ちを！　宰相への推挙が無理であれば、せめて、せめてうちのロザリーを、レオナルド殿下の妃に……‼」

まったく、くどい奴だと内心で毒づきながら、ルーファスは歩みを速めて懇願を振り切った。

身内をあまり悪くは言いたくないが、叔父親子は揃いも揃って強欲者だ。

モディール公爵は利用価値のある者には媚びへつらい、自分の思い通りにならないと分かった途端、手のひらを返して牙《きば》を剥《む》く。

公爵の娘のロザリーは気性が荒く、表向きは上品に振る舞っているが、陰で使用人たちに罵詈雑言を浴びせるのは日常茶飯事だ。

身近にそのような二面性の激しい人間がいるせいで、ルーファスはおのずと警戒心の強い人間になってしまった。

大広間でモディール公爵とロザリーの姿を見つけて、会わないように亡き母の住まいだったこの離宮に避難してきたのに、結局無意味に終わってしまうとは。

しかも立ち入り禁止のこの場所に、オルティス伯爵令嬢が自分を待ち伏せするかのように佇んでいたものだから、ついモディール公爵の手先かと思い疑ってしまった。

ルーファスを意のままに操りたいモディール公爵が、今まで送り込んできた女性は数知れず、追い払うのにどんなに苦労してきたことか……。

そのせいで巷《ちまた》では『第二王子は大の女性嫌い』というような、あらぬ噂が立っているらしいが、いちいち否定するのも面倒で放置している。

(オルティス伯爵令嬢が本当にただの迷子だったのなら、悪いことをした。……それにしても、迷子の令嬢か。あの〝妖精〟を思い出すな)

離宮の中庭にあるガゼボにたどり着きベンチに腰かければ、自然と思い浮かぶのは、今から三年前のこと――。

この場所で出会った、不思議な少女との思い出だ。

ルーファスは彼女の言葉に後押しされてモディール公爵と決別し、将来王位を巡ってレオナルドと対立することがないように、早い段階で王位継承権の放棄を決断することができた。

放棄するための手続きを済ませて、身の振り方が決まり一段落ついた頃、どうしても少女に礼をしたくて探すことにしたが……。

あの日、王宮見学を実施したすべての学校に問い合わせようとするも、どのように言うべきか頭を抱えることになった。

『紅茶を被《かぶ》り、化粧が崩れ落ちた女生徒はいなかったか』

そう事実のまま尋ねたとしても、学校側はそのような体裁の悪い生徒のことは、決して明かさないだろう。

そこで【王宮見学の際に、城内で迷子になった女子学生はいなかったか】と書面を送ったところ、すべての学校から【そのような生徒は本校にはおりません】との回答が返ってきた。

具体的な特徴を覚えていればよかったのだが、容姿の印象があまりにも強くて、それ以外はほとんど記憶に残っていない。

そうして見つからないまま三年の月日が過ぎ、脳裏に焼きつく光景はだんだんとおぼろげになっていく。

しかしなぜか、いつまで経っても忘れられない……。

ひとり思い悩む自分の迷いを晴らし、みずからの意志を貫く勇気を与えてくれた〝恩人〟ともいえる特別な少女。

どうして、こんなにも会いたいと願ってしまうのか。

理由は分からないが、彼女のことを思い出すたびルーファスの胸は熱くなり、そしてなぜか切なく苦しく締めつけられるのだった。

＊　＊　＊

私が王都の別邸に帰宅すると、リビングで寛《くつろ》いでいた父とディランは揃って驚いたような表情を浮かべた。

「どうしたのだ、ジュリエ。随分と帰りが早いな。舞踏会でなにかあったのか？」

「会場でロザリー様をお見かけしたので、顔を合わせる前に帰ってきました」

「そうか……。楽しめるようにと願っていたが、それは災難だったな」

日頃夜会に出ようとしない娘を心配している父は、この王宮舞踏会で私が男性と出会うのを密かに期待していたのだろう。少し残念そうな顔になった。

一方のディランは、早く王宮舞踏会の話が聞きたいというように身を乗り出し、目を輝かせて尋ねてくる。

「それで姉さん。レオナルド殿下には、ご挨拶できたの？」

「いいえ。王族席にいらっしゃるところを拝見しただけよ」

「な〜んだぁ。もしかして、壁の花になって誰とも話さずに帰ってきたとか？　あっ、その顔は、まさかの図星？」

「えっ？　えぇ……。あっ、いえ、違うの。実はその……そう！　声をかけられて！　ふたりの男性とお話をしたわ」

「えぇっ、ふたりも⁉　姉さんにしては頑張ったじゃないか！」

弟にからかわれて思わず見栄を張ってしまったものの、言葉を交わしたふたりの男性は、ルーファス第二王子と衛兵。

しかも、会話というより忠告のために声をかけられたのだけれど、話したことは本当だもの、嘘じゃないわよね……？

「それで？　その男性の印象は？」

「えっ、印象？　そ、そうね……。うん、まぁ……それなりだったかも……？」

父と弟に期待のこもった目で見つめられ、今更本当のことを言えなくなった私は、作り笑いを浮かべて曖昧に答えた。そんな私の様子を照れていると勘違いしたのか、ディランがニヤニヤと茶化すように笑いかけてくる。

「へぇ、それなりねぇ。これから姉さんに見合い話が来るようになって忙しくなるね、父さん」

「そうだと、いいがなぁ。ジュリエも年頃だから、今度こそよい相手が現れてほしいものだ」

「お父様、ディラン。私、少し疲れてしまったので、部屋で休みますね」

「あぁ、分かった。ゆっくり身体を休めなさい」

父と弟が結婚話で盛り上がる中、早くこの話題から逃れたい私は、ふたりに挨拶をして自室に引っ込んだ。

（結婚か……。私はこのままひとりでいる方が、楽しく暮らせると思うのだけれど……）

三年前にカインとのお見合いで苦労して、その後も散々な噂を流されて以来、私は貴族男性によい印象を持っていない。

それどころか、恋愛や結婚にまったく魅力を感じられなくなってしまった。

もしかすると、少し男性不信になっているのかもしれない。

それに王都では、私の悪評がいまだに根強く残っているようで、オルティス伯爵令嬢は〝野蛮〟に加え、どこかの花嫁学校を即退学になった〝不良〟と噂されているらしい。

だからもう婚約も結婚もできないと思っていたのに……。

ある日突然、私に見合いを申し込む書状が届いた。

前回の教訓からお相手の素行調査を念入りにしたところ、届いた身辺報告書に目を通した父の表情が一気に曇る。

【お相手の男性は、親御様も手に余すほどの浪費家。伯爵家の長男でありながら、家督は次男に継がせるという情報がございます】

そう綴《つづ》られた報告書を読み終えたディランが、盛大に顔をしかめる。

「またか。前回とは違う種類のひどい男だね。父さん、もちろん断るよね？」

「当たり前だ。今回は先方が格上ではないのがせめてもの救いだな。とりあえず、丁寧な文面で断れば問題ないだろう」

その一件以来、なぜか私の元に縁談が次々と持ち込まれるようになった。

調べてみれば相手は借金まみれの没落貴族や、金策のために詐欺《さぎ》まがいのことをしている貴族子息など、お金に困っている男性ばかり。

「最近、どうしてこんな縁談ばかり来るのでしょう？」

「そうだな……。一度、原因を探ってみる必要があるな」

その後の調査によって判明したのは、『オルティス伯爵家はとても裕福』という噂が社交界で流れていることだった。

オルティス領は有名な観光地こそないけれど、手付かずの山岳と森林地帯が多くあり、鉱石や木材などの資源が豊富に眠っているため、裕福なのは事実。だから金銭的に困窮した方々に目をつけられてしまったのだろう。

ただ、お相手は曲がりなりにも貴族だから、父はいつも頭を悩ませながら角が立たないよう丁寧なお断りの書状をしたためている。

でも中には、断っているにもかかわらず執念深く手紙を送ってくる男性もいるようで、最近ストレスのせいか父の毛髪が急速に減りはじめていた。

私がまともな相手に嫁ぐのが先か。

それとも父の頭が不毛の大地になるのが先か。

これ以上、私のせいで父に負担をかけたくないのだけれど……。

「お父様。しつこいお相手には、私がお会いした方が早いような気がします。文面では伝わらないこともありますし、何度も断りの手紙を送って逆恨みされても困りますもの」

「それも一理あるが……。チェスター侯爵子息の時のように、顔を合わせて気に入られでもしたら、それこそ大変なことになるぞ」

「ええ、それは分かっています。でも、私ももう大人ですから大丈夫。うまく対応します」

そう父を説得して、お相手の男性と対面することになった私は、その後、無事に役目を終えて領地の屋敷へと戻った。

数日後、先方からの手紙を読んだ父が、怪訝《けげん》に眉をひそめる。

「ジュリエ。先日の見合い相手から【縁談の申し込みはなかったことに】と手紙が届いたよ。あんなにしつこかったのに、こうもあっさり断ってくるとは妙だな……。まさか、お前！」

「安心して、お父様。乱暴なことはしておりません。お相手の方は明るく活発な女性が好みとおっしゃっていたので、いつもより静かにしていただけです。きっと、おとなしい私が気に入らなかったのですね」

父にはそう控えめに言ったものの、実際は自分の見た目を活かして儚げな雰囲気を醸《かも》し出し、お見合いの間ずっと黙り込んで、ジメジメとした陰気な女性を演じてみたのだった。

その後も、諦めの悪い男性には、好みと真逆の女性を演じる方法で対処し続け、そうするうちに、あっという間に三年の月日が経ち——。

二十歳になった私に、ついに見合いを申し込んでくる男性は現れなくなっていた。

困った縁談が来なくなってホッとしていたのも束の間、今度は別の問題によって、オルティス伯爵家は窮地に立たされている。

その解決のため王都に出向いていた父が先程ようやく帰宅したものの、表情は暗く疲れ切っていて、結果は芳しくなかったのだと一目で分かった。

落ち込んだ様子の父を気遣い、私は声をかけずにそっとしていたのに、痺《しび》れを切らしたディランが単刀直入に訊いてしまう。

「公共事業の件、どうなったか僕たちにも話してよ。また議会の承認が下りなかったのか？」

「ああ、かなり粘ったがダメだったよ。反対する貴族家が予想以上に多くてな……」

領地内の道路整備や河川の改修などの公共事業をする際、領主はあらかじめ貴族議会の承認を得なければいけないのだが、ここのところ、父の出した事業案が一部の貴族の猛反対に遭い、ことごとく却下されていた。

近年、建築や造船、冶金技術の発展により天然資源の需要が一気に高まり、特に高品質の木材や鉱石は著しく価値が上昇している。

それらが採れるオルティス領はまさに宝の山、奪おうとする貴族は多いのだろう。

このまま公共事業ができず領内が荒廃すれば、領主である父は責任を問われ、最悪の場合オルティス領を失うことになるかもしれない。

「少々難儀しているが大丈夫、大丈夫だ……」

みずからに言い聞かせるような父の呟きを最後に、室内はシーンと静まり返り、暗く重苦しい空気で満たされる。

領地を守るため父はその後も尽力したものの、なかなか芳しい成果は得られず。焦りばかりが募る中、唐突に驚くべき人から救いの手が差し伸べられた。

二章　いわくつき令嬢と王弟殿下の再会

「ジュッ、ジュッリ、ジュリエ！　ジュリエは、どこだっ⁉」

「お父様？　そんなに慌ててどうしたのですか？」

リビングに駆け込んできた父は肩で息をしながら、興奮さめやらぬ様子で私の両肩を掴《つか》んだ。

「おっ、落ち着いて、落ち着いて聞きなさい！　今しがたお前に、結婚の申し込みがあった。相手は、お相手は、なっ、なんと！　おお、おおうっ……でんか、だ‼」

「け、結婚？　おお、おおうって、誰ですか？」

肝心の名前が聞き取れなくて再度尋ねると、父は呼吸を整えてから大声で言い直した。

「王弟殿下‼　お前に結婚を申し込んできたのは、現国王レオナルド陛下の弟君であらせられる、ルーファス王弟殿下だ‼」

「へぇ、ルーファス王弟殿下ですか。……ん？　おっ、王弟殿下⁉　どうして？」

「それは、こちらの台詞だ！　本当に心当たりはないのか？」

「えっ、ええ。ないです……たぶん……」

父の大声を聞きつけてやってきたのか、眉間にしわを寄せたディランがリビングのドアから顔を出した。

「今度はいったい、なんの騒ぎ？」

「ディラン、私、求婚されたって。それも王族の……ルーファス王弟殿下に……」

「ふぅーん。久々に縁談が来たと思ったら、自分を王弟だと自称する頭のおかしい男とはね。まったく、姉さんに集まってくるクズ男は、個性豊かだなぁ」

「ディラン、違うぞ。頭のおかしい男などではない！　信じられないような話だが、お相手は本当に王弟殿下なのだ！　ほら、この書状に間違いなく王家の紋章があるだろう？　お前たちも読んでみなさい」

半信半疑の私と、まったく信じていないディランを交互に見つめた父は、手にしていたルーファス殿下の書状を渡してくる。

そこには形式的な挨拶の後、端的に用件が記されていた。

【ジュリエ・オルティス伯爵令嬢を妻として迎えたい。

こちらの都合で申し訳ないが、ご承諾いただける余地があるのなら、顔合わせのため至急内密に領地までお越し願いたい。

なお、応じていただけるのであれば、オルティス伯爵家の抱える問題をすべて解決すると誓おう。――ルーファス・クライン・エヴァンズ】

王家の紋章の透かし模様が入った便せんに、署名の横には王弟の捺印《なついん》。紛れもないルーファス王弟殿下からの書状に、ディランが呆然と呟く。

「嘘だろ……。まさか……本物だ」

ルーファス王弟殿下は六年前、当時十四歳でいきなり王位継承権を放棄し、前国王陛下からエヴァンズ公爵の地位と領地を賜った。

そしてそれ以来、王都の社交場にもめったに顔を出さず、自領に引きこもっているらしい。

彼とは三年前の王宮舞踏会の際に、離宮で言葉を交わしたことがあるけれど、とても冷淡な人という印象を受けた。

しかも彼の母親の出身はモディール公爵家。あのロザリー・モディールとは親戚だ。

すごく嫌な予感がするけれど、【オルティス伯爵家の抱える問題をすべて解決する】という魅力的な提案には、心を揺さぶられてしまう。

「姉さん？　まさか応じようとしているのか？　絶対にダメだよ！　聞いたことがあると思うけど、ルーファス殿下は領地にこもりきりの人間嫌いで、見合い話をことごとく断り続けている大の女嫌いっていう噂だよ。そんな人のところに行くなんて……」

「でも、ルーファス殿下の後ろ盾があれば、オルティス領の問題を解決できるかもしれないでしょう？　応じる価値はあると思うの」

私の言葉に真っ先に反応したのはディランではなく、険しい面持ちの父だった。

「家を守るのは当主である私の役目だ。娘の人生を犠牲になどできんよ。それに、この縁談にはなにか裏があるかもしれん。どうにかしてお断りする方向で進めることにしよう」

「待って、お父様。こちらから簡単にお断りできるようなお相手ではないでしょう？　それに私、もう少し考えたいの。先方はお急ぎのようだけど、使者の方に待ってくださるよう、お願いしていただけないかしら？」

「考える必要なんてないよ、姉さん！」

ディランはそう言って反対したが、父はしばし考え込んでから、私の意向をくんで渋々ながらも頷いてくれた。

「分かった。ルーファス殿下の使者に、時間をもらえるようかけ合ってみよう」

そうして数日の猶予《ゆうよ》を得た私は、考えに考え抜いて心を決めた。

王弟殿下の元へ行くことに不安がないと言えば嘘になるけれど、一度きりの人生、あの時行動すればよかった……と後悔するのは嫌だから。

「お父様、ディラン。私、ルーファス殿下にお会いしようと思います」

ふたりは表情を曇らせながらも、私の表情から決意は固いと悟ったようで、黙って耳を傾けてくれている。

「お父様は必ず領地を守ってくださると信じております。ですが万が一、オルティス領が他の貴族の手に渡るようなことになったら……私は一生、後悔すると思います。ですから将来、自分が悔しい思いをしないように、今、できることをしたいのです」

「ジュリエ……」

決意を込めてそう告げれば、父が悲痛な面持ちで私の名を呟き、ディランが悔しさを堪えるように俯いて拳を握りしめた。

「ふたりとも、そんな顔をしないで。どのみち、いつまでも実家に居座るのは体裁が悪いもの。ちょうどよい機会だと思うことにします。それに私、問題のある男性の対応には慣れていますから、大丈夫」

その場に漂う暗い雰囲気を吹き飛ばすように強がって明るく言えば、ふたりとも私の気持ちをくんでくれたのだろう。それ以上は反対することなく了承してくれた。

王弟殿下が、どうして私に求婚してきたのかは分からないけれど、悪評もある上に次々と見合い話が流れる〝いわくつき令嬢〟を、わざわざ妻に迎えたいと言ってくださるのだから……。

大切な家族と領民の暮らしを守るために、できる限りのことをしましょう。


オルティス領を出発した私たちは、王弟殿下お抱えの騎士に警護されながら数日の旅を経て、ルーファスの治めるエヴァンズ公爵領に無事到着した。

馬車を降りてお屋敷を見上げれば、その立派な作りに家族全員が圧倒されてしまう。

純白の壁に、温かみの感じられる赤茶色の屋根。邸宅は高さもさることながら横幅もあり、左右どちらを見ても建物が続いていて、どれほどの広さがあるのか想像すらつかない。

「もっ、ものすごいな……。これ、方向音痴の姉さんは確実に迷うんじゃないか？」

ディランの呟きに私と父が頷いていると、「みなさま、どうぞ中へ」と使用人に促されて、さっそく邸内に足を踏み入れた。

立派な外観から内部もさぞ素晴らしいのだろうと予想はしていたものの、想像を遥《はる》かに上回る広々とした優美な内装に、感動を通り越して震え上がる。

広いエントランスロビーには、いくつものテーブルとソファが並べられ、来客が寛げる休憩スペースになっていた。

吹き抜けの高い天井で開放感を演出し、さりげなく置かれた観葉植物が空間に彩りを添えている。

こんなにも地位と生活レベルが釣り合わないのに、なぜルーファスは私を選んでくれたのだろう。謎はますます深まるばかり……。

階段を上り、落ち着いた色合いの家具と調度品で統一された応接間に通されて、香り高い紅茶と見るからに高級そうなお菓子が振る舞われる。

「ルーファス様がお越しになるまで、こちらで少々お待ちくださいませ」

そう言って使用人が退室した途端、息を詰めていた父とディランが一斉に肩の力を抜き、紅茶を飲みながら人心地つく。

私もふたりにならって紅茶のカップに手を伸ばすが、ここに来るまでに目にした光景にすっかり圧倒されてしまい、持ち手を握る手が緊張で細かく震えていた。

ほどなくして軽やかなノックの音が室内に響き渡り、スラリと背の高い金髪の貴公子ルーファスが、眼鏡をかけた若い男性を伴って部屋に現れた。

弾かれたように立ち上がる私たちに、ルーファスは三年前とは打って変わって、別人のように朗《ほが》らかな微笑を向けてくる。

「お待たせいたしました。このたびは遠路はるばるご足労いただき、ありがとうございます。どうぞ、おかけください」

王族を直視するのは恐れ多いため、私とディランは着席すると俯きがちな姿勢で敬意を示し、父がオルティス家を代表して恭しく感謝を述べはじめる。

「このたびは身に余るお話をいただきまして、恐悦至極《きょうえつしごく》に存じます」

「こちらこそ不躾《ぶしつけ》な婚姻の申し出にもかかわらず、お越しいただき感謝しております」

王宮舞踏会の時の印象から、もっと冷ややかな対応をされるかと思いきや、今日のルーファスは物腰柔らかで人当たりもいい。

そうして、しばし言葉を交わした後、父は本題に入る了承を得ようと緊張を滲ませながら口を開いた。

「恐れながら、こたびの結婚につきまして、ルーファス殿下にお伺いしたいことがございます。申し上げてもよろしいでしょうか？」

どうぞ、と答えるように、ルーファスが無言で頷く。

「それでは、我が娘ジュリエを結婚相手に選んでくださった理由を、お聞かせ願えませんでしょうか？」

「オルティス伯爵令嬢は、大変ご聡明な女性だと伺いました。その上、オルティス伯爵は清廉潔白な方で、領地運営も見事。そのような素晴らしい家と縁を結びたいと願うのは、当然のことでしょう」

「さ、さようで、ございますか……」

聞こえのよい言い方だけれど、私より賢く美しく、実家の爵位と財力のある令嬢は数多くいるはず。それなのにどうして〝いわくつき〟と噂される私を選んだのか。

肝心なことを語らないまま口を閉ざしたルーファスを見て、父は王弟を問い詰めるわけにもいかず、立場をわきまえ黙って引き下がる。

一方、まだ十九歳と年若く血気盛んなディランは、ルーファスの返答がどうにも腑《ふ》に落ちなかったようで、僅かにムッとした表情で身を乗り出した。

私はとっさに弟の腕に手を添えて、こちらを見たディランに向かって『相手は王弟殿下よ。落ち着いて』と目で訴えかける。

そして、ふと視線を感じて前を向けば、微笑みを浮かべたルーファスが観察するように私たちを見つめていた。

「オルティス伯爵。ご令嬢とふたりきりで話をしたいのですが、よろしいでしょうか？」

「えっ、ええ。もちろんでございます……」

「感謝いたします」

ルーファスが軽く後ろに目配せすると、そばに控えている眼鏡をかけた燕尾《えんび》服の青年が、穏やかな笑顔を浮かべて頭を下げた。

「ルーファス様の秘書をしておりますメイソンと申します。お部屋までご案内いたしますので、どうぞこちらへ」

退室を促された父とディランが、心配そうな面持ちでこちらを見つめてきたので、私は大丈夫と告げるように軽く頷いてみせた。

そうして三人が退出して、その場に残されたのは私とルーファスのふたりだけ。

今まで数多《あまた》の男性とお見合いをしてきたけれど、今回のお相手はこれまでとは比べものにならないほど高貴なお方。不興を買わないように気をつけないと……。

「顔を上げてくれないか」

俯く私に優しげな声がかけられ、言われた通りに顔を上げると、ルーファスの人並み外れた美貌に思わず見とれてしまった。

人目を引く端正な顔立ちに、涼しげな濃い青色の瞳、煌びやかな金色の髪。

長い脚を組みソファに腰かけているだけなのに、まるで絵画のように整った姿に、自然と視線が吸い寄せられてしまう。

以前、お顔を拝見した時も美しい方だとは思ったけれど、どこかまだ少年のようなあどけなさが残っていた。

しかし、三年の月日を経て面立ちには精悍《せいかん》さが増し、身体つきは細身ではあるものの筋肉がついたのか、昔のような華奢な印象はない。

王宮で出会った冷淡な雰囲気の美青年は、口元に朗らかな微笑を湛えた麗しい貴公子へと変貌を遂げていた。

「初めましてと言うより、久しぶりと言うべきかな？　今日は迷子にならずに我が家へたどり着けたようで、安心したよ」

一瞬だけ、しかも三年前に出会った私のことなどルーファスは覚えていないと思っていたのに、からかい混じりにそう告げられて言葉に詰まってしまう。

「その節は、大変申し訳ございませんでした……」

「いや、こちらこそ、あの時は厳しく咎めてすまなかった。愛想がなかったと後になって反省したよ」

以前の雰囲気と〝人間嫌い〟という噂から、もっと冷酷な人かと思っていたけれど、偉ぶらず真摯に謝罪する姿からは誠実さが感じられる。

「今回の縁談については突然のことで驚いただろう。私に訊きたいことがあれば、遠慮なく質問してくれて構わない」

私が恐縮して口ごもっていると、彼はこちらの発言を促すように「遠慮はいらないよ」と再度告げてくる。

「それでは恐れながら……ルーファス殿下は私に、なにをお望みなのでしょうか？」

恐る恐る告げた質問に、彼は一瞬怪訝に片眉を跳ねさせたものの、すぐに元の美しい微笑に戻って穏やかな口調で聞き返してきた。

「望み？　それはどういう意味だろう？　私が君に望むのは、妻になってほしいということだけだが、別の答えが必要だろうか」

「それは……私のような者を妻に迎えずとも、殿下にはもっとよいお相手がいらっしゃると思うのです。その上で所望してくださったからには、なにか特別なことを求めていらっしゃるのかと思いまして……」

「婚姻の事実が欲しいのは確かだが、それは政治的理由からであって、恋愛感情を求めはしないし、夫婦の触れ合いも跡継ぎも必要とはしていない」

そう告げたルーファスは笑顔こそ浮かべているものの、よく見ると目は全然笑っておらず、なにかしらの思惑を抱えているのが窺える。

けれど私に彼の真意を知る術はなく、実家のために結婚をはね除《の》けることもできない。

愛も夫婦の触れ合いもない婚姻だと告げられ、ショックを受けるかと思ったけれど、意外にも私の心は穏やかだった。

むしろ、ほぼ初対面の男性に愛情を抱け、子を産めと言われるより、互いの目的のための契約結婚だと告げられた方が肩の荷が下りる。

そんなことを考えていた私の姿が、ルーファスの目には結婚に乗り気ではないように映ったのかもしれない。

「突然このようなことを告げられて、困惑するのは当然だ。この話を受け入れてくれるのであれば、可能な限り要望を叶《かな》えよう。君はなにを望む？」

「私の望みは、オルティス伯爵家の事業案の可決と、家族と領民の平穏な暮らしが守られることだけでございます」

「君の実家を救うのは我が国にとっても有益なことだ。オルティス伯爵家が誠実な領地運営を続ける限り、私が後ろ盾になって守ると誓おう。具体的な手立てについては、オルティス伯爵と相談しつつ進めるつもりだ」

「ありがとうございます、ルーファス殿下」

要望はそれだけなので口を噤んでいると、ルーファスが少し驚いたような表情を浮かべた。

「まさか、それだけではないだろう？」

「え？　いいえ、私からの要望は以上でございます」

「今のは君の要望というより、オルティス伯爵家の望みだろう。君には結婚という取引の対価を要求する権利がある。遠慮なく言ってくれて構わない」

「ええっと……そう、おっしゃられましても……。実家を救っていただけるだけで大変ありがたく……もうなにも思いつかないのですが……」

私が要望を思いつくのをルーファスはじっと待ってくれているので、なにか言わなければと焦りが募る。

緊張で真っ白になりそうな頭を必死に動かして、私はなんとか望みをひねり出した。

「それでしたら……寝室を別にしていただくことは、可能でしょうか……？」

おずおずと口にした願いは、ルーファスにとっては絶句するようなことだったみたいで、驚きと困惑の入り交じったような面持ちで見つめられてしまう。

どうしましょう、もしかして怒らせてしまった……？

「あの……跡継ぎは必要ないとのことでしたので、毎夜背を向けて寝るのは互いに気詰まりかと思いまして……厚かましいことを申しました、どうか忘れてくださいませ」

消え入りそうな声でそう告げれば、ルーファスは首を小さく横に振り、脚を組み直して先程までの微笑を取り戻した。

「すまない、あまりにもささやかな願いだったもので、驚いてしまった。謝る必要はないよ。寝室については、そのように手配しよう」

「ありがとうございます。あっ、ですが、新婚早々、寝室を別にしたら変に思われてしまうでしょうか？　私たちの結婚について、お屋敷のみなさまはご存じなのですか？」

「いや。知っているのは先程同席していた秘書のメイソンと、今後君の身の回りの世話をするエマという侍女頭だけだ。寝室の件については、そのふたりから周囲に説明させるから、心配はいらないよ」

「かしこまりました」

「それでは、婚姻を承諾してくれたということでよいかな？」

私が「はい」と答えれば、ルーファスはさらに結婚に向けての具体的な話を進めていく。

「こちらは、できれば早く挙式と書類の手続きを済ませたいと思っている。結婚式は身内だけの小規模なものを予定しているが、なにか希望があればできる限り添う形にしよう」

「お気遣い感謝いたします。私からは特に希望はございませんので、殿下にお任せいたします。その……身内と言いますと、王族のみなさまやルーファス殿下のご親戚の方々は、いらっしゃるのでしょうか？」

「いや、私の身内として出席するのは、乳母だったエマとその息子のメイソンだけだよ」

ルーファスの親族を招待するのなら、いとこのロザリーも来るのかとヒヤヒヤしたけれど、それはないようで安心する。

「他に挙式について気になることは？」

「急いでこちらに出向いたため、嫁入りの準備がなにもできておらず……支度のために一度領地の自宅に戻ってもよろしいでしょうか？」

「必要なものはすべてこちらで手配するから、わざわざオルティス領へ戻る必要はないよ。他にも入り用な物があれば、遠慮なく侍女に言ってくれて構わない。挙式まで家族とゆっくり過ごすといい」

「ありがとうございます。それでは、お言葉に甘えさせていただきます」

いまだに王族に嫁ぐという実感が湧《わ》かないまま話はどんどん進んでいき、最後に丁寧にお辞儀をして私はその場を後にした。

＊　＊　＊

「身辺調査の結果は、正しかったな」

ジュリエが応接間を出ていった後、ルーファスは静かな室内でそう独り言を呟いた。

王族の一員に迎えるにあたり、事前にジュリエの身辺調査を行ったところ、彼女につきまとう悪評は過去の縁談相手が事実を歪めて流したものだと判明した。

そのため、今回の顔合わせに踏み切ったのだ。

軽やかなノックの後、部屋に入ってきた秘書のメイソンが、ルーファスの顔を見るなり興味深そうに尋ねてくる。

「そのご様子ですと、ジュリエ・オルティス伯爵令嬢との結婚をお決めになったのですね。直接お話をされてみて、いかがでしたか？」

「分別のある控えめな女性という印象だったよ」

「では、やはり噂はデマでしたか……お気の毒に。婚姻に際しての条件など、ジュリエ様から要望はございましたか？」

「オルティス公爵家の公共事業案の可決と、領民の暮らしを守ってほしいと」

「え？　たったそれだけですか？」

ロザリーを筆頭に、これまでルーファスにすり寄ってきた女性たちの強欲さを知っているメイソンは、信じられないといった様子で眼鏡の奥の瞳を丸くした。

「今までの傾向ですと、資金援助や身内の要職への推挙、国王陛下への仲立ち、高価なドレスや宝飾品を所望する方もいらっしゃいましたよね。ルーファス様に望めることは多々あるでしょうに。ジュリエ様は、随分と無欲な方なのですね……」

「あぁ、私も驚いてしまったよ」

「とりあえず、よい方のようで安心いたしました。ルーファス様の狙い通り、このご結婚で国内の情勢が安定するとよいですね」

「そうだな。兄上に反発する貴族たちが水面下で不穏な動きをしているようだから、これで封じ込められるのを願っているよ」

事の発端は、今から二年前――。

前国王だった父が亡くなり、王位を継いだ異母兄のレオナルドは即位して間もなく、貴族が過剰に優遇される制度の改革に着手した。

国民は辣腕《らつわん》を振るうレオナルドを支持する一方、既得権益を奪われた一部の貴族らは不平不満をこぼしはじめる。

その対立関係に目をつけたのが、ルーファスの叔父のモディール公爵だった。

決定的な証拠はまだないが、公爵は反逆の意志のある貴族らを扇動し、レオナルドを退けルーファスを王座に据《す》えようとしている。

反乱に備えて潤沢《じゅんたく》な資金と資源が必要になった貴族らは、それらを得るため豊かなオルティス領を奪おうと画策しているのだ。

そこでルーファスは国の平穏を維持するため、計画の鍵となるオルティス伯爵家を敵の手から守るべく、ジュリエを妻に迎えることにした。

さらに、ルーファスが身を固めなければいけない理由は他にもある。

ひとつは、王弟夫人の座を狙って近づいてくる令嬢たちを追い払うためだ。

三年前にレオナルドが結婚してから、未婚の王族はルーファスただひとり。

モディール公爵の手先の令嬢をはじめ、謁見を装って親子でエヴァンズ邸に押しかけてくる貴族、さらにはレオナルドに袖にされたロザリーまでもが、王弟夫人の座をかけた争奪戦に参加しはじめ、その対応にメイソンが苦しめられていたのだ。

それと、ジュリエと結婚した理由はもうひとつあるが、その成果は時間が経てばおのずと見えてくるだろう。

「お話を聞く限りジュリエ様は欲のない方のようですが、念のため、僕と母とで様子を見ておきましょうか？」

無欲だった者が権力に溺《おぼ》れ、別人のようになる例はよくある。

まして彼女は伯爵令嬢から突然王弟夫人になるのだから、その可能性は高く、警戒する必要があるだろう。

「あぁ、そうしてほしい。エマから随時ジュリエの様子を聞いておくように」

「承知いたしました。それとルーファス様。今後ジュリエ様と接する時は、もっと表情はにこやかに、口調は常に穏やかにお願いいたしますよ」

「今日も言われた通り、精一杯やったつもりだよ」

「まだまだ笑顔がぎこちないようにお見受けしましたよ。ルーファス様はお顔立ちが整いすぎていて、真顔は冷ややかで怖いですから。お気をつけください」

ルーファスの乳母の息子であるメイソンは、幼い頃から共に育った、いわゆる乳兄弟だ。

家族同然の気心の知れた間柄で、三歳年上の彼はこうして小言を言ってくることもしばしば。

「はいはい、分かった。花嫁に逃げられないよう最善を尽くすよ」

「ええ、ぜひそうしてください」

ルーファスが砕《くだ》けた口調で返せば、メイソンは弟を見守る兄のような温かな微笑みを浮かべて、部屋を出ていった。

＊　＊　＊

ルーファスとの話を終えて私が応接間を出ると、廊下には秘書のメイソンと、侍女頭と思われる四十代くらいの女性が待っていた。

メイソンが私に会釈してから応接間に入っていき、優しげな微笑を浮かべた侍女頭が丁寧に頭を下げてくる。

「はじめまして、ジュリエ様。わたくし、ルーファス様の乳母をしておりました、エマと申します。これからはジュリエ様の侍女として、お仕えさせていただくことになりました。どうぞよろしくお願いいたします」

「こちらこそ、よろしくお願いいたします」

「ご家族のみなさまは、先に別室でお休みいただいております。ご案内いたしますので、参りましょう」

そう言ってエマが歩き出し、家族の待つ部屋に向かいながら、屋敷の中をおおまかに案内してくれる。

「先程ルーファス様とお話しなさっていた中央棟は、謁見などを行う公的な場所でございます。ご家族のみなさまは、この先の迎賓棟でお待ちですよ」

「中央棟に迎賓棟……邸宅の中にもさまざまな区画があるのですね」

「ええ。広いですから、目的別に場所を使い分けております。ちなみに、中央からあちらの渡り廊下を進みますと、ルーファス様が私的にお使いになっている建物がございますよ」

頭の中でエマの説明をまとめると、このエヴァンズ邸は公務用の中央棟と迎賓棟、ルーファスが暮らす居住棟と使用人の宿舎、作業場などの建物で構成されているらしい。

棟ひとつとっても貴族のお屋敷ほどの大きさがあるみたいなのに、それが複数連なっているなんて、どれだけ広大なのかしら。

「私、方向音痴なので、迷ってしまいそうです」

「まぁ、そうでございましたか。お声をかけてくだされば、このエマがご案内いたしますので、ご安心くださいい」

和やかに談笑しながら迎賓棟と呼ばれる建物に入ると、各階にはカウンターで仕切られた待機所が設置されていて、数名の侍女が立っていた。

「ここには常時、侍女が待機しておりますので、なにかございましたらお気兼ねなくお申しつけくださいませ。ジュリエ様のお部屋はこの先になります。ご家族様のお部屋とはお隣同士でございますよ」

案内されて入った部屋は広々としており、白やブラウンなどの落ち着いた色合いで統一された上品な内装だった。

「今お茶をお持ちいたしますね」

「いいえ、すぐに家族の部屋を訪ねますので」

「かしこまりました。それでは、なにかございましたらお呼びくださいませ」

エマはそう言って、丁寧にお辞儀をしてから部屋を出ていった。

それからすぐに隣の客間を訪ねれば、父とディランが心配そうな面持ちで出迎えてくれる。

「あぁ、ジュリエ、随分と時間がかかったな。ルーファス殿下と、どのような話をしたのだ？殿下の求婚をお受けしたのか？　なにか困るようなことは言われなかったか？」

「お父様、落ち着いてください。まずは、座ってお話をしましょう」

心配のあまり矢継ぎ早に質問してくる父に、私は一つひとつ丁寧に答えていく。

「まずルーファス殿下は、とても優しく紳士的な方でした。オルティス領を守ってくださるとお約束してくださいましたし、私の気持ちも尊重してくださる方のようです。だから、結婚のお話はお受けすることにしました」

「えぇっ……!?　そんな、即決して大丈夫なのか、姉さん」

「そうだぞ。まずは顔合わせをしてみるだけ、という話だったじゃないか。なぜすぐに承諾してしまったのだ？」

「相談もせずに決めてしまって、ごめんなさい。ですがお会いしてみたら、今までの男性に比べて格段にいい方だと分かって。結婚するなら、この人しかいないと思ったのです」

ルーファスから、愛も跡継ぎも不要、ただ結婚してくれればそれでいいと告げられたなんて、家族を心配させるだけだもの、口が裂けても言えない。

それに家のために嫁ぐと知れば、ふたりはひどく心を痛めるだろう。

だから自分が望んで結婚するのだと、私は嘘をつくことにした。

「ジュリエが決めたことなら異存はないが、もし、少しでも迷いがあるのなら……」

「いいえ、お父様。迷いはありません。実は、すぐにでも結婚式を挙げたいと言われたので、それも承諾してしまったのです。だから、明日から挙式の準備も始まると思います」

「えぇ!? さすがにそれは早すぎるだろう。殿下は大の女嫌いという噂もあるし、なにか裏が……」

「ディラン。心配するお前の気持ちはよく分かるが、ジュリエが決めたことだ。我々はふたりの幸せを願おう」

父の言葉にディランが物言いたげな顔をしつつも押し黙り、話が一旦まとまったところで私たちは家族会議を切り上げて、夕食まで休むためそれぞれの部屋へと戻ることに。

しばらくして、「夕食のご用意が整いました」と声をかけられダイニングルームに向かうと、そこにはすでにルーファスの姿があった。

こちらに気付いた彼がすぐに立ち上がり歩み寄ってきて、王弟とは思えないほど謙虚かつ丁寧に頭を下げてきたので、父は驚き恐縮してしまっている。

「オルティス伯爵。このたびは急な申し出にもかかわらず、婚姻の承諾をいただけましたこと、深く感謝しております」

「こ、こちらこそ、ふつつかな娘ではございますが、どうか末永くよろしくお願いいたします」

そんなやりとりの後、全員が着席するとすぐに豪華な食事が振る舞われ、父とルーファスが談笑する一方、ディランは鋭い眼差しで未来の義兄を観察している。

表向きは和やかに食事会を終えた私たちは、長旅で疲れた身体を休めるために、各自部屋へと戻り早々に就寝した。

一夜明け、翌日からさっそく結婚式に向けての準備が始まり、エマと共にドレス選びに訪れた大広間には、背の高いハンガーラックがいくつも設置されている。

ずらりと並んだ色々なデザインの何十着ものウエディングドレス。視界いっぱいに広がる煌びやかな純白の光景に、私は感嘆のため息をこぼした。

「すごいです……！　この大量のドレス、もしかして一日で準備したのですか？」

「ふふっ、さすがに一日では難しゅうございますので、ルーファス様がジュリエ様への求婚をお決めになってすぐに、有名な仕立屋に作らせておりました。大体のサイズでご用意いたしましたので、細部の調整は試着してからお直しいたしますね」

ええっ、そんなに前から……？　まぁ確かに、王弟殿下の求婚を断るなんて普通は不可能だもの、私が必ずこの結婚を受けると、ルーファスは確信していたのだろう。

「さあ、ジュリエ様。お好きな物をお手に取ってご覧ください」

エマに促されて見て回ると、用意されたドレスは上質な生地がたっぷりと使われた高級品ばかりで、どれもうっとりするほど美しい。

見れば見るほど迷ってしまい選べずにいると、ハンガーラックの横に立っている職人が、すかさず説明を始めた。

「こちらのドレス、胸元はVカットになっておりますので、新婦様のお美しいデコルテがいっそう映えることと存じます。また絞ったウエストから裾に向かって大きく広がるシルエットも、新婦様のスタイルのよさを強調できることでしょう」

どうやらラックごとに仕立屋が違うようで、他の職人たちも次々に「うちの店のドレスもご覧になってください」と愛想よく売り込みをかけてくる。

はじめのうちは選ぶのも楽しかったけれど、あまりにも選択肢が多すぎて悩んでしまった私は、最終的にエマに助言を求めてようやく決めることができた。

私と同様に、衣装合わせをしていた父とディランの様子を見に行くと、ふたりもグッタリと疲れ切ったようにソファに沈み込んでいる。

「あぁ、ジュリエ。ウエディングドレスは決まったか？」

「はい。ものすごい数で、選ぶのが大変でした」

「こちらもそうだったよ。一度にあれほどたくさんの仕立屋を呼べるとは、さすがは王弟殿下のなさることだなぁ」

感心する父の横で、ディランが腕組みをして険しい表情で呟く。

「この異常なまでの用意周到さ、強引に呼びつけてからの即結婚式。おかしすぎるよ。やっぱり変人という噂は本当だな」

「ディラン！　殿下の前ではくれぐれも言動を慎むのだぞ」

「僕だってバカじゃない。そんなことくらい分かっているよ」

そう言いつつ、ディランはルーファスへの不信感が拭えていないようで、窓の外を眺めながらブツブツなにかをぼやき続けている。

その後、結婚式当日まで特にやることがなくなった私たちは、エマの提案を受けて屋敷の中を散策することにした。

父とディランと共に、エマの先導で建物をつなぐ渡り廊下を歩いていると、次第にガヤガヤと賑《にぎ》やかな話し声が聞こえてくる。

中央棟のエントランスホールには大勢の人々が集まり、ソファに座ってお茶を飲みながら談笑していた。

「こんなにたくさんの人が集まって、みなさん、なにをなさっているのでしょう？」

「ルーファス様にお会いになるために、順番を待っておられるのですよ。ここは、お昼を過ぎるとさらに人が増えて、座る場所がなくなるほど賑わうのです」

謁見を待つ人々の服装や話す言語の多様さから、さまざまな身分、国籍の者がいることが分かり、ルーファスが広く対話の機会を設けていることが窺える。

「どうやら世間では、王都に赴かないルーファス様のことを〝人間嫌い〟などと噂する不敬な者もいるようですが、こうして領地で真摯に人々の声に耳を傾けていらっしゃいます」

まさにその噂を信じていたディランは表向き平然としているものの、エマの『不敬な者』という言葉に内心動揺しているのだろう。首筋にうっすら冷や汗をかいている。

「ルーファス殿下は政治や公務とは距離を置かれていると伺っておりましたので、このような面会の場を設けていらっしゃるとは知らず、驚きました」

「ジュリエ様のおっしゃる通り、できる限り国政には関わらないようにしておられますが、やはり王族ですので、こうして国内外からさまざまな方がお見えになるのです」

エマの説明を聞きながらホール内を見渡していた父が、感嘆のため息をついた。

「ほう、それは素晴らしいことですな。差し支えなければ、後学のためにみなさんの話を聞きたいのですが、構いませんかな?」

「はい、もちろんでございます」

「ありがとうございます。ではさっそく……。ディラン、お前も来なさい」

了承を得た父は弟を伴ってエントランスホールに近づいていき、談笑している人々に声をかけてソファに腰を下ろした。

エマの話を聞く限り、ルーファスにつきまとう〝人間嫌いの変人〟という噂は、どうやら偽りのようだ。

（男運のない私のことだもの、ルーファス殿下にも、なにかしらの問題があると思っていたけれど、もしかして本当に素敵な方なのかしら……？）

顔よし地位よし、名誉と財産も申し分ない、結婚の前歴なしの二十歳。

そんな超優良男性が求婚してきて、さらにはオルティス家の後ろ盾にもなると約束してくれるなんて、あまりにも好条件でなにかあるのではないかと不安になってくる……。

「……リエ様……ジュリエ様？」

「あっ、ごめんなさい。考え事をしていました。もう一度言っていただけますか？」

「今日はお天気もよく風が気持ちよさそうなので、少し外に出てみませんか？」

エマの視線をたどりホールの奥にある大きな窓から外を見れば、そこには素晴らしい中庭が広がっていた。

ここからの眺めでも十分美しいけれど、間近で見たらもっと綺麗だろう。

私が微笑んで頷けば、エマも朗らかに笑い返してくれて、「それでは、参りましょう」と再び歩き出した。

案内されて中央棟の扉から外に出ると、辺り一面には色鮮やかな草花が咲き誇っている。

この自然豊かでのどかな雰囲気は、どことなくオルティス家に似ていてホッと心が和んだ。

木々の隙間から差し込む日差しを浴びながら緑のアーチを抜けると、目の前に噴水が見えてきて、さらにその奥には、純白の支柱に青い円形屋根のガゼボがそびえ立っている。

「素敵……。でもこの風景、どこかで見覚えがあるような……？」

「もしかすると、王宮でご覧になったのではないでしょうか」

「王宮？　ですか……？」

「はい、さようでございます。王宮見学のお茶会は、ルーファス様の亡きお母上のお住まいだった離宮でも、催されますから。その時に、お庭もご覧になったのでしょう」

ルーファスは亡き母が愛した中庭を再現するように、このエヴァンズ邸の庭にも同じような噴水とガゼボを作ったのだと、エマは語った。

「ここは、ルーファス殿下にとって、お母様との大切な思い出の風景なのですね」

「ええ、そうでございますね。加えてルーファス様は六年前、離宮の中庭で人生を変える重大な決断をなさいました。その時のことを忘れないよう、ここに同じ景色をお作りになったようです」

エマと話をしながら美しい庭園の中を歩きつつ、六年前、自分はなにをしていただろうと考える。

自然と思い浮かぶのは、王宮見学のお茶会、離宮の中庭、噴水、青いガゼボ、そして――。

(金髪にネイビーブルーの瞳の美少年……‼)

エマの言葉をきっかけに記憶が堰《せき》を切ったように溢れ出し、思い出の中の少年の面影が、貴公子然とした麗しいルーファスの姿と重なった。

今の今まで、どうして気付かなかったのかしら。髪色も目の色も、端正な顔立ちだって、思い返せば同じなのに……。

「ルーファス殿下の重大な決断とは、もしかして……」

「王位継承権の放棄でございます。そのことでルーファス様は、中庭で出会った少女をあらゆる手段を講じて、今もずっと探しておられます」

「ええっ？」

衝撃のあまり身体が勝手にビクリと反応し、鼓動が速まり背中に冷や汗が滲む。

「どっ、どうして？　その少女を、探しているのでしょうか？」

「その方に特別な〝お礼〟をなさりたいからだそうですよ」

「と、特別なお礼ですか……？」

私、あの少年に感謝されるようなこと、なにかしたかしら？

古い記憶を掘り起こせば、お礼を言ってもらえるような覚えは全然なく、むしろその真逆で、不敬な言動の数々に頭を抱えたくなった。

あの頃のルーファスは私よりずっと背が低かったから、てっきり年下だと思って途中から敬語も使わずに、弟と話すような感覚で接していたような気がする。

しかも変質者だと誤解されるような格好で『妖精』だと名乗り、彼の悩み事に対して自分の想いを偉そうに語って助言してしまった。

そういえば王位継承権の放棄が報じられたのは、あの中庭で出会ってから、割とすぐのことだったような。

(ん……？　助言……？　ま、まさか、それが原因……⁉)

深く考えずに言った私の言葉で、この国の第二王子が王位継承権を捨てて宮廷から遠ざかり、のちに引きこもりの変人呼ばわりされるようになったのだとしたら……。

ルーファスは間違いなく権利を手放したことを悔やみ、適当な助言でそのような決断に至らせた不敬女を憎んでいるに違いない。

しかも、六年も執念深く探しているところを見ると、その恨みは相当強いことが窺える。

(どうしよう……私、なんてことを……)

あぁ、〝お礼〟と言えば、遠い異国に〝お礼参り〟という言葉があった気がする。

確か、自分に不利益を与えた人間に復讐《ふくしゅう》するといった意味合いだったような……。

特別なお礼って、やっぱりそういうこと……⁉

──『ジュリエ・オルティス！　貴様を不敬により処罰する！』

（いやあぁああ！）

不敬罪でルーファスに裁かれる未来を想像した私は、心の中で悲鳴を上げて頭を抱え、その場にしゃがみ込んだ。

「ジュッ、ジュリエ様⁉　どうなさいました？　お加減が悪いのですか？」

エマが驚いて声をかけてくるが、まさか不敬を働いた過去を打ち明けるわけにもいかず、私は無言でうずくまっていた。

すると——。

「あの、ジュリエ様、もしかして……」

なにかを察したような口調でエマがそう呟き、私の顔を伺うように見つめてくる。

（あぁ……きっとエマは気付いてしまったのね。どうしよう。すぐにルーファス殿下の耳に入って、断罪……）

また私のせいで父とディランに迷惑をかけてしまう。

家族に苦労をかけるばかりの人生に絶望し項垂《うなだ》れていると、エマがなぜだか申し訳なさそうな顔をして、深々と頭を下げた。

「ジュリエ様、大変申し訳ございません！」

「エマ？　どうして貴女が謝るのですか？」

「昔のこととはいえ、ジュリエ様の前で他の女性の話題を持ち出すなど、あってはならないことでしたのに……。わたくしの配慮が足らず、ご不快な思いをさせてしまい申し訳ございません」

「えっ？　違う、違うのです……！　エマのせいではなくて、私、ええっと……そう、貧血！急に貧血を起こしてしまったみたいで、クラッと。こちらこそ、ご心配をおかけして、すみません」

「まぁ、そうだったのですね。それは大変です。さぁ、早く中へ戻りましょう」

中庭を後にして部屋に向かう途中、中央棟のホールを通りかかって様子を見れば、父とディランは周りの人たちとすっかり打ち解けたようで、楽しそうにしていた。

「ご家族様に、お声をかけてきましょうか？」

エマの提案に私は首を横に振って、ひとりで自室に戻り、ぐったりとベッドに倒れ込んだ。

それからしばらくして、私の部屋を訪ねてきた父とディランは、きっと有意義な時間を過ごせたのだろう、上機嫌に話しかけてくる。

「いやぁ。ルーファス殿下はまだお若いのに、とてもしっかりしていらっしゃる。本当に素晴らしい、大したお方だ」

手放しでルーファスを褒め称《たた》える父に、いつもは文句をつけるディランが何度も頷くのを見て、私は驚いてしまう。

「ついさっきまであんなに悪口を言っていたのに、急にどうしたの？」

「ルーファス殿下は身分や立場に関係なく、平等に話を聞いてくれるそうだよ。そんな王族、なかなかいない。本当にすごい人だよ！」

よほどよい評判を聞いてきたのか、あれほど疑っていたディランがコロッと考えを変えるのだから、ルーファスは本当に素晴らしい方なのだろう。

もしかしたら、六年前の不敬も広いお心で許してもらえるかもしれない。

そんな淡い期待を抱いていたけれど——。

「あぁ、でも聞いた話によると、ルーファス殿下はすごく寛大な方だけど、国や自分の害になる者は容赦なく排除する、厳格な一面もあるみたいだよ。この前も、違法な物を国に持ち込もうとした闇《やみ》商人を尋問して、厳しく処罰したらしい」

「ヒィ……！　しょっ、処刑!?」

「いや、処刑じゃなくて処罰だよ！　アハハッ、姉さんは相変わらず怖がりだなぁ。悪いことさえしていなきゃ、大丈夫さ」

恐怖に震えながら顔を引き攣らせる私を見て、ディランは暢気《のんき》に笑っているけれど——。

（弟よ、私はその『悪いこと』をしてしまったのよ……）

父もディランも、ルーファスに心をがっしりと掴まれてしまったみたい。

これがいわゆる、外堀を埋められるということなのだろうか。

（薄々感じてはいたけれど、ルーファス殿下って策士なのね……）

上機嫌に笑っているディランの隣で、感極まった父が目に涙を浮かべて、言葉を詰まらせながら告げてくる。

「うっ、うぅっ、よかった。本当に、よかった。今まで辛抱して待った甲斐《かい》があったな。ルーファス殿下のような素晴らしい方に巡り会えて、天国で母さんも喜んでいるはずだよ」

「ええ、そうですね、巡り会ってしまいましたね……。ある意味、運命なのかも……」

「ん？　どうした、あまり嬉《うれ》しそうじゃないな。それはアレか？　マリッジブルーというやつか？」

「いいえ……色々あったので、どっと疲れが出てしまったみたいです。少し休めば元気になりますから……」

「ここ数日、とても目まぐるしかったからな。ゆっくり休みなさい」

そう言って父とディランが退室すると、再び部屋にひとり残された私は、自分の運命を嘆き悲しまずにはいられなかった。

不敬を働いてしまった相手に再会するだけでも不運なのに、よりによって結婚しなければいけないなんて。

（あぁ、やっぱり私は本当に運がないのね……）

それから数日が経過して、結婚式を目前に控えた頃、オルティス伯爵家の留守を預かる家令から、父の元に知らせが届いた。

【問題となっていた公共事業案の件ですが、無事に貴族議会で可決されました。また、今後も同様の事例が起きないよう、レオナルド国王陛下が『事業案の不当な却下は許さない』と貴族に厳重注意してくださったようです】

手紙を読んだ父は喜び「さっそく感謝を述べに行かなくては」と言って、ディランを伴い部屋を出ていった。

相変わらずルーファスは、驚くほど仕事が速い。

先に自分の責務を果たすことで、私にもお飾り妻の役目をまっとうせよと、暗に告げてきているのだろう。

（あぁ……天国のお母様。やはり私は、ルーファス殿下との結婚から、逃れられないようです……）

三章　王弟殿下に相応しくない妻になるために！

晴天のこの日、エヴァンズ領の歴史ある大聖堂で、私とルーファスの結婚式が執り行われた。

新婦側の参列者は私の父とディラン、新郎側はエマとメイソンのみという、王族にしては珍しい身内だけの挙式を終えると、その後は披露宴の代わりに食事会が開かれる。

その夜――いわゆる初夜は家族の手前、私は迎賓棟で過ごすわけにはいかず、ルーファスの私室の並びに部屋を用意してもらって眠りについた。

そうして婚姻に関するすべてのことが無事に終わり、二十年間ずっと一緒に暮らしてきた家族との別れの時が刻一刻と迫ってくる。

ルーファスへの挨拶を終えた父とディランに、『辛くなるから見送りはいらない』と言われたけれど、私は離れがたくて屋敷の前までついてきてしまった。

「お父様、ディラン。お元気で……」

「あぁ、ジュリエも。体を大切にして、幸せに暮らすのだぞ」

「じゃあな、姉さん。手紙、書くよ」

「うん、待っているね」

とても寂しく名残惜しくて、泣くのを堪えて微笑んでいるのに目に涙が滲んできてしまう。

そんな私の様子を見た父とディランは、もらい泣きを我慢するように笑顔を浮かべて馬車に乗り込んだ。

「姉さん！　またねー‼」

「ええ、また！　元気でね！」

窓から身を乗り出して手を振る弟の姿がだんだんと小さくなり、やがて曲がり角で見えなくなった。

私は振り返していた手を下ろして、心細さを必死に堪える。

もし私がルーファスの探している少女だと発覚したら、最悪の場合、家族全員が不敬罪に問われてしまうかもしれない。

（ここからが本当の試練。父とディランを守るためにも、しっかりしなきゃ！）

絶対に気付かれないように用心しなければと自分を奮い立たせていた矢先、屋敷の中に戻るとエマがドキリとするようなことを告げてきた。

「ルーファス様が、ジュリエ様にお話しになりたいことがあるそうでして、住居棟の書斎までお越し願いたいとのことです」

エマも具体的な用件は知らないようで、なにを言われるのだろうと緊張しながら書斎を訪ねると、微笑を浮かべたルーファスに出迎えられた。

「さっそくだが、今後について相談したいことがあるんだ」

「はっ、はい……！　な、なんでしょうか、ルーファス殿下」

「そう身構えるようなことではないから、楽にして構わないよ。寝室を別にする件だが、迎賓棟を自由に使ってくれて構わないし、少し時間はかかるが敷地内に新しく棟を建てることもできる。どちらがいいかな？」

「え？　新しく建てる、ですか？」

どうやらルーファスは部屋だけでなく建物ごと、それも新築物件を用意してくれるつもりらしい。

さすがは王弟殿下。仕事が速い上に、なにをするにもスケールが大きい。

「お気遣いありがとうございます。ですが、新婚早々違う建物に住むのはなにかと外聞が悪いかと思いますので、昨夜お借りしたお部屋を使わせていただければ十分です」

「それでよいのか？　では、そのようにしよう。それと夫婦になったのだから、できれば殿下と呼ぶのは、やめてほしい。屋敷の者にもそうしてもらっている」

「かしこまりました、ルーファス様」

「ありがとう。それでは、君のこともジュリエと呼ぼう。いいかな？」

私が「はい」と答えると、ルーファスは軽く頷いてさらに言葉を続けた。

「ジュリエにしてもらう公務や仕事はなにもないし、私は来客と会食することが多いから、こちらのことは気にせず自由に暮らしてくれて構わないよ」

「えっ……なにもしなくて、よろしいのですか？」

「ああ、むしろ、なにもしないでいてくれる方が、こちらとしては助かる」

結婚してくれるだけでいいとは言われていたけれど、まさか本当に言葉の通りだとは思わなかった。

ルーファスがお飾りの妻を求めているのなら、『なにもしないでくれ』の逆……。

もしも私がなにかを始めたら、求めている妻ではないと判断して、追い出してくれるかもしれない。

幸い、オルティス伯爵家の問題はすでに解決済み。それに、私たちの婚姻関係によらず、当主が誠実な領地運営を続ける限り、オルティス伯爵家の後ろ盾になる――と、ルーファスと父の間で取り決めがなされている。

だから、仮に私がここを追い出されても実家は大丈夫。むしろ、ここから離れることができたら、私の過去を知られる可能性が断然低くなって、家族を守ることにも繋がる。

やってみる価値は、十分あると思う。

私は緊張を押し隠し、思い切って口を開いた。

「ルーファス様、ひとつお願いを申し上げても、よろしいでしょうか？」

「あぁ、もちろん。なんだろうか？」

「剣を一本、お借りできますでしょうか？」

「……剣？」

唐突な私の要望に、ルーファスは一瞬怪しむような表情をしたものの、すぐに作り物のような美しい微笑を取り戻し、ゆったりと頷いた。

「分かった。軽めの物を選んで届けさせよう。他になにか用があれば、今日はこの書斎にいるから、訪ねてくるといい」

「ありがとうございます」

挨拶を終えて部屋に戻り、エマにこのままルーファスと同じ居住棟で暮らすと伝えれば、「ええ、ええ！　それがようございます！」と嬉しそうな言葉が返ってきた。

その表情や口ぶりから察するにエマは、私とルーファスの間に愛情が芽生えて、いつか本当の夫婦になることを期待しているのだと思う。

(でも、ごめんなさい、エマ。それはありえないの)

なにしろ私は一刻も早くルーファスに見限られて、穏便にこのエヴァンズ邸から立ち去りたいのだから。

ほどなくして、メイソンが美しい鞘に収まった細身の剣を持って、部屋にやってきた。

「まぁ、メイソン！　なぜこのような物をジュリエ様の元に持ってくるのです？」

一風変わった届け物にエマはひどく驚き、声を荒らげて息子に詰め寄ったので、私は慌てて事情を説明して止めに入った。

「待ってください、エマ！　私がルーファス様に、剣をお借りしたいと頼んだのです」

「まぁ、そうなのですか？」

「はい。メイソン、お手数をおかけしてごめんなさい。届けてくださって、ありがとうございます。ルーファス様にも感謝をお伝えください」

「かしこまりました。ところでジュリエ様、剣の用途を伺ってもよろしいでしょうか？　護身用であれば、ご自身に合ったものを新調した方がよろしいかと存じますが……」

「この剣は護身用ではないのです。ルーファス様から自由に過ごしてよいと言っていただけたので、運動のために剣術の稽古《けいこ》を始めようかと思いまして」

「……け、稽古？　さようでございますか……」

メイソンは一瞬目を丸くしたものの、すぐさま元の真面目な顔つきになり、一礼して部屋を出ていった。

私の真意を知るはずもないエマは、なにか言いたげにしているけれど、それには気付かないふりをしてお願い事をさらりと告げてみる。

「エマに相談があるのですが、動きやすい服を一着、貸していただけないでしょうか？」

剣の次は運動服を調達しようとする私を見て、エマが『まさか、本当に剣の稽古をするのですか？』というような顔をする。

「え、ええ……かしこまりました。では、少々お時間をいただけますか？　探して参ります」

そう言って、急ぎ足で部屋を出ていくエマの後ろ姿を見ながら、私は心の中で謝罪した。

エマ、ごめんなさい。

この家を出ていくまで、貴女にはたくさん迷惑をかけてしまうと思うわ。

でも、そんなに長くはかからないように頑張るから、少しの間、付き合ってね。

それからしばらくすると、エマは両手に男物の服を抱えて戻ってきて、それらを広げて私に見せてくれる。

「これなどは、いかがでしょうか？　ジュリエ様には大きいですが、手直しをすれば大丈夫かと思います」

話を聞けば、最初エマはメイソンの服を持ってこようかと思ったそうだが、私に他の男性の物を着せるわけにはいかないと考え直して、ルーファスから借りてきたらしい。

「服をお借りする時、ルーファス様はなにか言っていましたか？」

「いいえ。特になにもおっしゃいませんでしたよ」

「そうですか……」

まさかなにも言われないなんて……。

これが、ひとり目のお見合い相手のカインだったら『女のくせに剣を振る？　服を貸せだと？　はぁ!?　なんて野蛮な女だ！』と怒り狂い、すぐに追い出されていたのに。

「さぁ、ジュリエ様。調節いたしますので、試着してみてくださいませ」

身につけてみると、やはりルーファスのシャツとズボンは大きすぎて、エマが私の体型に合わせて器用に仮止めをしてくれる。

そして余った布地を巧みな裁縫技術で詰めていき、あっという間に即席とは思えないほどの見事な運動服ができあがった。

「いかがでしょう？　ジュリエ様」

「すごいです……！　エマ、ありがとうございます」

「喜んでいただけて、安心いたしました」

次は剣を振る場所を探さなきゃと思いバルコニーに出て周囲を眺めてみると、建物の裏手の一角に、花壇などが設置されていない空き地を見つけた。

「あそこを使っても構わないでしょうか？」

「ええ、問題ございませんよ」

長い髪が邪魔にならないよう後ろで結び、エマが手直ししてくれた運動服に着替えて、私はさっそく裏手の空き地へと向かった。

「すぐに稽古を始めるので、エマはあそこの日陰にいてくださいね」

そうお願いしてエマが離れたのを確認した私は、鞘から剣をスラリと引き抜き両手でしっかりと握りしめ、気迫を込めて「エイッ！」と振り下ろす。

「ハッ！　ハッ！　エイッ！」

静まり返った空き地に私の気合いに満ちた掛け声と、剣身が風を切るブンッという音がやけに大きく鳴り響く。

視界の端に唖然《あぜん》としたエマの顔が見えて居たたまれないけれど、女だてらに剣の稽古をする姿を旦那様に見てもらおうと、私は額に汗を滲ませながら懸命に素振《すぶ》りを続ける。

(お願い、ルーファス様。早くバルコニーに出てきて、お飾り妻に相応しくない私の姿をご覧になって……!)

けれどそんな私の願いも虚《むな》しく、いくら振れどもルーファスがバルコニーに現れることはなく。もう、無理ね……と諦めかけたその時、書斎の大きな窓がようやく開いた。

やったわ!と喜んだのも束の間、バルコニーに姿を現したのは『うるさいな。いったい、なんの騒ぎだ?』といわんばかりに眉をひそめたメイソンだった。

(ご迷惑をおかけして、すみません……! でも貴方じゃなくて、ルーファス様に出てきてほしいの……)

怪訝に私を見つめるメイソンに気付かないふりをして、気合いのこもった掛け声と共にさらに剣を振り続けるが、努力も虚しく時間ばかりが過ぎていく。

(うぅ、腕が痛くなってきた。そろそろ限界……)

もう、この作戦は中止にしようと諦めかけた時、私の願いが届いたのか、本命のルーファスがついにバルコニーに姿を現した。

（ようやく……ようやく出てきてくれた……。頑張れ私、後もう少し……！）

「エイッ！　エイッ！　ハッ！　フッ！」

私は最後の力を振り絞って、ひときわ勇ましく剣を振ると、最後に剣先をピタリと止めて額の汗を拭った。

そして今気付いたかのように、ルーファスの方へ顔を向ける。

「あっ！　おふたりとも、そこにいらしたのですね。もしかして私の掛け声がうるさくて、お仕事の邪魔をしてしまいましたか？」

「いいや、私は特に気にしていないよ。ただ、メイソンは気が散るみたいで、バルコニーに出たきり戻ってこないから、様子を見にきたんだ」

（えっ……私の様子は気にならないの……？）

呆然と立ち尽くしていると、メイソンが感心したような眼差しを向けてくる。

「なかなかの腕前ですね。正直、驚きました。ルーファス様はどう思われました？」

「あぁ、よい剣筋だ。ジュリエは素質があると思うよ。より高みを目指すのなら、もう少し体力と筋力をつけるといい。そうすれば剣の軸がブレにくくなる」

（違います、ルーファス様。欲しい言葉はそれじゃないのです……）

私が望んでいるのは感想や助言じゃなくて、『なにもするなと言ったのに、君はなにをしているのだ！　呆れた、離婚だ、今すぐ出ていけ！』というお叱りなのに……。

「ではジュリエ。引き続き剣の稽古、頑張って。あぁ、掛け声は少し控えめにしてくれると助かるよ。さぁ、メイソン、仕事に戻ろう」

ルーファスは声量だけをやんわり注意すると、メイソンを伴って部屋の中に戻っていった。

「まあ、ジュリエ様。こんなに汗だくになって」

期待外れの言葉にガックリ肩を落としていると、エマが駆け寄ってきてハンカチで額の汗をそっと拭ってくれる。

「ルーファス様は剣術がとてもお得意なのですよ。助言をいただけてよかったですね」

「そう、ですね……」

「ジュリエ様？　まぁ！　とても疲れたお顔をしていらっしゃいますよ。そろそろお部屋に戻ってはいかがですか？」

「はい……そうします……」

私は剣を鞘に仕舞うと、疲れ切って精も根も尽き果てた身体を引きずり、エマと共に自室へと戻ったのだった。

今回は無駄な努力をしてしまったけれど、結婚生活はまだ始まったばかり。失敗を糧にして、また別の作戦を考えよう。

そう意気込んでいたものの、翌日私は全身ひどい筋肉痛になってしまい、一日中ベッドの上で過ごすことになってしまった。

なにもすることがなくて、ただ天上を見上げて寝転んでいると、ふと脳裏によい考えが浮かんでくる。

(極限までなにもしないというのも、いいのかも。ものすごく怠け者のグータラ妻、これならさすがのルーファス様も呆れるかもしれない)

そう思い筋肉痛が和らいだ後も試しにゴロゴロして過ごしてみたけれど、誰にも咎められることはなく、毎日が退屈で嫌気が差してくる。

この作戦も諦めてベッドから起き上がり、バルコニーに出て風に当たりながら景色を眺めていると、エマがなにかを抱えて戻ってきた。

「ジュリエ様、ご覧ください！　針子に頼んでおいた運動服が完成いたしました。これからは間に合わせの物ではなく、きちんとした服装で剣の練習ができますよ」

そう言ってエマが広げて見せてくれたジャケットとズボンは、動きやすさを重視しつつ、いたるところにフリルやレースがあしらわれた上品なデザインだった。

縫い目もしっかりしていて、身体に当ててみるとサイズもピッタリ。

作ってくれた針子の丁寧な仕事ぶりが窺える。

「とても素敵な服をありがとうございます。わざわざ頼んでおいてくれたのですね」

「喜んでいただけて嬉しゅうございます。ですが、そのお言葉はどうか針子たちに。みな、きっと喜びますよ」

特製の運動服に身を包みさっそく裁縫部屋へ行くと、針子たちは恐縮しつつも喜んでくれた。

「素敵な運動服を、ありがとうございます。大切にしますね」

「お褒めの言葉をいただけて、職人冥利《みょうり》に尽きます。二着目、三着目も縫いはじめておりますので、完成次第、お届けいたしますね」

やる気を漲《みなぎ》らせる針子たちに、もう剣を振るつもりはないので運動服は必要ありませんと正直に告げるわけにもいかず。

「ありがとうございます。楽しみにしていますね」

笑顔でそう言ってしまったけれど、これからどうしよう……？

針子たちの喜ぶ姿を目の当たりにすると、丹精込めて作ってくれた素晴らしい運動服をタンスに仕舞ったままにするのは心苦しい。

再び剣を振ろうかとも思ったけれど、エマは私の稽古に付き添うと言って譲らないので、無意味に彼女を屋外に立たせるのは気が引ける。

（運動服を活用できて、エマを屋敷の中に留めておけるようなこと、なにかないかな……）

そこで、ふと思いついたのが、昔ディランと一緒に習っていた木工作業だった。

剣の稽古と比べて作業時間が格段に長くなるから、エマの付き添いを断ることができるかもしれない。

それに使い道がある物を作れば努力が無駄にならず、運動服も有効活用できる。

なによりお淑やかな女性がよしとされるクライン王国で、ワイルドに木材を切る妻などありえないだろう。

どんなに心の広いルーファスでも、作業する私の姿を見たら今度こそ間違いなく、お飾り妻として不適格だと判断してくれるはず。

「エマ、私、空き地にベンチを置きたいのですが、構わないでしょうか？」

「ええ、ようございますね。それではすぐに購入いたします。大きさはどの程度にいたしましょうか？」

「いえ、既製品ではなく自分で作りますので、工具と木材の調達をお願いしたくて」

「……はい？」

エマはそれまでの柔和な笑顔から一転、目を丸くして聞き返してくる。

「ジュリエ様が？　ご自分で、ですか？」

「はい。オルティス領は木材の産地ですから木工所や職人がとても多くて、私も昔、弟と一緒に習ったことがあるのです。趣味程度なので手の込んだ立派な物は難しいですけれど、ベンチなら作れるかと思って」

「さ、さようで……それはまた、すごいご趣味ですね……」

おそらくエマは『次から次へと、とんでもないことを……』と思っているに違いない。けれどすぐに気を取り直して、必要な物を手配してくれた。

それから数日後――。

「ジュリエ様、木材の用意ができたそうです。裏の空き地に運ばせましょうか？」

「はい、お願いします。今日はお天気もよいので、さっそく取りかかろうと思います。でも、エマを立たせたままにしてしまうのは心苦しいので、屋敷にいてくださいね」

「あらまぁ、お気遣いありがとうございます。ですが、ジュリエ様のお世話をするのが、わたくしの仕事でございますので、どうかご一緒させてくださいませ」

「えっと、そうですね……。それでは、空き地に運んでも構わないような腰かけ椅子はありますか？　エマが日陰で座っていてくださるのなら、一緒に行きましょう」

「ええ、ございますとも。では木材と椅子を運ぶように手配しておきますね」

私が着替えてエマと共に向かう頃には、空き地にはすでに木材と工具、日陰に腰かけ椅子が置かれていた。

手袋をはめて木材に触れながら、今回の木製ベンチのテーマは〝ぬくもり〟にしましょうと構想を練っていく。

天然木の優しい色合いを活かしてあえて塗装はせずに、サラリとした手触りのよい物をイメージしながら作りはじめる。

合間にエマが用意してくれた飲み物で水分補給をしながら作業していると、驚くほど速く時間が過ぎていき、気が付けば空は夕焼け色に染まっていた。

「ふぅ、今日はここまでにします。帰りましょうか」

エマに声をかけて、タオルで汗を拭きながら居住棟の廊下を歩いていると、私に気付いたメイソンが会釈をして歩み寄ってきた。

「そのお姿は……空き地で作業をなさっていたのですか？」

「はい。今日、木材が届きましたので、さっそく作りはじめています。ルーファス様は今、お部屋にいらっしゃるのですか？」

「いえ、まだ仕事中ですので、中央棟の執務室におられますよ。僕はルーファス様に頼まれた物を取りにここに来ただけです。いやはや、早く休みたいものですよ」

メイソンは疲れの滲む様子でそう言って、仕事の資料なのだろう、抱えていた大きな封筒を少し掲げてみせる。

「最近、ルーファス様のお姿を拝見しておりませんが、とてもお忙しいご様子ですね」

「実のところ、かなり。挙式まで仕事を抑えていたので、今は色々と立て込んでおりまして。早朝から深夜まで執務室におられます。おかげで僕も働き詰めですよ。あっ、そろそろ戻らなければ。ではジュリエ様、失礼いたします」

メイソンが丁寧に頭を下げた後、足早に去っていく。

せっかく木工作業を始めたけれど、多忙で執務室にこもりきりのルーファスに、空き地までいらしてくださいなんて言えるはずもない。

（でも、仕事が一段落ついたら様子を見にきてくれるかもしれないし、ノコギリや釘《くぎ》打ちの音がするはずだもの、窓から眺めてくれるわよね？）

そう願いながら作業を続けるも、一向にルーファスが現れることはなく、数日が経過してとうとうベンチが完成してしまった。

結局、汗だくになりながらの作業姿を見せることはできなかったけれど、ベンチはとても満足のいく仕上がりになっている。

「エマ、出来映えはどうでしょう？」

「ええ、ええ！　ジュリエ様、とても素晴しいです！」

額の汗を拭う私の横で、エマが手放しで褒めてくれる。

耐久性を確かめるためにベンチに腰かけて揺らしてみるがビクともせず、座り心地もなかなかいい。

「よければエマも座ってみてください」

「よろしいのですか？　では、失礼いたします」

ベンチの空いている場所を指でトントンと軽く叩きながら声をかけると、エマは笑顔で私の横に腰を下ろした。

「まぁ！　とてもよい座り心地ですねぇ。木のサラリとした手触りが気持ちよくて、ふふっ、寝てしまいそうです」

「エマに気に入ってもらえてよかったです。明日にでも、このベンチを日陰に移動してもらいましょう」

「日陰……もしかしてジュリエ様。このベンチは、わたくしのために？」

私がはにかみながら小さく頷けば、エマは「まあ……！」と感激したように呟いてから、喜びを噛《か》みしめるように「嬉しいです」と言って胸に両手を当てた。

それから、私たちはふたりでベンチに座ったまま、爽やかな風に当たりながら穏やかなひときを過ごす。

（ベンチは完成しちゃったから、次はどうしようかなぁ……）

王弟の伴侶にそぐわない行動をしていても、肝心のルーファスに認識してもらえなければ意味がない。困り果てて考え込んでいると、急に辺りが暗くなってきた気がして、空を見上げれば灰色の雲が太陽を覆い隠していた。

「エマ、雨が降る前に屋敷に戻りましょうか」

「そうですね、では残っている木材は倉庫に片付けさせましょう」

ベンチから立ち上がると、いつも木材を運搬してくれる男性使用人が荷車を押して近づいてくるのが見えた。

「あぁ、奥様。空模様が怪しくなってきたので、木材を仕舞おうかと思いまして。倉庫にお運びしてもよろしいですか？」

「お願いします。ベンチは完成したので、明日から木材は仕舞ったままで大丈夫ですよ」

使用人が「完成？」と呟き、ベンチに駆け寄ってまじまじと見つめて「おお。すごい！　見事なものですねぇ！」と感嘆する。

その時、エマが「あら？」となにかに気付いたような声を上げて、荷車を指さした。

「この部分、気をつけないと底の板が折れてしまうかもしれませんよ」

エマの指先をたどって荷車の底板を覗《のぞ》き込むと、確かにそこには亀裂が入っており、重い物を載せたら折れてしまいそうになっていた。

「この様子だと、木材を運ぶのは難しいかもしれませんね。別の荷車をお願いできますか？」

「それが、今空いているのはこれだけでして……。この後も麦袋を運ぶのに使う予定だったのですが、はぁ、参りました……」

使用人は肩を落として、途方に暮れた様子で壊れかけの荷車を見つめている。

「あの、応急処置でよろしければ、残った木材を使って、試しに補強してみましょうか？」

そう声をかければ、使用人は弾かれたように顔を上げて、驚きの表情で私を見つめた。

「そのようなことが可能なのですか……？」

「底の裏側から新しい板を貼れば、とりあえず今日は使える状態になると思います。やってみますので、荷台を横倒しにできますか？」

「は、はい！　かしこまりました！」

私とエマも協力して三人で荷車の裏側が見えるように動かし、丈夫な板を何枚か打ちつければ、荷物を載せても耐えられるくらいまで補強することができた。

「あぁ、奥様。本当にありがとうございます！　とても、とても助かりました！」

「こちらこそ、いつも木材の運搬をありがとうございます。ですがこれは、あくまでも応急処置ですので、できるだけ早く買い換えの申請をしてくださいね」

「はい、かしこまりました！」

使用人は深々と頭を下げて何度も感謝の言葉を述べた後、ためらいがちに恐る恐る口を開く。

「……あの、木工作業がお上手な奥様に、折り入ってお尋ねしたいことがあるのですが、よろしいでしょうか？」

「もちろんですよ。なんでしょう？」

「その……素人でも、犬小屋作りはできるものでしょうか？」

「え？　犬小屋？　えぇと……私も作ったことがないので分かりませんが、おそらく簡単ではないかと……」

唐突な質問に驚きつつ答えると、使用人は苦笑しながら「やはり、そうですよね……」と呟いた。

事情を聞いたところ、彼のお子さんが犬を拾ってきてしまい、今度は犬小屋が欲しいとねだられたそうだ。仕方なく買おうと思ったが高価なので、自作するべきか悩んでいるらしい。

「せっかく木材も余っているので、私が作ってみましょうか？　初めてですから、完成させられるか不安ですけれど……。それでも、よろしければ」

「ええっ⁉　いえいえ、そんな、奥様のお手を煩《わずら》わせるわけには……」

当初、男性使用人は恐縮していたけれど、私が「お気になさらないでください」と微笑んで告げれば、これ以上断り続けるのも逆に失礼だと思ったのだろう。

「奥様、本当にありがとうございます。完成を楽しみにしております！」

最後にはそう言って嬉しそうに破顔し、空き地を去る私たちに深々と頭を下げて見送ってくれた。

屋敷に向かって歩いていると、エマがしみじみとした声色で話しかけてくる。

「使用人に手を差し伸べるそのお気持ち、とてもご立派です、ジュリエ様」

「そんなに大したことは……。でもエマに褒めていただけて、すごく嬉しいです」

笑顔で返事をすると、エマは目尻を下げて、いっそう優しく微笑み返してくれるのだった。

＊　＊　＊

執務室にこもり仕事をしていたルーファスは、一段落ついたところで書類を机の端に積み上げて、凝り固まった肩を片手で揉みほぐした。

振り返って窓の外に目をやれば、没頭しているうちに日はとうに沈み、夜空には満天の星が煌めいている。

眼鏡を外して目頭を揉むメイソンに「そろそろ終わりにしよう。今日もお疲れさま」と声をかけて労《ねぎら》っていると、エマが執務室を訪ねてきた。

「ルーファス様、失礼いたします。ジュリエ様のご様子をお知らせに参りました。今、お時間よろしいでしょうか？」

「あぁ、構わないよ。メイソンから聞いたが、剣の稽古の次は、木工作業に勤《いそ》しんでいるみたいじゃないか」

「ええ。日々、一生懸命頑張っておられます。ジュリエ様の行動力には毎度驚かされますが、ふふっ、とても優しくお可愛らしいお嬢様でございますよ。実は本日完成したベンチは、わたくしのために作ってくださったのです」

「へぇ。なにをしているのかと思っていたけれど、母さんを座らせるためだったのか……」

嬉しそうなエマの話を聞いていたメイソンが、驚きと感心を滲ませてそう呟いた。

「ジュリエ様は本当に、噂とは真逆の礼儀正しく謙虚な方でございます。先日はわざわざ針子の元へ足をお運びになって感謝をお伝えになり、本日も困っている使用人に当たり前のように手を差し伸べておりました。わたくしのことも、いつも気遣ってくださいます」

ジュリエのことを思い浮かべているのだろう、エマが「ふふっ」と笑みをこぼす。

「明るく好奇心旺盛なジュリエ様と一緒におりますと、わたくしも毎日とても楽しゅうございます。こう言ってはなんですが、娘ができたように思えてしまって、目が離せないのですよ」

「エマがそこまで人を、特に女性を褒めるのは、もしかして初めてじゃないか？」

「あら？　そうでございましょうか？」

本人はとぼけているが、長年、陰謀《いんぼう》渦巻く王宮で侍女をしていたエマは、一見おっとり朗らかそうでいて、その実、人を見る目が厳しい。

これまでもその優れた洞察力によって、ルーファスにすり寄ってくる令嬢の本質を見抜いては、密かに対処してくれていた。

そんなエマが手放しで褒めるのだから、ジュリエは本当に善良な女性なのだろう。

「これはわたくしの勝手な推測ですが、ジュリエ様はもしかすると、ルーファス様のお気を引きたいのかもしれませんよ」

「ん？　私の気を引く？」

「ええ。なにかあるたび、わたくしにルーファス様のご様子をお訊きになりますし、空き地での作業中も、たびたびルーファス様のお部屋の方を眺めておられますので」

エマに続いてメイソンも「あ、そういえば」と口を開いた。

「僕にも、ルーファス様の近況を訊いてきたことがありますよ。あれは、そういうことだったのか……。報告せずに、すみません」

まさかジュリエの不思議な行動が、自分の関心を引くためだとは思いもしなかった。

「お仕事が一段落つきましたら、一度ジュリエ様の様子をご覧になりに、空き地にいらしてはいかがでしょうか？　ベンチの次は、もっと面白い物をお作りになる予定ですよ」

「母さん、ルーファス様は今お忙しくて、それどころじゃないよ」

「ご多忙なのは分かっていますが、新婚なのに顔を合わせる機会もほとんどございませんでしょう？　いくら理由があっての結婚とはいえ、それではお互いにあまりにも寂しいではありませんか」

メイソンの言う通り、結婚式の前後は面会を取りやめにしていたこともあり、嘆願書《たんがんしょ》が山のように積み上がっている。

他にも諸々《もろもろ》の予定が重なり、正直なところ時間的余裕はないが……エマがあまりにも褒めるため妙にジュリエのことが気になってしまった。

「メイソン、少しで構わない。時間を作れないか？」

ルーファスがそう頼めば、エマは嬉しそうに何度も頷き、メイソンは意外そうな顔をしながらも「わ、分かりました。調整してみます」と言って、予定の書かれた手帳をめくりはじめるのだった。

＊　＊　＊

犬小屋作りを始めた私は、難しい作業に連日頭を抱えながら、悪戦苦闘の日々を送っていた。

たまたま手を止めて休んでいると、遠くの方から近づいてくるふたりの男性の姿が目に入る。

（あっ、ルーファス様とメイソン）

私は気付かないふりをして手にノコギリを持つと、木の板に足を乗せて固定し、ギコギコと切断していく。

首に巻いた手ぬぐいで汗を拭くふりをして、視界の端にふたりの姿を捉えれば、メイソンは顔を引き攣らせて私を凝視していた。

貴族令嬢らしからぬ、本格的な作業姿に驚いたのでしょう。

そう、メイソン。それが普通の反応よね？

それなのにルーファスは、私の姿を見ても眉をひそめることはなく、もちろん咎めたりもしない。

「へぇ、随分と器用だな」

しかも、あろうことか感心するように呟いている。

（これもダメなの……？　木工作業作戦も失敗なのね……）

心の中で涙を流す私にルーファスが気付くはずもなく、なぜか今日はいつもより親しげに話しかけてきた。

「エマから面白い物を作っていると聞いたが、これはなんだろう?」

「一応、犬小屋のつもりで作っているのですが、なかなかうまくいかなくて……」

「これが、犬小屋? フッ……あ、失礼」

ルーファス様。今貴方、鼻で笑いましたよね?

まぁ、確かに……。まだ犬小屋には、全然見えないのですけれど……。

「犬小屋を作っているということは、今度は犬を飼おうと思っているのかな?」

「いいえ! 私、犬だけは絶対に飼いたくありません」

「へぇ? それはまたどうして?」

「子供の頃、噛まれそうになったことがあるので苦手なのです。この犬小屋は私のではなくて、使用人と話をしているうちに、ちょっとした流れで作ってみることになりまして」

「普通は、ちょっとした流れで犬小屋を作ることにはならないと思うが。どのような経緯でそうなったのか気になるな」

ルーファスが教えてほしいと言うので私が事情を説明しようとした時、数歩後ろに控えていたメイソンがこちらに歩み寄ってきた。

「ご歓談中、申し訳ございません。そろそろ次の予定のお時間となります」

「もうそんな時間か? すまないジュリエ、仕事に戻るよ。あまり根を詰めすぎないように」

労いの言葉を残して爽やかに去っていく彼の後ろ姿を、私は肩を落としながら見送った。

ルーファスは、私の言動を頭ごなしに否定せず自由に生活させてくれる、とても理解ある素晴らしい旦那様だと思う。

もしも私が六年前、不敬に当たるような言動をしていなければ、愛はなくとも穏やかな夫婦生活を送れたのかもしれない。

そうと思うと本当に残念でならないけれど、過去はやり直せないのだから、後悔しても始まらないわよね……。

結局、剣の稽古も木工作業も、ことごとく失敗。もちろん結婚生活はこれからも継続。

そして今、私に残されているのは、連日の肉体労働で疲弊した身体と、作りかけの犬小屋だけ――。

（あぁ……こんなはずじゃなかったのになぁ……）

打ちひしがれながらも、使用人親子は完成を楽しみに待ってくれているはずと思い直して、私は筋肉痛の身体を引きずり毎日空き地へと通った。

そうしてやっとの思いで作り上げると、不格好な見た目の犬小屋にもかかわらず、男性使用人とその息子さんはいたく喜び、心から嬉しそうな笑顔を見せてくれたのだった。

その後も、穏便に屋敷を出ていく方法はないかと頭を悩ませるうちに、あっという間に時間が過ぎ去っていく。

（そろそろ、次の行動を起こさなきゃ……）

王弟の妻としてあるまじき言動……たとえば、使用人に辛く当たるとか？

いいえ。どんな理由があろうと人を傷つけるのは、絶対にダメ。

それじゃあ、いっそのこと散財とかしてみようかな？

それもダメ。民のお金を無駄遣いするなんて、許されることではないわ。

浮気……は、論外ね。

そういえば、悩み事がある時は逆転の発想をしてみるべきだと、なにかの本で読んだことがある。逆転、逆転……浪費の逆。あっ、節約はどうだろう？

「エマ、突然でごめんなさい。知り合いに農家の方はいらっしゃるかしら？」

「農家ですか？　またいきなり……あっ、もしかして、今度は農業を始めるおつもりですか？」

「ええ、空き地を利用して野菜や果物を作りたいのです。でも、さすがに農業はよく分からなくて。誰か、指導してくださる方はいないでしょうか？」

「そうですねぇ。作物の苗や種、農具も必要になるとは思いますが、わたくしも詳しくありませんので、とりあえず屋敷の庭師に相談してみますね」

「いつもありがとうございます。毎回、色々と苦労をかけてしまってごめんなさい」

申し訳なくなって謝ると、エマはゆっくりと首を横に振った。

「どうか謝らないでくださいませ。わたくしも含めて屋敷の者はみな、ジュリエ様が次になにをなさるのか密かに楽しみにしているのですよ」

「えっ？　そうなのですか？」

「ええ。ジュリエ様がいらっしゃるまで、わたくしたちはよく言えば穏やかですが、正直に申し上げれば、少々味気のない日々を送っておりました」

ルーファスは仕事一筋であまり休みも取らず、これといった趣味もない。

邸宅の主が一心不乱に働いている中、使用人たちも肩の力を抜くことができず、屋敷全体がどことなく緊張した雰囲気に包まれていたのだとか。

「ですが、ジュリエ様の冒険心と豊かな遊び心に触れて、屋敷の者たちも同じ仕事を繰り返すだけではなく、新しいことに挑戦するようになったのです」

たとえば厨房《ちゅうぼう》の料理長は、ルーファスがあまり食に興味がないため、少々やりがいを失っていたらしい。

けれど、私が毎食きっちり完食して「今日のお料理も大変おいしくいただきました」と感謝を伝えることで、俄然《がぜん》やる気を取り戻したそうだ。

最近では、外国のお客様から異国料理について訊いては、お抱えの貿易商人から珍しい食材や香辛料を仕入れて、研究しているのだとか。

また針子たちは、自発的に色々なデザインの服を作って届けてくれていて、屋外作業の多い私の肌を日差しから守るため、いっそう腕を磨いているという。

「そういえば……最近、少し日に焼けてきたような……」

「『ような』ではございませんよ、ジュリエ様。雪のように白かったお肌が、赤くなってしまっておられます。それなのに、外で農作業をなさるのですか？」

「うぅん、そうですよね……。王弟殿下の妻が、こんがり小麦肌は悪目立ちしますよね」

私の次の言葉を、エマは固唾《かたず》を呑んで待っている。おそらく、私が農作業をやめると言うのを期待しているのだろう。

でもごめんね、エマ。これもすべて目的のためなの、許してね。

「なるべく、炎天下の日中は避けます……」

控えめに言ってみたけれど、エマは落胆した様子でガックリと肩を落としてしまった。

「あぁ、やはり屋外での作業は続けるのですね……」

「いつも気苦労をかけて、ごめんなさい」

「気苦労なんて、とんでもないことでございます。とても楽しゅうございますよ。わたくしはいつも、ジュリエ様に心を救われております」

「え？　私、エマにそう言ってもらえるようなこと、なにかしたでしょうか？」

考えてみても思い当たることはなく、毎度エマを振り回してばかりだと思うのだけれど……。

「ルーファス様の乳母としての仕事を終え、息子のメイソンも独り立ちして……。ここ最近のわたくしは、生きがいを失ったような、寂しく切ない気持ちになっておりました」

エマは慈愛に満ちた眼差しで私を見つめて「そんな時に、わたくしの前に現れたのが、ジュリエ様なのですよ」と、優しく告げた。

「明るくて可愛らしいジュリエ様を見ていると、わたくしも自然と元気になれるのです。それに、ふふっ。こう言っては失礼ですが、ジュリエ様はまだまだ、わたくしのお世話が必要でございましょう？」

「ええ、エマがいないと、私すごく困ってしまいます」

冗談めかして笑顔で問いかけられて、私も微笑みを浮かべながら頷いた。

「私、幼い頃に母を亡くして、もう声も思い出せません。でもエマが私のことを心配して、親身に接してくれるたび、嬉しくて。あぁ、お母様がいたら、こんな風に心強く感じたのねって、いつも思っていました。エマ、本当にありがとう」

心のままに感謝を伝えれば、エマは目尻を下げて嬉しそうに微笑み、「もったいないお言葉でございます……」と言って瞳を潤ませた。


それから数日後、指南役に抜擢《ばってき》された農作業の先生は、穏やかそうな年配の男性だった。

元は農学者で、今は現役を引退して、自由気ままに作物の研究を続けているのだという。

背後にお弟子さんを数名引き連れた先生は、農作業服に身を包んだ私を見て「こりゃあ、なんと！」と驚きの声を上げた。

「家庭菜園を始めたいとは伺っておりましたが、まさか王弟殿下の奥方様が、みずからなさるとは……ハッハッハッハ！　いやはや、驚きました」

「ご指導のほど、よろしくお願いいたします」

「えぇ、こちらこそ。それではさっそく始めましょうか。まずは種や苗を植える前に土を耕《たがや》し、作物の生育に適した土壌を作らなくてはいけません」

　先生の説明を聞きながら紙に書き留める私の前で、お弟子さんたちが実際に農作業をしてみせてくれる。

「彼らの動きをよくご覧ください。土の表面の雑草を抜き、石などを取り除いた後、鍬《くわ》を使って耕すのです。そして、すくい上げた土はああやって、ひっくり返すようにして耕した場所の横に置いていきます。この時、目についた石や草を取り除くことが重要ですぞ」

　そうして一通りの教えを受けた私は、来る日も来る日も、朝夕には畑で雑草を抜いたり鍬を振るったりして、土を耕すことに専念した。

　数日後――。その日も夢中になって作業を続け、一旦手を止めて痛む腰を伸ばしていると、遠目にルーファスとメイソンが近づいてくるのが見えた。

　まさか多忙なルーファスが畑に来てくれるなんて……。

　こんなチャンスは二度と訪れないと思った私は、あえて泥だらけの手袋をはめたまま豪快に額の汗を拭う。

すると日陰のベンチに腰かけていたエマがすぐに気付いて、ハンカチを片手にこちらへと近づいてきた。

「まぁまぁ、ジュリエ様。お顔に泥が！」

エマに顔の泥を拭われながら、さりげなく様子を窺うと、ルーファスは立ち止まって私から目を背け、声もかけずに去っていってしまう。

いつもとは違う反応に手応えを感じて、早々に作業を切り上げ部屋に戻ると、ルーファスのそば仕えをしている男性使用人が訪ねてきた。

「ルーファス様から伝言を預かって参りました。今夜の七時半頃、夕食をご一緒にいかがでしょうか、とのことでございます」

「お誘いありがとうございます。では、そのお時間にダイニングルームへ参ります、とお伝えください」

そば仕えの男性が一礼して退室すると、エマがニッコリ笑って明るい声を上げた。

「珍しいお誘いですねぇ。さぁ、ジュリエ様。早くお支度をいたしましょう！」

エマはとても喜んでくれているけれど、忙しいルーファスがわざわざ私に時間を割いてくれるのには、なにかしらの理由があるはず。

たとえば、王弟殿下のお飾り妻に相応しくない私を見限り、夫婦生活の終了を告げてくるとか……。

急いで入浴を済ませて、エマに髪を結ってもらい薄化粧を施し、お気に入りの薄緑色のドレスに着替えて身支度を終える頃には、時刻はもうすぐ七時になるところだった。

約束の時間にはまだ少し早いけれど、向こうで待とうと思いエマと共にダイニングルームへ入ると、そこにはすでにルーファスの姿があった。

「あっ、もういらしていたのですね。お待たせしてすみません」

「構わないよ。私も今来たばかりだ。君こそ随分と早かったね」

貴方に出ていけと言われるのが待ちきれなくて、早く来てしまいました、と正直に告げるわけにもいかず、私は黙って笑顔を浮かべ椅子に腰かける。

さりげなくルーファスを見れば、とても寛いだ様子でゆったりと食前酒を傾けていた。

「農作業の方は順調？」

お酒を飲んで心が和んでいるのか、いつもより親しげな口調で話しかけられて、私は少し戸惑ってしまう。

「え？　農作業、ですか？　はい、と言いたいのですが、それがまだ土壌作りの段階でして……。なにかを植えるのは、かなり先になりそうです」

作物を収穫できるのが先か、それともここを出ていけるのが先か。

どちらも道は遠そうで堪らず落ち込んでしまい、ガックリと肩を落とした。

その様子を見て、ルーファスは私がよほど土壌作りに悩んでいると勘違いしたのだろう。

とんでもない太っ腹な提案をしてくる。

「それは随分と大変そうだな。では、農作業員を雇おうか？」

「えっ⁉　い、いいえ、大丈夫です。これは趣味で始めたことですから、ボチボチとひとりで進めて参りますので、どうかお気遣いなく……」

「そうか？　無理はしないように」

「はい、ありがとうございます……」

無駄な努力をして、ひとりで空回りして。おまけに優しく労《いたわ》られてしまうなんて、私はいったいなにをやっているのかしら……。

ことごとく噛み合わない状況に打ちひしがれていると、ルーファスがなにかを思い出したように食事の手を止めた。

「あぁ、そうだ。明日から数日、屋敷を留守にするよ」

「かしこまりました。どちらに行かれるのですか？」

「兄上に呼ばれて王宮へ行ってくる。欲しい物があれば土産に買ってくるが、なにかあるかい？」

「お土産、ですか？　ありがとうございます。ですが、おかげさまでなに不自由ない生活をしておりますので、今のところ特に欲しい物はございません」

「そうか？　女性はアクセサリーや流行の品を好むと思っていたが、ジュリエは違うのだな」

答えてしまってから、もっと違うことを言うべきだったと後悔する。

とんでもなく高価なお土産をねだれば、こんな強欲な女を妻にはしておけないとルーファスは危機感を抱くはず。

いっそ今からでも、ものすごく高い宝石が欲しいと言ってみようかしら——と思ったものの、結局口には出せなかった。

貴族の収入の大半は民の血税。どんな理由があろうとも、多くの人が汗水流して働いたお金を無駄にするような真似は、してはいけない。

畑を耕す大変さを知った今なら、余計に強くそう思う。

「明日は、何時頃ご出発なさるのですか？」

「朝早くに出るつもりだよ」

ここは『早起きは苦手なので、お見送りはできません』と言って、ダメな妻をアピールしてみようかな。

頭の中で思い描いて練習していると、私より先にルーファスが口を開いた。

「ああ、見送りはいらないから、ゆっくり寝ていて構わないよ」

（さ、先に言われてしまった……）

あぁ、なんてできた旦那様なのだろう。お人柄が素晴らしすぎて、悪妻のふりをする隙すらないなんて。

「お気遣いありがとうございます……。お気をつけて、いってらっしゃいませ」

結局、私は居住まいを正して、当たり障りなくそう告げることしかできなかった。

＊　＊　＊

ルーファスは、しょぼんと肩を落としながら夕食を取るジュリエを、不思議な生き物を観察するかのような心地で眺めていた。

(見るからに落ち込んでいるな。畑作りがうまくいかないのが、そんなに悲しいのだろうか？)

運動のために剣を振りはじめたかと思いきや、今度は木工作業、そして最近は農作業に目覚めたらしい。

問題さえ起こさなければなにをしても構わないと放任していたが、毎度予想外のことをする彼女に、つい興味を抱いてしまっている自分がいる。

最近では、仕事の合間にジュリエの姿を窓から眺めて休憩するのが、密かなルーファスの楽しみになっていた。もっとも、彼女の方はいつも目の前の作業に夢中で、こちらの視線になど気付いていない様子だが。

見ていて飽きないなと思わず微笑んでしまい、ルーファスは自分らしくない行動に驚いた。

社交のための愛想笑いではなく、自然と心のままに笑うのはいったい何年ぶりだろう。

おそらく、六年前にあの少女と会った時が最後ではないだろうか。

「ルーファス様？　どうかなさいましたか？」

「あぁ、いや。なんでもないよ」

「そうですか……？」

ジュリエは首を傾げた後、『私、どこか変？　もしかして服にソースが飛んでいる？　それとも髪がほつれているのかしら？』というように、ドレスを見下ろしたり髪を手で触って確かめたりしている。

不思議そうな表情を浮かべる彼女の顔は、連日の屋外作業で薄紅に染まっていた。

頬や鼻の頭を赤くする姿は、まるで野外遊びを全力で謳歌《おうか》するワンパク小僧のようで微笑ましい。

（そういえば……。先日会った商人が日焼けに効く化粧品を取り扱っていると言っていたな。今度いくつか取り寄せて、エマから渡してもらおうか）

そんなことを考えながら、ジュリエとの和やかな夕食を終えたルーファスは、メイソンの待つ執務室へと戻った。

「おや、随分と早いお戻りですね。積もる話もあるでしょうから、もっとゆっくりしてくると思っていましたよ」

「私はそのつもりだったのだが……。思うように畑が進まずジュリエが落ち込んでいるようだったから、留守の件だけ伝えて早めに解散してきたよ」

「ハハハ！　それはまた、ジュリエ様らしい悩みですね。日中ルーファス様が畑まで出向いたことに、気付いておられましたか？」

「いいや。まったく話題に出なかったから、おそらく知らないと思うよ。声をかけずに戻ったのは正解だったな」

「そうですね。いくらジュリエ様でも、あの泥まみれの姿をルーファス様には見られたくないでしょうから。――話は変わりますが、ひとつご報告がございます」

　メイソンが軽い口ぶりから一転して真剣に話しはじめたので、ルーファスはすぐさま仕事の話題だと察して表情を引きしめた。

「先程、偵察《ていさつ》に行かせていた者が戻って参りました。内容はすべて聞いておきましたが、本人を呼びましょうか？」

「いや、彼らも疲れていることだろう。メイソンが受けた報告を聞かせてくれ」

「かしこまりました。ルーファス様のご指示通り、ジュリエ様とのご結婚話を社交界で広めたところ、レオナルド陛下に敵対しようとしていた貴族たちが、次々に反乱勢力から離脱している模様です」

「そうか。ひとまず首尾は上々だな」

「このままいけば、武力衝突せずに反乱勢力を鎮圧できるのではないでしょうか」

「だといいが、まだ油断はできない。王都に残っている者たちに、引き続き動向を注視するよう伝えてくれ」

「承知いたしました」

ルーファスがジュリエを娶《めと》ったのは、豊かなオルティス領を守るという理由に加えて、もうひとつ別の狙いがあった。

それは、ジュリエにつきまとう悪評を用いて、レオナルドを退けルーファスを擁立しようとする反乱勢力を内部崩壊させることだ。

歴史を顧みても、悪辣な妃が国を破滅へ導いた例は多々存在する。

謀反《むほん》を企てていた貴族らは今頃、ルーファスが王になり悪名高いジュリエが王妃となれば国が傾き、ひいては自分たちの立場も危うくなるかもしれない。それなら多少やり方に不満はあるものの、現王レオナルドに従っている方がマシだと考えていることだろう。

評判を利用してしまいジュリエには申し訳なく思うが、このまま何事もなく事態が終結することが国と国民にとって最良の結末だ。

「血を流すことなく反乱勢力を抑え、争いの芽を未然に摘む。さすが見事な手腕でございます、ルーファス様」

「そんなに褒めても、まだ休暇はやれないぞ。私が不在の間、留守を預かってもらわなければいけない」

「ええ、心得ておりますとも。屋敷とルーファス様の〝妖精〟は、この僕にお任せください」

「ん？　私の妖精？」

「おや、知りませんか？　使用人たちの間で、密かにジュリエ様は〝妖精〟と呼ばれているみたいですよ」

メイソンの話によると、ジュリエは屋敷の者たちに気さくに声をかけて、壊れかけの物を直したり、悩みを聞いたりしているそうだ。

そのため、いつしか使用人たちは彼女のことを、幸運をもたらすエヴァンズ邸の〝妖精〟と囁《ささや》きはじめたらしい。

「幸福をもたらす、か。まるでブルーバードの伝説のようだな」

そういえばジュリエが嫁いできてから、エヴァンズ邸全体がどことなく活気づいたような気がしていた。

きっと彼女の存在が、屋敷の者たちによい影響を与えているのだろう。

それはルーファス自身にも当てはまり、淡々と過ぎゆく味気ない日常に新たな風が吹き込むような、そんな清々しい心地がここ最近はしていた。

四章　幸福と奇跡を運ぶブルーバードの伝説

ルーファスが出立する日の朝。私はやはり気になっていたのか、自然といつもより早く目覚めてしまった。

エマに彼の所在を尋ねるとすでに出かけた後で、見送りはいらないと言われたものの、申し訳ない気持ちになってしまう。

「今日は朝から、かなり日が照っていますね。ジュリエ様、本日も畑で作業をなさるのですか？」

窓から外を眺めれば空き地には日差しが降り注いでおり、いくら日陰に避難しているとはいえ、この天気ではエマの体調が心配……。

「ほんの少しだけササッと耕して、すぐに戻ってきますから、今日はひとりで行ってきます。エマは屋敷で待っていてください」

「お気遣いありがとうございます。ですが飲み物も用意しませんと……。ジュリエ様が行かれるのでしたら、わたくしもご一緒させてくださいませ」

幾度となく『ひとりで大丈夫』と言っているものの、エマは毎日畑に同行しては、なにかとお世話をしてくれて、作業が終わるまでずっと私を見守ってくれている。

一度始めたことを途中で投げ出したくはないけれど、ルーファスが泥まみれの妻を嫌がらないと分かった今、畑仕事を続ける理由はなくなってしまった。

エマのためにも、ひとまず農作業は中止にしましょう。

「考えてみれば、まだなにも植えていないので、急いで作業する必要はないですね。私も少し疲れてしまったので、しばらくの間、畑仕事はお休みしようと思います」

「ええ、ええ！　それがようございます！　ぜひそうしてくださいませ」

ホッとして喜ぶエマの姿に、ちょっとした親孝行でもしたかのような気分になる。

そうして久しぶりにゆっくり寛いでいると、元農学者の先生とお弟子さんたちが屋敷を訪ねてきた。

「こんにちは、ジュリエ様。エヴァンズ邸の近くまで用事がありましたので、寄らせていただきました。畑がどのようになっているか、確認してもよいですかな？」

「ええ、もちろんです。あまり作業が進んでいなくてお恥ずかしいのですけれど、一画だけ鍬入れを終えた場所がありますので、ぜひご覧になってください。私は急いで着替えて参りますので、応接室でお待ちいただけますか？　すぐにお飲み物をご用意いたしますので」

「おお！　それはありがたい。今日は暑いですからな、みなで少し休ませていただきます」

先生たちが休憩している間にドレスから作業服に着替えた私は、みなさんと連れだって裏手の空き地へと向かった。

先生は畑全体を見渡してから「さてと、どれどれ……」と呟き、私が耕した場所をじっくりと観察する。

「ジュリエ様。少々鍬入れが浅いようですな。次回はもっと深く耕すようにしてください」

「分かりました。そういたします」

お弟子さんのひとりが手で土を触り、先生の方を向いて残念そうに首を横に振った。

「どうやら、まだ作物を植えられる状態ではございませんな。もう少し土壌に手を加えないと。肥料を持って参りましたので、再度入れてみましょう」

「ありがとうございます。農業がこんなに大変だとは思ってもみませんでした。作物を作るのは本当にすごいことですね」

「そうですな。しかし、落胆することはございませんよ。民の暮らしぶりを知るため、おひとりで畑を耕そうと思ったそのお志は、実に素晴らしい！　頭が下がります」

「いえ、そんな大それたことは、考えていなくて……」

農業を始めようと思ったのは、民の暮らしぶりを体験するためではないのだけれど、先生はよい方向に解釈してくれたようだった。

「畑作りには時間がかかりますので、焦らず休み休みやってください。それとですな、こんなこともあろうかと、今日はジュリエ様によい物を持って参りました」

先生についていくと、お弟子さんたちが荷車から大きな鉢植えを運び出してきた。

「まずは、このラズベリーを育ててみては、いかがですかな」

鉢に植えられた低木は葉が青々と茂っており、赤い実がついていて可愛らしい。

「ありがとうございます。やってみたいのですが、育てるのは初めてで……うまくできるでしょうか？」

「なに、比較的世話が簡単な果樹ですから、心配しなくて大丈夫ですよ。弟子が育て方などを詳しく紙に書いておきましたので、その通りにすれば問題ないでしょう。わしらも定期的に様子を見にきますから、まずは楽しみながら、やってみてはいかがですかな」

「なにからなにまで、本当にありがとうございます。やってみます！」

「いえいえ。わしらもジュリエ様には、感謝しておるのですよ」

先生によると、王弟夫人が家庭菜園を始めたという話をきっかけに、巷では農業に興味を持つ人が少しずつ増えているという。

今まで私に関する噂は悪いものばかりだったから、自分の行動や評判がよい影響を与えているみたいで、とても嬉しい。

「農業に関心を持ってもらえて、農学者として実に喜ばしい限りですよ。さて、この鉢植えはどこへ置きましょうかの？」

ラズベリーは日当たりのよい場所を好むものの、直射日光や強い西日に当てると弱ってしまうらしい。

そこで相談した結果、部屋の東側に面したバルコニーに鉢植えを置くことにした。

みなさんを見送った後、お弟子さんが書いてくれた育て方の指南書に目を通しながら、エマと一緒にラズベリーを観察してみる。

「まず【土が乾いていたら朝と夕方に水を与えてください】……大丈夫、まだ乾いていない。はぁ、すごくいい香り」

「えぇ、本当ですこと……」

「香りが強くなっているのは、熟してきた証だと書いてあります」

「そうなのですね。ではジュリエ様、さっそくお味見をしてみましょうか？」

笑顔で頷くとエマがさっそく手袋を持ってきてくれたので、赤く熟した実を探して優しく摘まめば、ポロリと簡単に取ることができた。

エマが拭いてくれた実を食べてみると、噛むごとに果汁が口の中に広がっていく。

「わっ、甘酸っぱい！」

「ふふっ。たくさん採れたらジャムにしましょうね」

若い果実を落とさないように、トゲに気をつけながら慎重に熟れた実を収穫していく。

指南書によると、ラズベリーには〝愛情〟と〝深い後悔〟というふたつの花言葉があるそうで、理由も書き添えてあった。

〝愛情〟は果実の甘酸っぱい味に由来しており、〝深い後悔〟は赤くておいしそうな実を取ろうとして、トゲに刺さって痛い思いをした人がいたことからつけられたのだとか。

（深い後悔、まさに私にぴったりの言葉ね……）

そう思いながら六年前の出来事を回想すると、口の中は甘酸っぱいのに、心の中にはほろ苦い感情が広がった。

それから数日、私は畑には行かずに、厨房や針子の元を訪れて雑談を楽しんだり、部屋で刺繍や読書をしたりして穏やかな時間を過ごしている。

その日も窓辺の椅子に腰かけて刺繍をしていると、近くから鳥のさえずりが聞こえてきた。

窓から外を見てみると、バルコニーの手すりに二羽の小鳥がとまっている。

まんまるの黒い瞳に、手のひらで包み込める大きさの丸い身体、そして短めの脚。

モフモフとしたお腹の辺りは白色で、頭から背中、尾にかけては鮮やかな青色の可愛らしい小鳥だった。

姿形は似ている二羽だけど、よく見ると翼の一部が片方は赤色で、もう片方は紫色。

仲よく並び、たまに向かい合って会話するようにさえずる姿はとても愛らしく、私はつい微笑んでしまう。

すると、こちらに気付いてしまったのか、小鳥たちは『ピィ、ピピ、ピッ』と鳴いて飛び去ってしまった。

「今の青い鳥って、もしかしてブルーバード……？」

ブルーバードはクライン王国のエヴァンズ領にのみ生息する〝野鳥〟で、幸福と奇跡を運ぶという伝説が残っていると、昔読んだ本に書かれていた気がする。

先程バルコニーにやってきた小鳥のことを考えていると、エマが紅茶とお茶菓子を持って部屋に戻ってきた。

「ジュリエ様、そろそろ休憩にいたしましょうか」

「ええ……そうですね……」

上の空で返事をすれば、エマが不思議そうな顔で私の手元を覗き込んだ。

「ぼんやりしているように見えますが、大丈夫ですか？　刺繍が思うようにいかないのでしょうか？」

「刺繍？　あっ、そういえばテーブルに置いたままでした。大丈夫です、もう仕上がりますから。あの、エマ。ひとつお願いがあるのです」

「まあ、そのようにかしこまって、どのようなことでしょう？　あっ、まさか、また畑仕事をなさるのですか？　ですが、当分の間はお休みするとおっしゃっておられましたよね？」

エマはきっと、刺繍に飽きた私が農作業をしたいと言い出したと、勘違いしているのだろう。

陽光の降り注ぐ空き地を困り顔で眺めている。

「せっかく日焼けが治ってきましたのに。あぁ、また……」

「エマ、違うのです。畑のことではなくて、ブルーバードの姿絵が載っている本があったら、見せていただきたくて」

「ブルーバードですか？　ええ、あるはずですから、すぐに持って参りますね」

エマは少しホッとした様子で部屋を出ていくと、しばらくしてから両手に数冊の本を抱えて戻ってきた。

私はさっそく【謎多き神秘の野鳥ブルーバード】という題名の本を手に取り、姿絵を探してページをめくっていると……。

（あっ、見つけた。丸くて可愛らしい姿……やっぱり、さっきの青い小鳥に似ている）

ブルーバードはその名の通り、頭から背中、長い尾にかけて青色の鳥で、オスは羽の一部が赤色、メスは紫色のため、雌雄の見分けがつきやすいのが特徴だという。

さらにページをめくると、【幸福と奇跡を運ぶ青い鳥の伝説】という見出しが目に入り、興味を引かれて読みはじめた。

遥か昔、エヴァンズ領の一部では、ブルーバードの不思議な力によって死した魂が別の生物に宿ったり、生まれ変わったりするという話が信じられており、転生の儀式を行う者がいたそうだ。

他にも、ブルーバードのおかげで奇跡的に災いから逃れ、事故や戦争から無事に生還することができたなど、さまざまな逸話が記されている。

また、他国に比べて我が国の災害や飢饉《ききん》が少ないのは、ブルーバードの力によるものだと主張する研究者もいるようだ。

「少しご休憩なさってはいかがですか？　新しい紅茶を淹《い》れて参りましたので、どうぞ。……ジュリエ様？」

「はい？　あっ、ごめんなさい。夢中になっていました」

私があまりにも熱中して本を読んでいたからだろう。

エマが「ふふっ。まぁまぁ、仕方ありませんね」と朗らかな笑みをこぼす。

「今度は、ブルーバードにご興味を持たれたようですね」

「はい。鳥のさえずりを聞いていたら、エヴァンズ領にブルーバードが棲《す》んでいることを思い出したのです。でも幼い頃に本で読んだ知識しかなくて、知りたくなってしまって」

「そうでしたか。ルーファス様の書庫室には、ブルーバードの本がたくさんございますよ。いつでもご案内いたしますから、お声がけくださいね」

「ルーファス様はお留守ですのに、私が入ってもよいのですか？」

「ええ。いつかジュリエ様が読書をしたいとおっしゃった時のために、以前から許可をいただいておりましたので、大丈夫でございますよ」

「エマ……本当にいつも、ありがとうございます」

エマの手際のよさに感動しつつ、日頃の感謝を伝えれば、彼女は嬉しそうに微笑んでくれたのだった。

それから数日後のこと。

『ピィ、ピピッ』

鳥のさえずりが聞こえてきて、そっと様子を窺うと、前回と同じくバルコニーの手すりにブルーバードらしき青い小鳥が二羽とまっていた。

飛び去ってしまわないように、姿を隠して愛らしいさえずりに耳を澄ませていると――。

『ピピッ……あかい、み……ピピィ……おいしそう……ピィ』

『ピィ……うん……ピィピ……たべたい……ピッ』

小鳥の鳴き声がなぜだか時々、舌足らずな子供の話し声のように聞こえてきて、私は思わず自分の耳を疑ってしまう。

「ジュリエ様？　どうかなさいましたか？」

「今、小鳥のさえずりが……」

「ええ。とても愛らしい鳴き声でしたね」

そう答えるエマは特に驚いている様子はなく、いつも通り穏やかな微笑を浮かべている。

（今の声、私にだけ聞こえたの？　気のせい？　幻聴？　それとも、もしかしてこれが、ブルーバードの奇跡……？）

自分の身に起きた不思議な現象に呆然としていると、いつの間にかさえずりは聞こえなくなっており、急いでバルコニーの手すりを見れば小鳥たちはいなくなっていた。

「エマ、また読みたい本があるのです。お借りしたいので、ルーファス様の書庫室に連れていっていただけますか?」

「ええ、ようございますよ。ご案内いたしますね」

エマに案内されて入ったルーファスの書庫室には、広々とした空間にたくさんの本棚が等間隔に置かれていて、そこに大量の本が整然と収められていた。

入り口に貼られている蔵書の分類図を見れば、ブルーバードに関する文献はもちろんのこと、歴史・文学・政治学など、ありとあらゆる分野の専門書が置いてあり、さらには図鑑や娯楽小説まで取り揃えられているようだった。

「すごい……! まるで図書館のような場所ですね」

「えぇ、そうですね。ルーファス様のご趣味は読書でございますから。王宮にお住まいの頃から、放っておくと一日中、王宮図書館におられましたよ」

「私も本を読みはじめると時間を忘れて夢中になってしまうので、そのお気持ちはよく分かります」

「ふふっ。ここにある本はどれでもお持ちいただいて構わないと、ルーファス様がおっしゃっておられましたので、ゆっくりとお選びくださいませ」

さっそく私はブルーバードに関する文献が収められている棚に行き、気になる本をいくつか手に取って部屋に戻った。

エマは理由こそ訊いてこないものの、ブルーバード関連の書籍ばかり選ぶ私に、不思議そうな顔をしている。

先程の不可思議な体験をエマに打ち明けたいけれど、小鳥のさえずりが人間の声に聞こえると言っても信じてはもらえないだろう。

まずは、自分が体験した出来事と似たようなことが書かれていないか調べようと思い、それからひたすら文献を読む日々が始まった。

ふと手に取った歴史書の中に、【ブルーバードの声が聞こえる女性がいた】という記述を見つけて読み進めたが、それ以上詳しいことは書かれていない。

残念に思っていると、読書に没頭する私のそばでエマが「あっ、そうでしたわ！」と、なにかを思い出したように呟いて立ち上がった。

「ジュリエ様。わたくしメイソンのところへ行って、ルーファス様のお戻りになる予定日を訊いて参りますね」

「分かりました。いってらっしゃい」

エマを見送り椅子から立ち上がって伸びをしていると、窓の外から『ピィ……ピピッ』という例のさえずりが聞こえてきた。

きっとあの青い小鳥だわ、と思って慎重に様子を窺えば、予想通り二羽の小鳥がバルコニーの手すりにとまって、ラズベリーの鉢植えの方をじっと見つめている。

『ピビッ……あかいみ……たべよう……ピィ』

『ピィ⁉　……ダメよ……ピッ』

『ピピッ……へいきだよ……ピィ』

羽根の一部が赤い小鳥が、丸くてモフモフの身体をヨイショと持ち上げるようにして羽ばたき、ラズベリーの鉢植えに向かってゆっくりと飛んでいく。

「あっ、ダメ！　危ない！」

私は慌ててバルコニーへ飛び出して、宙に浮く小さな青い鳥を両手で包み込むようにして優しく捕まえた。

手のひらに、綿毛のようなフワフワとした柔らかな感触が伝わってくる。

『ピィッ⁉』

すると青い小鳥は捕らえられたと思ったようで、私の手の中で懸命に身体を動かして、怯《おび》えたように鳴きはじめてしまった。

『ピピッ……ピィ……イヤだ……ピピ……はなしてぇ……ピィ』

「ごめんなさい。すぐ下ろすね」

私は謝りながら、バルコニーの手すりに小鳥をそっと置いた。

「驚かせるつもりはなかったの。ラズベリーにはトゲがあって危ないから、止めようと思って。許してね」

私が優しく語りかけると、二羽は向かい合って会話をするかのように可愛らしい声でさえずり、再び鉢植えの方をじっと見つめはじめた。

ブルーバードは木の実を好むと文献に書いてあったので、きっとこの小鳥たちもラズベリーを食べに、ここへ来たのだろう。

私は熟れた実を摘んで手のひらに載せて、そっと二羽の前に差し出した。

「さぁ、どうぞ。甘さもあるけど、とても酸っぱいから注意してね。……と言っても、通じるわけがないわよね」

『ピィ……ありがと、わかった……ピッ』

「えっ……。今、しゃべった……？　もしかして、私の言っていることが理解できているの？」

『ピピッ……ことば……わかる……ピィ』

『ピィ……ブルーバード……あたま、いい……ピッ』

驚きのあまりその場に立ち尽くす私の目の前で、ブルーバードたちは怯える様子もなく、仲よくラズベリーの実をついばみはじめる。

試しに軽く頬をつねってみると確かに痛みを感じるので、どうやら夢を見ているわけではないみたい。

本当にブルーバードと会話ができるのなら、と思った私は半信半疑で話しかけてみる。

「はじめまして。私の名前はジュリエです」

こんな風に真面目な顔で鳥に語りかけている姿を見たら、エマは私の頭がおかしくなってしまったと思い、すごく心配するに違いない。

（退席している時でよかった……）

そんなことを考えていると、羽の一部が赤色のオスの小鳥が『ピピッ……ボク、ロット……ピィ』、一部が紫色のメスの小鳥も『ピィ……わたし、リラ……ピッ』とさえずる。

私が名を告げたので、ブルーバードたちも自分の名前を教えてくれたようだ。

『ピィ……ジュリエ……またね……ピッ』

ラズベリーを食べ終えたブルーバードたちは、羽を広げて飛び去っていく。

空き地の向こうに消えていく二羽の後ろ姿を、私は夢を見ているかのような心地で眺めながら、またいつか会える日を楽しみにするのだった。

＊　＊　＊

王宮に到着したルーファスは、すぐに国王と王妃の待つ謁見の間へと赴いた。

玉座の前に片膝をつき形式的な挨拶を述べると、異母兄であるレオナルド国王陛下が、片手を前に出してルーファスの言葉を遮る。

「身内のみゆえ、そのような堅苦しい挨拶はいらぬ。言うのが遅くなってしまったが、まずは結婚おめでとう。新婚生活は順調か？」

「はい、つつがなく」

「ジュリエ・オルティスについてはどうだ」

「ご安心ください。事前のご報告通り、人柄は問題なく、王弟夫人になったことで増長する様子も見受けられません。行動にも、特段の懸念点は……」

ルーファスはそこまで言いかけて一瞬言葉に詰まってしまい、その僅かなためらいをレオナルドは見逃してはくれなかった。

「どうしたのだ？　なにか気になる点があるのか？」

「いえ、失礼いたしました。兄上のお耳に入れるようなことではございませんので、どうかお気になさらず」

「そう言われては、かえって気になるではないか。報告せよ」

国王に報告すべき内容ではないと思いつつ、口ごもったのを見抜かれてしまった以上、包み隠さず言うしかない。

「実は妻が……」

「ああ、お前の妻がどうしたのだ？」

「木工作業を終えたかと思えば、次は畑作りにのめり込んでおりまして」

「……も、木工？　その次は……なんだと？　畑？」

一拍置いてからレオナルドが耳を疑うように聞き返してきて、その隣では兄の妻のエレノア王妃が目を丸くしてルーファスを見ている。

「ルーファス、分かるように詳しく話せ」

「はい……。私の妻は、少々おかしな行動をいたします。たとえば、挙式の翌日に運動のために剣を振るい、その後、侍女を気遣ってみずから椅子を製作し野外に設置。最近では畑を耕しているのですが、それがうまくいかず、とても落ち込んでおります」

「お前の妻は、いったいなにを目指しているのだ？」

「正直、私にも分かりません」

レオナルドの問いかけに、ルーファスは困惑顔で首を横に振る。

「ジュリエがなにを考え、次にどのような行動をするのか、まったく予想できないのです。ただ国の害になることはございませんので、その点はご安心を」

「そうか……。ルーファス、お前も苦労しているのだな。無用な争いを起こさぬためとはいえ、お前に愛のない結婚をさせてしまったこと、すまないと思っている」

「いいえ、兄上。結婚前にも申しましたが、どうかお気になさらないでください。ジュリエの思考はいまだに理解できませんが、彼女のことを眺めているのは思いのほか楽しく、ここ最近は結婚生活も悪くないものだと思っておりますので」

ジュリエのことを思い浮かべながら、ルーファスがありのままの気持ちを告げると、レオナルドは嬉しそうに頷いた。

「そうかそうか。思ったよりも仲睦《むつ》まじくやっているようで安心した。夫婦とはいえ別の人間。分かり合えぬこともあると思うが、理解すべく歩み寄ることが肝要だと思うぞ」

「兄上の言葉、胸に刻みます」

「それにしても、冷静なお前をそこまで困惑させるとは。ジュリエがどのような人物か、一度確かめなくてはいけないな。王妃もそう思うだろう？」

レオナルドに同意を求められたエレノア王妃が、目を細めて微笑む。

「ええ。わたくしも、とてもお会いしたいですわ。ルーファス様、今度はぜひ、ジュリエ様と一緒に王宮にいらしてくださいませ」

「王妃もこう言っていることだ。近々ジュリエを連れてくるように」

「かしこまりました。妻に相談してみます」

その後、話題はジュリエのことから、国内政治や仕事のことに移り変わった。

「それでは、本日はこれにて失礼いたします」

謁見の間を退き、王宮の出口を目指して歩いていると、どこからともなく「ルーファス様～っ！」という鼻にかかった甘ったるい声が聞こえてくる。

自然と眉間にしわが寄るのを自覚しながら、声の主を無視して歩き続けていると、いとこのロザリーが目の前に立ち塞《ふさ》がった。

真っ先に目を引くのは、色鮮やかな深紅のドレス。

頭につけた髪飾りから爪の先まで赤色で統一した派手な姿は、おおよそ王宮に相応しい装いとは言えず、自己中心的な彼女の性格をよく表している。

「なんの用だ」

「なんの用って……用がなきゃ話しかけちゃダメなの？　そんなのひどいですわ！　わたくし貴方に会いたくて、わざわざ王宮までやってきたのに!!」

「なぜ私が王宮に来ることを知っているのだ？」

「そんなの、お父様から聞いたからに決まっているでしょう？」

（今日私が兄上に謁見することは、限られた者にしか知らされていないはずだが……）

情報が漏れているということは、王宮のどこかにモディール公爵家の間者が潜んでいるのだろう。

聡《さと》いレオナルドのことだ、すでに気付いて対処に動いているとは思うが、念のため報告しておかなければ。

考えを巡らせていると、ルーファスに無視され邪険に扱われたロザリーが、顔を覆ってすすり泣きを始めた。

だが、泣き真似は彼女の常套《じょうとう》手段、涙なんて一滴も流れていないことをルーファスは嫌というほど知っている。

いつも通り放置して立ち去ろうとしたが、真っ赤な爪紅を差した手に腕を掴まれ、行く手を阻まれた。

冷ややかに見下ろすと、ロザリーは笑顔を取り繕って、媚びを売るようにしなだれかかってくる。だがルーファスがすぐに払い除けたので、彼女は寄りかかる先を失って、盛大に倒れ込んだ。

「きゃあっ！　いったぁい……なにするのっ⁉」

「害虫が寄ってきたから、払っただけだが」

「はぁ⁉　害虫って、わたくしのこと⁉　ルーファス様！　ちょっと待ってよ‼」

歩き出すルーファスの背後からロザリーの甲高い声が響き渡り、遠巻きにこちらを眺めていた貴族や宮廷役人、王宮騎士らがうるさそうに眉をひそめる。

「貴方、本当は〝あの女〟を愛していないのでしょう？　お父様が『ルーファスはこの国の被害者だ』と言っていたわ。したくもないのに王位継承放棄を強いられて、今度は望まない結婚までさせられて。ああっ、なんて可哀想な人なの……！」

ロザリーがドレスをわし掴みにして走り、再びルーファスを追い越して、行く手を阻むように立ちはだかる。

「ジュリエ・オルティスと離婚して！　そして、わたくしの手を取ってちょうだい。そうすれば、貴方は幸せになれるのよ」

レオナルドの心を射止められず正妃の道が閉ざされた途端、王弟夫人の座を欲しがるとは。

この女は、どこまで欲深いのか。

「ロザリー。君と結婚すれば、私はどのように幸せになれるのだ？」

試しに微笑んで優しく問いかけてみると、ロザリーはツンと顎を持ち上げ、口元に得意げな笑みを浮かべる。

「いいわ、教えて差しあげる！　わたくしと結婚すれば、貴方はこの国の頂点に君臨できるのよ！」

「この国の頂点？　それは国王ということか？　レオナルド兄上がいるのに、なぜ私が国王になれるのだ？」

「詳しいことはよく分からないけど。わたくしのお父様と、しもべの貴族たちが協力して、絶対に貴方を王座に――」

そこまで言ってからロザリーは周囲の状況にようやく気付き、唇を引き結んで黙り込んだ。

行き交う人々は足を止めてこちらの会話に耳を傾け、さらにロザリーの大声を聞きつけた王宮騎士が駆け寄ってきて、辺りは騒然としている。

人々の注目を浴びながらも、ルーファスは追及の手を緩めることなく、青ざめるロザリーに向かって冷静に問いただす。

「モディール公爵家は他の貴族家と共謀し、兄上を退けて私を王位に据えようとしている、ということだな？」

「そっ、そんな……。違う、違うわ！　そうじゃないってば……！　ルーファス様ったら、昔から優しい口調で意地悪なことばかり言うんだから！　本当にひどい人！」

いくらロザリーが話題をそらして言い逃れしようとも、公の場で口にした発言はそう簡単に撤回できるものではない。

それに今回は、証人が大勢いる。

「あれは、モディール公爵家の令嬢だよな？　今の話、聞いたか？」

「ああ、しっかりと。最近一部の貴族たちがおかしな行動をしていると思ったら、まさか反逆を企てていたとは。恐ろしい話だよ」

「まったくだな。確かモディール公爵家には、ご子息がおられないよな？　この先どうなることやら。あの令嬢じゃ、家の存続は難しいだろうな」

周りにいた貴族は、ロザリーを見ながら呆れ顔で言葉を交わしている。

無数の囁きと軽蔑《けいべつ》するような視線に晒《さら》されて、ロザリーは居たたまれなくなったのか、盛大に顔を引き攣らせて、耳をつんざくような金切り声を張り上げた。

「うっ、うるさい、うるさい！　だから違うって言っているでしょう！　わたくしの悪口を言う者は、絶対に許さない‼」

ロザリーが喚けば喚くほど人が集まり、注がれる視線はますます厳しいものになっていく。

ついに彼女は唇を噛みしめ、逃げるようにその場を去っていった。

しかし、一度放たれた言葉はそう簡単に消えることはなく、モディール公爵家の企《たくら》みは人から人へと伝わっていく。

ルーファスが王宮の廊下を歩いている間にも、あちらこちらから囁きが聞こえてきた。

「おい……さっきの騒ぎ、知っているか？」

「ん？　なんの話だ？」

「それが、モディール公爵家の令嬢が——」

おしゃべりな貴族の手にかかれば、噂が広まるのはあっという間だ。

数日経つ頃には、王都だけでなくクライン王国全土に広まることだろう。

最盛期に比べて影響力が衰えたとはいえ、モディール公爵家に恩義のある貴族は多い。

ロザリーの発言のみで裁くのは現実的に困難だが、こうして衆目を集める中、モディール公爵も軽率に行動は起こせないはずだ。

それに、今回のロザリーの失言を知れば、いまだにモディール公爵家に味方している貴族たちも相当な危機感を抱くに違いない。

実際、ロザリーがキャンキャン喚き散らす中、気まずそうにその場を立ち去っていく貴族の姿も見かけた。

（今度こそ、企みは終わりだな。迂闊《うかつ》な発言をしてくれたロザリーには感謝しなければ。おか

げで、こちらの手の者を使って噂を流す手間が省けた）
ルーファスは周囲の様子を観察しながら、国王への報告のため再び謁見の間へと向かうのだった。

＊　＊　＊

ブルーバードと会話するという不思議な出来事から数日が経ち、王都に行っていたルーファスがエヴァンズ邸に帰宅した。

「今でしたらお部屋におられますので、ルーファス様にご挨拶に行かれてはいかがでしょう？」

エマにそう促されて向かうと、部屋の前にはメイソンが立っていて「ただいま着替え中でございますので、少々お待ちください」と教えてくれる。

ほどなくして扉が開きルーファスが姿を現したので、「おかえりなさいませ」と声をかければ、彼は「ただいま」と穏やかに返事をしてくれた。

そんな私たちの様子を眺めていたメイソンが、すまなそうに頭を下げる。

「お帰りになったばかりで申し訳ございませんが、急ぎルーファス様に確認していただきたいことがございまして……」

「あぁ、分かった。ジュリエ、すまない。また後で」

ルーファスは私にそう一声かけてから、メイソンと一緒に中央棟の執務室に向かって歩いていく。

帰ってきたばかりなのに、休息を取る暇もないなんて……。

せめてほんの少しでも身体を休めてほしいけれど、お飾り妻の私が余計なことを言うべきではないと、身の程はわきまえている。

それからもルーファスはずっと執務室で忙しく仕事をしているようで、数日経っても顔を合わせることはなかった。

そんなある日、メイソンが私の部屋を訪ねてきて、笑顔でこう告げてくる。

「これからルーファス様は、ブルーバードの森へ行かれますが、よろしければジュリエ様もご一緒にと仰《おお》せです。いかがなさいますか？」

「ブルーバードの森ですか？　はい、ぜひご一緒させてくださいと、お伝えください」

「かしこまりました、そのようにお伝えします。ルーファス様はただ今私室で着替えておられますので、どうぞジュリエ様も動きやすい服装でお越しください」

メイソンが立ち去ると、エマが「ジュリエ様、ようございましたね」と微笑みながら支度を手伝ってくれる。

「急にルーファス様からお誘いいただけて驚きました。もしかして、私がブルーバードについて調べていることを、エマが話してくれたのですか？」

「直接伝えたわけではございませんので、おそらくメイソンから聞いたのでしょう。先日ルーファス様のお帰りの予定日を訊きにいった際、ジュリエ様が熱心にブルーバードの本を読んでいることをお話ししましたから」

「そうだったのですね。本を読むたび、ブルーバードの棲む森はどんなところだろうと想像して、行ってみたいと思っていたので、とても嬉しいです。ありがとう、エマ」

「ふふっ。存分に楽しんできてくださいませ」

「えっ？　エマは行かないのですか？」

「ええ。お帰りをお待ちしておりますね」

片時も私から離れないエマが、まさかついてこないとは思ってもみなかった。

着替えを終えてルーファスの部屋を訪ねると、彼は公務の際に着用している格式ある装いではなく、動きやすさを重視したシンプルなジャケットとトラウザーズ姿で、どことなく普段より親しみやすい雰囲気をまとっている。

「では、メイソン。行ってくる」

「はい。お気をつけていってらっしゃいませ」

どうやらメイソンも同行しないようなので、ここから先はルーファスとふたりきり……。

夫婦水入らずの状況に私は少し戸惑いつつも、微笑むメイソンと優しく手を振るエマに見送られて屋敷を出発した。

「あの、ルーファス様。書庫室への立ち入りをお許しくださり、ありがとうございます。どの本もとても面白くて、毎日のように利用させていただいております」

「それはよかった。メイソンから、君がブルーバードの本を熱心に読んでいると聞いていたから、彼らの暮らす森にも興味があるかと思って」

「はい！　ブルーバードの棲む森がどんな場所なのか、本を読みながら色々と想像しておりましたので、とても嬉しいです。あの、森へは歩いていけるのですか？」

「あぁ、行けるよ。部外者が立ち入らないようにするために、森へ続く道はすべてこの敷地内に整備してあるから。ここからだと、君の根城の空き地を通る道が一番近い」

裏の空き地を私の根城と言われて、少々恥ずかしい気持ちになりながら歩いていると、ルーファスが私お手製のベンチの横を通り抜け、なにもない茂みの方へと向かっていく。

そして彼が低木の枝葉と草をかき分けると、目の前に舗装された道が現れた。

「こんなところに、森へ続く道があったのですね。全然気が付きませんでした」

「それはよかった。代々エヴァンズ領を治める者は、ブルーバードの森を守るために知恵を絞ってきたからね。ジュリエにあっさり見つけられてしまったら、困るだろう？」

「ふふっ。えぇ、そうですね。ルーファス様は、森にはよく行かれるのですか？」

「あぁ、時間に余裕がある時は必ず。職員から報告は上がってくるが、やはり自分の目で確かめたいからね」

毎日あれほど忙しいのに、何事にも懸命に取り組もうとするルーファスを尊敬せずにはいられない。

隣を向くと凛々《りり》しい彼の横顔が見えて、いつもより活き活きとしたその表情に、私はつい目を奪われてしまう。

「もうそろそろ着くよ」

そう声をかけられて前を向けば、やがて道の先に大きな建物が見えてくる。

ルーファスによると、この施設には森の環境保全を行う職員と、獣医や薬師、生物学者などが交替で寝泊まりして勤務しているという。

建物に近づいていくと、入り口に立つ警備職員がルーファスに気付いて「お疲れさまです！」と快活に告げて頭を下げてくる。

施設の中に入ってもその光景は変わらず、職員たちはみな明るく笑顔で挨拶をしてきて、ルーファスがここでも慕われているのがよく分かった。

「あの扉の向こうが、ブルーバードの棲む森に繋がっているんだ」

廊下を進んでいると、ルーファスが前方を指さして教えてくれる。

「いよいよ、なのですね。とても楽しみです」

弾む心で私がそう告げると、彼が「さぁ、どうぞ」と扉を開けてくれた。

森の中に足を踏み入れて少し歩くと、徐々にひんやりとした澄んだ空気に包まれていく。

自然豊かな森の中は別世界のように神秘的で、枝葉の隙間から差し込む陽光が辺りをキラキラと照らし、みずみずしい草花をいっそう輝かせている。

草を踏みしめる足音、風で樹木が揺れるサワサワとした音、どこからともなく聞こえてくる、小川のせせらぎのような水の音。

それらを耳にしながらゆっくりと進んでいくと、時折、鳥の鳴き声のような音が聞こえてくるけれど、記憶にあるブルーバードのさえずりとは少し違う気がする。

歩きながら青い小鳥を探して辺りを見回していると、私の動きが面白かったのか、ルーファスがフッと微笑んだ。

「ブルーバードは臆病な鳥だから、そう簡単には見つからないよ。私もここの領主になって六年ほど森の中を歩いているが、見かけたのは数回程度だ」

「そうなのですね。楽しみにしていたので、残念です……」

森を抜け出して屋敷のバルコニーにまで飛んできたリラとロットは、ブルーバードらしくない、とても珍しい行動をしていたのだろう。

歩き続けていると、不意に『ピィ……ピピッ……ピッ』という聞き覚えのあるブルーバードのさえずりが聞こえてきた。

『ピィ……ジュリエ……こっち……こっちよ……ピッ』

鳴き声のする方を見れば、二羽のブルーバードが真っ直ぐ私に向かって飛んでくる。

『ピィピ……ジュリエ……おりたいわ……ピッ』

私が急いで手のひらを広げると、そこに二羽のブルーバードが下り立ち、ロットが口にくわえてきた薄桃色の小花を置いた。

『ピピッ……これ……きのみ、の……おれいだ……ピィ』

『ピィ……ジュリエ……またね……ピッ』

「あっ、素敵な贈り物をありがとう！」

飛び立つ二羽に向かってそう告げれば、リラとロットは返事をするかのように可愛い声でさえずって、森の奥へと消えていった。

「今の光景……信じられないな……」

掠《かす》れた呟きが聞こえて隣を向くと、いつもは冷静沈着なルーファスもさすがに動揺を隠しきれない様子だった。

「警戒心の強いブルーバードが、なぜ手にとまったのだろう……？」

私は、独り言のようなルーファスの問いかけに戸惑ってしまう。

なぜブルーバードのさえずりが人間の言葉に聞こえるのか、自分自身でも分からないのに、どう答えたらよいのだろう……。

返事に困っていると、ルーファスは私の手のひらにある小さな花を見つめてから、さらに視線をブルーバードたちが飛び去った方角へと向けた。

「世の中には、不思議なこともあるのだな……。ジュリエのおかげで、奇跡のような体験ができたよ」

そう告げてくるルーファスの表情は溌剌としており、瞳をキラキラと輝かせる様はまるで少年のようだった。

私があまりにも長く見つめていたせいか、彼が少し照れくさそうに目を伏せる。

「……ジュリエ。私の顔になにか付いているだろうか？」

「あっ、すみません。ルーファス様が、いつもとは違う表情をなさっていたので」

「いつもとは違う表情？　自分ではよく分からないな。ジュリエには、どのように見えたのだろうか？」

「えっと、そうですね……いつもより、柔和に感じました」

「柔和か……。では、普段の私は怖いのかな？」

「えっ？　いいえ、そのようなことは……」

三年前に王宮で出会った時は、表情や口調が威圧的な人だと思ったけれど、今は笑みを浮かべていることが多く、話し方も優しくて、以前のような怖い印象は受けない。

ただ、気持ちを抑え込むような硬い表情の時は、やはり近づきにくく感じてしまう。

「すまない。意地悪な質問だった、忘れてほしい。メイソンによく『笑顔がぎこちない』『真顔は冷ややかで怖いので、にこやかに』と注意されて、自分なりに努力はしているのだが……。

やはり私は表情が硬いようだ」

　これまで深く考えてこなかったけれど、六年前に出会ったルーファスは、感情豊かで子供らしい少年だった気がする。

　それなのに、どうして彼はこんなにも変わってしまったのだろう。

（なにか理由やきっかけが、あったのかしら……？）

　無意識にルーファスのことを見つめてしまっていたからか、彼は私の内心を察したかのように、少し間を置いてから言葉を続けた。

「幼少の頃は今と違って心のままに振る舞えたのだが……。立場上、自分の言動が争いの元にならないよう注意しているうちに、気付けばこのようになってしまっていた。私の表情や口調で、怖い思いをさせてしまっていたら、すまない」

「いいえ、そのようなことはございませんので、どうかご安心ください」

「そうか……。それならよかった。では、そろそろ行こうか」

　私は隣を歩きながら、彼のこれまでの人生に思いを馳《は》せる。

　ルーファスは軽い口ぶりで語っていたけれど、早くに母親を亡くし、陰謀渦巻く王宮で過ごした日々は、私には計り知れないほど大変だったに違いない。

　天真爛漫《てんしんらんまん》な少年時代の彼に会っているからこそ、今のように感情を抑えて本心を隠す姿と、そうならざるを得なかった境遇に、胸が苦しくなる。

本心の窺えない微笑の仮面も、淡々とした事務的な口調も、きっと周囲を傷つけないように身にまとった、鎧《よろい》のようなものだったのかもしれない。

「あの、ルーファス様……。国を乱さぬようにご自分を律してこられたこと、とてもご立派だと、私は思います」

想いが溢れるあまりつい言葉にして伝えてしまい、差し出がましいことを口にしてしまったと後悔するも、遅かった。

ルーファスが不意を突かれたように驚いた顔で私を見つめて、互いの間に僅かな静寂の時間が流れる。

「余計なことを口にしてしまいました。申し訳ございません」

頭を下げようとすると、ルーファスが私の両肩に優しく手を添え、そっと上半身を抱き起こしてくれた。

「謝る必要などないよ。急には無理だが、これからは少しずつ、君に気持ちを伝えるよう努力していく」

ふんわりと微笑むルーファスの表情は、いつもとは違い穏やかで、眼差しは温かい。

これもブルーバードが運んできてくれた幸福と奇跡のひとつなのだろうか。

屋敷に着く頃には、少しだけ彼と親しくなれたような気がした。

「ルーファス様。今日はブルーバードの森にお誘いくださり、ありがとうございました。とても楽しかったです」

「それはよかった。私も楽しかったよ。また、誘ってもいいだろうか？」

はいと答えそうになり、私はとっさに言葉を呑み込んだ。

（これ以上、ルーファス様に関わってはいけない。断らなきゃ……）

頭ではそう分かっているのに、一緒にいて『楽しかった』と男性から告げられたのは初めてで、とても嬉しくて、お断りなんてしたくない。

せっかく誘ってもらえたのだから、あともう一度。そう、もう一度だけなら、いいわよね……と私は自分自身に言い訳をする。

「はい。お待ちしております」

葛藤しながらも笑顔でそう答えて、私は次の機会を心待ちにするのだった。

しかし、それからルーファスは仕事が忙しくなってしまったようで、メイソンと共に執務室にこもりきりの生活に逆戻り。

お誘いのない間、私はルーファスの書庫室からブルーバードやエヴァンズ領に関する本を借りてきて、読み続ける日々を送っていた。

一般的にブルーバードは神経質で警戒心が強いと言われているけれど、中には好奇心旺盛で人を怖がらない鳥もいたようで、それらが森から出て人々と交流することで、数々の伝説が生まれたようだ。

遥か昔には、ブルーバードと会話のできる人間がいたという逸話が残っているものの、どの文献にも詳しいことは書かれておらず、なぜ私にその力があるのか理由は分からずじまい。

しかも、あれからリラとロットがバルコニーに現れることはなく、さえずりが人の言葉に聞こえたこと自体、私の錯覚だったように思えてため息がこぼれてしまう。

「ジュリエ様。どうか落ち込まないでくださいませ。仕事が一段落したら、ルーファス様は会いにきてくださいますよ」

「ん？　ルーファス様？」

「ええ。先程から何度もため息をついていらっしゃるのは、ルーファス様に会えないからでございましょう？」

「えっと……それは……」

思い違いをするエマに、ブルーバードの話し声が聞こえて悩んでいますと正直に打ち明けることもできず、どう答えようか考えていると、彼女は励ますように言葉を続けた。

「メイソンから聞きましたが、ルーファス様はジュリエ様と森へ行かれたことを『とても楽しかった』と、お話しになったそうですよ。あの方は大人になってから、そのようなことを口になさいませんでしたので、よほど楽しいひとときだったのでしょう」

その言葉に微笑んで頷くと、エマは私の憂いが晴れたと思ったのか、ホッとしたように表情を緩めた。

「ふふっ。ようやく笑顔を見せてくださいましたね」

「私、そんなに難しい顔をしていました？」

「ええ。珍しく眉間にしわを寄せておられましたよ」

私の真似をするようにエマが眉間にしわを寄せた後、なにかを思い出したように手を打った。

「あっ、そうです！　先程メイソンとすれ違ったのですが、『もう終わる、もう終わる……』と、くたびれた様子で呟いておりまして。すぐに行ってしまったので詳しいことは聞けませんでしたが、わたくしの勘では、ルーファス様がいらっしゃる日も近いかと」

そんな話をしていた翌日、驚くことにエマの予言通り、ルーファスがひとりで私の部屋を訪ねてきた。

「午後の予定がなくなって時間が空いたのだが、よければ今から森へ行かないか？」

「ありがとうございます。ぜひご一緒させてください」

「それでは着替えてくるから、ジュリエも用意を頼むよ。また後で」

ルーファスが爽やかに微笑んで部屋を出ていったので、私はさっそくエマに手伝ってもらいながら身支度を始める。

ドレスを脱いで動きやすい服に着替えていると、不意に視界の端に映ったエマの瞳が潤んでいるように見えた。

「エマ、どうしたのです？　大丈夫ですか？」

「ええ……大丈夫でございます」

エマは目尻の涙をハンカチで拭い、私に笑顔を向けてくる。

「ルーファス様が、あのように嬉しそうに笑うお姿を拝見したのは、久しぶりで……。あぁ、年を取ると涙もろくなって、いけませんね」

長年ルーファスのそばにいて、成長と共に彼が心を閉ざしていく姿を見てきたエマだからこそ、よりいっそう感慨深いものがあるのだろう。

部屋を出るとルーファスが廊下で待っていてくれて、エマに見送られながら私たちは屋敷を後にした。

施設に近づくと入り口にいる警備職員が挨拶をしてくるが、以前とは違い今日はどこか覇気がない。ルーファスもそれを感じ取っていたみたいで、気遣わしげに声をかける。

「元気がないように見えるが、なにかあったのか？」

「先程、森を巡回していた職員が、弱って動けなくなったブルーバードを保護してきまして。その後、どうなったのか心配なのです」

「私の元には、まだ報告が上がってきていなかったな。様子が分かり次第、君にも伝えよう」

「ありがとうございます、ルーファス様！」

施設の中に入ると職員が忙《せわ》しなく行き交っており、白衣の胸元に【薬師】という名札をつけた男性が駆け寄ってくる。

「ルーファス様！　実は、巡回の職員がブルーバードを……」

「保護してきたと、入り口の職員から聞いた。現状はどうなっているのだ」

「すでにご存じでしたか。ご報告が遅くなり申し訳ございません。みなで治療に当たっておりますが、それが……原因がよく分からないのです。どうぞ、こちらです」

薬師の案内で診察室に入れば、ブルーバードがいるとおぼしき場所を白衣の職員が取り囲み、真剣に話し合っていた。

「みんな、ルーファス様がいらっしゃったぞ！」

「あぁ、これはルーファス様」

「みな、ご苦労。それで、ブルーバードの状態は？」

「外傷はないのですが、呼吸が荒く非常に弱っているようで目も開けません。ひとまず栄養液を投与して様子を見ておりますが、回復の兆しはまだ……」

ルーファスが診察台に近づこうとすると、周りにいた職員が道をあけるように移動したので、ベッドの上にいる二羽のブルーバードを私も見ることができた。

二羽のうちオスの方は落ち着きなく動きまわり元気そうに見えるが、もう一羽のメスは力なく横たわっている。

「見つけた時の詳しい状況を知りたい。このブルーバードたちを保護した職員は、ここにいるだろうか？」

「はい！　自分が見つけました」

ひとりの男性職員が、手を挙げて前に歩み出てくる。

「発見した時、すでにメスのブルーバードは地面で動けなくなっており、その隣ではオスのブルーバードが助けを求めるように鳴いておりました。メスをここまで運んでくる間も、オスはずっと飛んでついてきて、今もこうして離れずにそばにおります」

ルーファスと職員の会話を聞いていると、不意に診察台の方から鳴き声が聞こえてきた。

『ピピッ……ジュリエ……ジュリエが、いる……ピィ』

突然名を呼ばれた私は、そこにいる二羽はまさかロットとリラなの……？と愕然とする。

もう少し診察台に近づいて確かめようとした時、羽の一部が赤いオスのブルーバードが、ルーファスと職員の頭上を飛び越えて私めがけて飛んできた。

とっさに両手を上に向ければ、そこに下り立ったロットは羽をばたつかせて懸命に鳴くけれど、ただのさえずりにしか聞こえない。

（さっき名前を呼ばれた時は、理解できたのに……）

その様子を見ていた職員たちはひどく驚いているようで、次第にざわめきはじめた。

「神経質なブルーバードが手の上に乗るなんて、信じられないな……」

「あぁ、長いこと研究をしているが、こんな光景は初めてだよ。しかも奥様になにかを訴えるように鳴いていると思わないか？」

「鳥が人間になにかを伝えようとするなんて、ありえないだろう。……いや、待て。歴史書にそんな逸話があったような……」

「みな、すまないが少し静かにしてほしい」

ルーファスがそう声を上げると、それまで絶えず言葉を交わしていた職員たちが口を噤み、室内はすぐさま静まり返った。

「ジュリエ。もしかして君は、ブルーバードの言葉が分かるのではないか？」

「……はい。言い出せずに申し訳ございません。実は、時々ブルーバードのさえずりが、人の話し声のように聞こえることがありました。けれどその理由が分からず、もしかしたら幻聴かもしれないと思い、自分でも悩んでおりまして……」

「ブルーバードの文献を読みはじめたのは、そのことを調べるためだったのか？」

私は頷き、順を追って事情を詳しく話しはじめる。

少し前に二羽のブルーバードが屋敷のバルコニーに来たこと、その時に鳴き声が人の話し声のように聞こえて、理由を調べるために文献を読んでいたこと。

さらに今体調を崩している方がリラ、元気な方がロットという名前で、この二羽は人間の言葉を理解できるということを説明した。

「そうか。話してくれてありがとう。今はなにより治療をするための手がかりがほしい。なにがあったのか、ロットに詳しく訊いてみてくれないか？」

「それが……興奮しているせいなのか、鳴き声だけで言葉が聞き取れないのです。ロットを落ち着かせるために、リラのそばに行ってもよろしいでしょうか？」

「もちろんだ、頼むよ。みなは少し、ジュリエとブルーバードから離れていてくれ」

職員たちはルーファスの指示に従って診察台から離れ、私は彼らと入れ替わるように近づき、リラの隣にそっとロットを下ろしてあげた。

小さな身体を小刻みに震わせて、苦しそうに呼吸を繰り返すリラ。

その隣でロットが再びなにかを訴えるようにさえずるが、やはり内容は分からない。

私はできるだけ落ち着いた声色で、語りかけてみた。

「私になにかを伝えようとしてくれているのよね？　でも、ごめんなさい。どうしてか分からないけれど、聞き取れないの」

今まで忙しなく羽を動かして、ひっきりなしに鳴いていたロットが、私の言葉に耳を傾けるかのように静かになっていく。

「ここにいるみなさんは、リラを助けようと頑張ってくださっているの。でも原因がなにか分からないから、思うように治療が進まなくて……。だから、ロット。落ち着いて、いつものように私に話してね」

願いが届いたのか、興奮していたロットが落ち着きを取り戻し、それに伴って鳴き声が少しずつ聞き取れるようになってきた。

『ピピッ……ジュリエ、ジュリエ……ピィ』

「あぁ、よかった……。聞こえるようになってきたよ。ありがとう、ロット」

徐々に理解できるようになってきたとルーファスに報告すれば、彼は安堵したように表情を緩めて、引き続き頼むと言うように頷いた。

私は頷き返すとロットの方に向き直って、急《せ》かしてしまわないように穏やかな口調で、リラの不調の原因を突き止めるため質問してみる。

「リラはとても苦しそうだけれど、どんな風に具合が悪いのかしら？」

『ピピッ……リラ……からだ……しびれて……うごけない……ピィ』

「身体が痺れて動けないのね。ロットは大丈夫？　なにかに刺されたの？　それとも、変な物を食べてしまったとか？」

『ピピッ……リラ、だけ……くろい、み……たべて、しびれた……うごけない……ピィ』

「黒い実？　ルーファス様、リラは黒い実を食べてしまい、身体が痺れて動けなくなったようです」

「分かった。まずはその黒い実の特定を急ごう。至急ここに図鑑を持ってきてくれ」

ルーファスの指示に薬師たちが「はい！」と答えて診察室を飛び出していき、戻ってきた彼らから図鑑を手渡された私は、植物の絵をロットに見せることになった。

「リラが食べた黒い実の絵があったら、羽を動かして教えてね」

ロットが分かったと答えるように羽をパタつかせてくれたので、私はページをめくり、ひとつずつ絵を指さしながら反応を見る。

そうして、しばらく作業をしていると――。

『ピピッ……これ……これだ……リラ……これ、たべた……ピィ』

ロットが激しく羽を動かし、ひときわ大きな声でさえずった。

「ルーファス様。ロットによると、黒い実はこれだそうです」

ペンで印をつけた図鑑をルーファスに手渡すと、薬師や獣医などの職員がすぐさま別の文献で詳しい内容を調べはじめる。

「そこの君は、森の地図をここに持ってくるように。そこの君は、屋敷へ行って私の秘書のメイソンに、この状況を知らせてきてくれ」

ルーファスの指示でふたりの職員が急いで診察室を出ていき、室内に残った薬師や獣医たちが文献を囲んでそれぞれの意見を述べはじめる。

「この実には毒性があり、痺れを起こすと書かれています。ですがブルーバードの森には、この実がなる樹木は生えていないはずですが……」

「我々が気付かぬうちに、森の一部の植生が変化したのかもしれないな」

「それで、この実に対する解毒薬は作れそうなのか？」

ルーファスの問いかけに、薬師たちが険しい面持ちで答える。

「文献を調べてみますが、時間はかかるかと。実物が手に入れば、解毒に使う薬草を割り出しやすく、時間短縮になるかと思います」

ルーファスは頷いてから、巡回中にリラを発見した職員に声をかけて、自身の近くに呼び寄せた。

「お呼びでしょうか、ルーファス様」

「君に頼みがある。ブルーバードを保護した場所の近くに、この黒い実のなる樹木があるかもしれない。手の空いている者に声をかけて、毒の実を速やかに回収してほしい。後日、樹木は伐採して処分するが、まずは早急に自生地を特定して対処したい」

巡回の職員が「はい!」と答えて駆け出していくと、先程地図を持ってくるように指示された職員が入れ替わりで入ってきて、筒状に巻いた物をルーファスに差し出した。

「ジュリエ。問題になっている樹木の自生地を把握するために、手を貸してほしい。どこで黒い実を見つけたのか、ロットに尋ねてくれないか?」

「はい、分かりました。すぐに訊いてみます」

ルーファスがテーブルに地図を広げる横で、私は再度ロットに語りかける。

「ロット。あの黒い実には毒があるそうなの。リラが黒い実を食べていた場所を教えて?」

『ピピッ……わかった……ピィ』

ロットはすぐに飛び立って上から地図を見渡すと、しばらくしてからテーブルに下り、一角をくちばしで突いた。

『ピピッ……ここ……ここだよ……ピィ』

「この場所が、そうなのね？」

『ピピッ……うん……あと、ここにも……くろい、きのみ、ある……ピィ』

ロットがくちばしで次々に指し示してくれるので、私はその通りに印をつけていき、黒い実をつける樹木の自生地が徐々に明らかになっていく。

『ピピッ……おわり……リラ、たべすぎ……くいしんぼう……ピィ』

「教えてくれて、ありがとう。ルーファス様、ロットが知っている場所は、これで全部だそうです」

「分かった。それにしてもロットは、驚くほど賢いな」

ルーファスはロットに感謝を告げてから巡回の職員を呼び寄せて、手がかりが記された地図を託した。

「先発の者たちと合流し、印の付いているところへ急行して、黒い実のなる樹木の調査と処理を頼む」

指示を受けた職員が出ていくと、今度は薬師がルーファスの元へと駆け寄ってくる。

「ルーファス様。解毒薬に必要な材料がすべて分かったのですが、一種類、とても貴重な薬草が必要でして……。紙に書いて参りました。これです」

「すぐに知り合いの貿易商に連絡して、取り寄せられないか確認してみよう。ジュリエ、私は薬草の手配と森の状況を確認するのでここを離れるが、構わないだろうか？」

「はい。私はリラとロットのそばにおります」

「そうしてくれると助かるよ。なにかあれば、すぐに職員に助けを求めるように。それでは、行ってくる」

「いってらっしゃいませ」

私の見送りを受けて、ルーファスはすぐさま薬師と共に足早に診察室を出ていった。

再び診察台に目を向けると、ロットが落ち着かない様子で羽をパタパタさせながら、リラに寄り添っている。

私も幼い時に母が病で倒れてしまい、そのまま帰らぬ人となってしまったから……。

目の前で大切なひとが苦しんでいるのに、ただ見ていることしかできないロットの気持ちは、痛いほどよく分かる。

『ピピッ……ジュリエ……リラ、なおるか……ピィ』

「みんなリラを治すために頑張ってくれているから、きっと大丈夫。ロットも疲れたでしょう？　眠ってもいいのよ」

優しく声をかければ、ロットは返事をするように弱々しく鳴いて、リラにぴったりと身を寄せて目を閉じる。

私が二羽を見守る間、獣医が何度も診察にやってきて、症状を緩和する薬液をリラの口の中に入れ、様子を見るということを繰り返していた。

そうして、いったいどれほどの時間が経ったのだろう――。

窓の外が薄暗くなってきた頃、再びリラの診察にやってきた獣医が、嬉しそうな顔で部屋に入ってきた。

「奥様、朗報です！　ルーファス様がすぐに薬草を取り寄せてくださって、今、薬師が解毒薬を調合しております。もう間もなく、完成しますよ！」

「本当ですか？　あぁ、よかったです」

ホッと胸を撫で下ろす私の横で、リラの診察をしていた獣医が、大丈夫だというように何度も頷いた。

「よし！　症状を緩和する薬が効いたようで、呼吸もかなり安定してきました。後は解毒薬を飲ませれば、快方に向かうでしょう」

私と獣医が話をしていると、部屋の外から騒がしい声と足音が聞こえてきた。

日が暮れて森に行っていた人々が戻ってきたようで、ほどなくしてルーファスが数名の職員を伴って診察室に入ってくる。

「ジュリエとロットのおかげで、黒い実をつける樹木の自生地を特定できたよ。ありがとう」

「ルーファス様とみなさまが、ご尽力なさったからです。後は、解毒薬が完成すれば……」

その時、忙しない足音が近づいてきて、薬師たちが診察室に駆け込んできた。

「解毒薬が完成いたしました。すぐに投与を始めます！」

獣医がリラの口の中に少しずつ解毒液を流し込んでいくのを、その場の全員が固唾を呑んで見守っている。

処置を終えてリラの様子を確認した獣医が、穏やかな面持ちで振り返った。

「全身の解毒には時間がかかると思われますが、これで徐々に回復していくでしょう。状態を見て少量ずつ薬を与えて参ります」

「分かった。引き続き任せたよ。では、森へ行っていた者は明日も早朝から作業となるため、今日はもう休んでくれて構わない。獣医と薬師の諸君らは申し訳ないが、もうしばらくの間は、仮眠を取りながら交替で処置を頼む。今日はみな、よく頑張ってくれた。ありがとう」

解散を告げられた職員たちはルーファスに頭を下げると、互いを労いながら診察室を出ていった。

「ジュリエ。ずっと付きっきりで疲れただろう。もうこんな時間だ。君は先に屋敷に戻って、休んでくれて構わないよ」

私がこの場にいても見守ることしかできないけれど、それでも立ち去りがたく思っていると、か細い鳴き声が聞こえてくる。

『ピピッ……ジュリエ……おねがい……いかないで……ピィ』

リラの隣で眠っていたはずのロットがいつの間にか目覚めており、つぶらな瞳で私を見上げながら、引き留めるように羽をパタパタと動かしていた。

「ルーファス様。もう少しここにいても、よろしいでしょうか？」

「ジュリエがそうしたいのなら、私は構わないよ」

「ありがとうございます。ロット、私はどこにも行かないから大丈夫よ」

そう声をかけながら撫でると、ロットは安心したのか『ピィ……』と鳴いて翼をたたみ、再び目を閉じて眠りはじめた。

リラは解毒薬が効いてきたようで、先程よりも呼吸は落ち着き、苦しげな様子も和らいだように見える。

時折ルーファスと言葉を交わしながら二羽を見守っていると、リラとロットの健やかな寝息が聞こえてきた。

それを耳にして私は安堵すると同時に、疲れが一気に押し寄せてきて、意思に反してまぶたが徐々に重くなっていく。

襲い来る強烈な睡魔に抗いながら、寝ちゃダメ……と思ったのを最後に、私の意識はそこでプツリと途切れてしまった。

＊　＊　＊

ルーファスが隣に目を向けると、ジュリエが身体を揺らして眠たそうにしたかと思えば、急にベッドに突っ伏してしまった。

「ジュリエ、こんなところで寝たら風邪を引くよ」

声をかけて顔を覗き込むと、彼女は口元に穏やかな微笑を湛えて眠っていた。

仮眠室に連れていって休ませようと思っていると、ブルーバードの鳴き声が聞こえてきたため、ルーファスは診察台に視線を向ける。

すると、さえずるロットの横で、リラがゆっくりと目を開けて身じろいだ。

「あぁ、リラ……！　目が覚めたのだね。本当によかった……。ジュリエも起きたら、とても喜ぶと思うよ」

リラは返事をするように『ピィ』と鳴くと、感謝を示すかのように羽を小さく動かして、つぶらな瞳から涙をこぼした。

ポロポロと流れ落ちた雫はひとつにまとまり、やがて透明な結晶へと変化して、虹を閉じ込めたような神秘的な七色に煌めく。

――まさに奇跡のような光景だ。

ルーファスが驚いて言葉を失っていると、リラは再び目をつむり、ロットが涙の結晶をくちばしで突いてこちらへと転がした。

「これを、受け取ってもいいのか？」

ロットは肯定するかのようにさえずった後、リラの隣で目を閉じて静かに眠った。

ブルーバードの涙の結晶は、指で摘まみ上げるとツルリとした肌触りと共に、ほのかな温かみを感じる。

それを大切にしまった時、ちょうど獣医が投薬のためにやってきたので、リラとロットを任せて、ルーファスはジュリエを横抱きにして仮眠室へと向かった。

（……軽いな）

肩や腰は力を入れたら折れてしまいそうなほど細く、眠り込んで全体重がルーファスの腕にかかっているのに、それでも驚くほど軽い。

ベッドにそっと横たえブランケットをかけると、彼女は眉間にしわを寄せて「うぅ～ん、ゆるしてぇ……」と寝言を呟いた。

いったいどんな夢を見ているのだろうと苦笑しながら、ルーファスはベッドサイドの丸椅子に腰かけてジュリエの寝顔を眺める。

今日ここに来てからずっと気を張っていて、疲れてしまったのだろう。

これまでの日々を思い返せば、ジュリエはいつも誰かのために一生懸命だ。

今回はブルーバードを助けようと必死になり、以前はエマのためにベンチを作り、普段は使用人たちの些細《ささい》な悩みにも親身になって寄り添っている。

先日も、ルーファスの過去と置かれた境遇に思いを馳せてくれたのだろう。

心からの賛辞を贈ってくれた。

『国を乱さぬようにご自分を律してこられたこと、とてもご立派だと、私は思います』

今までも〝立派〟〝素晴らしい〟と賞賛されることは多々あったが、それらはほとんどルーファス個人に対してではなく、自分に付随する王族の地位や身分、容姿などの表面的な要素を褒めるものばかり。

うわべだけの賛辞はもはや聞き飽き、ここ最近は他人の言動に感情を揺さぶられることはなかったのに……。

ジュリエの言葉は自然と心に染み入り、ルーファスは強く胸を打たれた。

そのように、ひたむきに相手を思い遣る彼女だからこそ、警戒心の強いブルーバードたちも惹《ひ》きつけられたのだろう。

彼女につきまとう悪評から、結婚当初はなにかを仕出かすのではないかと警戒する気持ちもあったが、まさかよい意味で振り回されるとは思ってもみなかった。

「君から、目が離せないな」

自然と口元に浮かんだのは仮面のような偽りの笑みではなく、ジュリエのことをもっと知りたいというルーファスの想いを映した、本物の笑顔だった。

「ん……んんぅ……」

まぶたがピクリと動いたかと思うと、ジュリエはモゾモゾと身じろぎをしてから目を開けた。

ぼんやりとこちらを見上げる彼女に「起きたのかい？」と声をかければ、「はぃ……おきました……」と寝ぼけ声が返ってくる。

「……あれ？　ルーファス様、ここ、どこでしょう？　私、さっきまで……」

「あぁ、診察室にいたよ。君が眠ってしまったから、とりあえず仮眠室に連れてきたが、起きられそうなら屋敷に戻って休もう」

「はい……。ん？　連れてきた？　誰が、ですか？」

「もちろん、私だよ」

「……えっ!?　もっ、申し訳ございません。ルーファス様に私を運ばせるなんて……！」

ジュリエは寝ぼけ顔から一転、恥じらうように頬を染めて慌てて飛び起きる。

だが急に動いたことでめまいを起こしてしまったのか、フラリと上半身が傾いた。

ルーファスがとっさに抱き留めると密着した体勢になってしまい、薄桃色に染まったジュリエの頬が、まるで果実が熟すようにさらに赤味を増していく。

動揺させるのは申し訳ないと思う反面、その恥じらう可憐な表情を見つめているうちに、なぜか離れがたくなってしまう。

こんな感情を抱いたのは、本当に久しぶりだ。

おそらく六年前に、あの少女と出会った時以来だろう。

（そういえば、ジュリエはどことなく、あの少女に雰囲気が似ているような……。いや、私の気のせいか……？）

そんなことを考えながら眺めていると、真っ赤になったジュリエが弱々しい声で呟いた。

「あの……ルーファス様。私はもう、平気ですので……」

「ふらつくのは平気とは言えないよ。いっそのこと、ここに連れてきた時のように抱きかかえて帰ろうかな」

「えっ？　ええっ⁉」

「君のことだから、リラのことが心配で診察室に戻るつもりなのだろう？」

どうやら図星だったようで、ジュリエの肩が僅かに跳ねた。

恥じらって赤くなったり狼狽《うろた》えて固まったり、表情豊かな彼女は見ていて飽きないが、これ以上困らせるのは、やめておこう。

ルーファスがそっと身体を離すと、ジュリエは頬を薄紅に染めたまま、眉を下げた困り顔でこちらを見上げてくる。

「屋敷でエマも心配しているだろう。リラのことは獣医たちに任せて、今日のところは屋敷に戻ろう」

「はい、そういたします」

ルーファスは職員にエヴァンズ邸へ戻る旨を伝えてから、ジュリエと共に施設を後にした。

屋敷に入ると、とても心配した様子のエマとメイソンが駆け寄ってくる。

「あぁっ、ルーファス様、ジュリエ様。お帰りをお待ちしておりました。お食事になさいますか？　それとも先にご入浴を？」

「エマ、心配をかけてすまなかった。私はメイソンに話があるから、ジュリエのことを頼んでもよいだろうか」

「かしこまりました。さあ、ジュリエ様、こちらへ」

ルーファスは「ゆっくり休んで」とジュリエに告げてから、メイソンと共に執務室に向かって歩き出す。

「屋敷を留守にしてすまなかった。なにか問題はなかっただろうか？」

「ええ、こちらは特に問題ございませんよ。僕の方で処理できる仕事は片付けておきましたので、ご安心ください。それにしても、まさかこのようなことが起きるとは……。大変でしたね、お疲れさまです」

「メイソンもご苦労だった。仕事の肩代わり、とても助かるよ。施設の職員から随時連絡があったと思うが、樹木の伐採をする人員は確保できただろうか？」

「はい。すでに手配は済んでおりますので、明日の早朝からでも作業を始められます。今日はルーファス様もお疲れのことでしょう。こちらのことは任せて、どうかお休みください」

「あぁ、そうするよ。ありがとう」

翌日の夕方には、有害な樹木はすべて伐採されたが、森の植生の変化によって、ルーファスは急ぎ再発防止策を講じなければいけなくなった。

そのため以前にも増して多忙になってしまい、一段落ついた頃には、リラの一件から早くも数日が経過していた。

（はぁ、さすがに疲れたな……。ここ数日、ジュリエに会えていない）

彼女の顔を思い浮かべると無性に会いたくなってしまい、ルーファスは急ぎの仕事を終えると、眼鏡を外し疲れた様子で目頭を押さえるメイソンに声をかけた。

「休憩にしようか。私は少し席を外すよ」

「分かりました、ゆっくりしてきてください。僕もその間、休ませてもらいますね。はぁ〜、疲れた……。肩がバキバキだ……」

ふたりで執務室から出て、メイソンは自室へ、ルーファスはジュリエの元へと、それぞれ別の方向へと歩いていく。

部屋を訪ねると中にいたのはエマひとりだけで、ルーファスはジュリエの所在を尋ねた。

「今日は、リラが森へ帰る日とのことですから。ジュリエ様は少し前に施設へとお出かけになられましたよ」

「ジュリエをひとりで行かせたのか？　珍しいな」

「ついていきたかったのですが、周りに見知らぬ人がいると、ブルーバードたちが警戒して寝たふりをするものですから。わたくしは、遠慮することにいたしました」

リラの体調が快復して、ジュリエはさぞ喜んでいることだろう。

「ルーファス様のお仕事が一段落つきましたら、少しの間、屋敷を離れてお過ごしになってはいかがでしょうか？　ここにいては、なにかと忙しくなさってしまうようですから」

「そうだな。領地を離れて、夫婦の時間を作るのもよいかもしれない。ジュリエと相談してみるよ」

「ええ！　ぜひ、そうしてくださいませ」

喜ぶエマに見送られて部屋を出たルーファスは、ジュリエの元に向かいながら、休暇の行き先はどこにしようかと考えを巡らせる。

そういえば、先日届いたディランからの手紙に、オルティス伯爵と共に数日王都に滞在すると書かれていたのを思い出した。

久しぶりに家族と会えたら、ジュリエはきっと喜ぶだろう。

それに、先日レオナルドからジュリエを連れてくるように言われていたから、国王夫妻への挨拶もできる。

行き先は王都にしようと決めて施設の廊下を歩いていると、「ジュリエ様って、素敵だよなぁ～」という声が耳に飛び込んできて、ルーファスは足を止めた。

声のする方を見れば、休憩中の男性職員たちが飲み物を片手に賑やかに談笑している。

こちらに背を向けた彼らはルーファスに気付いていないようで、そのまま楽しげに話し続けていた。

「この前、弱ったブルーバードを保護して治療しようとしたんだが、病気の原因が分からなくて困ってしまってさ。途方に暮れていた時にジュリエ様がやってきて、手伝ってくださったんだ。ブルーバードたちに向ける優しい言葉、慈愛に満ちた微笑み。いやぁ、まさに女神だと思ったね！」

「いいなぁ～。俺もその場で見たかった」

「くそぉ、非番だったことが悔やまれる……」

ひとりの男性職員の発言を皮切りに、他の職員たちが口々に羨ましがった。

「ジュリエ様って、王弟夫人なのに偉ぶったところがないのがいいよなぁ。いつも明るくて笑顔で、すごく可愛い！」

「本邸の使用人は〝エヴァンズ邸の妖精〟と、コッソリ呼んでいるらしいぞ」

「妖精かぁ……悪くはないが、同じ呼び名では芸がない。よし！　我々は女神と呼ばせていただこう！」

「それ、いいな！　あ～あ！　女神と結婚しているルーファス様が羨ましい！」

妻を手放しで褒められて喜ばしい反面、自分のいないところで男たちがジュリエの話題で盛り上がるのは、どうも不愉快だ。

咳払いをすると職員たちは驚いた様子で振り返り、ルーファスの顔を見た瞬間、まるで石像になったかのように硬直した。

「その噂の女神は、いったいどこにいるのかな？」

「……さっ、先程までこちらにおられたのですが、森へ帰るリラとロットと一緒に、施設を出ていかれました」

「そうか、ありがとう」

青ざめる彼らに、ルーファスは冷ややかな笑顔で感謝を告げて、その場を後にした。

（ジュリエに悪い虫が付かないように、常にエマを同行させなければいけないな）

そう考えながら森の中を歩いていると、大きな木の切り株に腰かけるジュリエの姿が見えてくる。

その両肩にはリラとロットがとまっており、愛らしい声で鳴いていた。

ルーファスにはブルーバードの言葉は分からないが、楽しげな雰囲気と、二羽がジュリエにとても懐いていることは伝わってくる。

草を踏みしめる音が聞こえたようで、ジュリエがこちらに目を向けた。

「ルーファス様！　リラとロットに会いにいらしたのですね」

「あぁ。それと、君に相談したいことがあるのだが、今、いいかな？」

ジュリエが頷いて大きな切り株の端に寄り、座るスペースを空けてくれたため、ルーファスはそこに腰を下ろした。

「私に相談とは、どのようなことでしょう？」

「近々、王都へ行こうと思うのだが、一緒にどうだろうか？」

「王都、ですか？　なぜ急に？」

「ここ最近、互いに忙しかっただろう。少し屋敷を離れて休んだ方がいいとエマに助言されてね。それに、兄上と王妃様がぜひ君に会いたいと言っていたから、挨拶をしなければと思って」

「はい、分かりました……」

ジュリエはそう返事をしたものの、どことなく暗い表情から、気乗りしない様子が伝わってくる。

確かに、いきなり国王夫妻に会いに行こうと言われたら、尻込みするのは当然だろう。

「気が進まないなら、無理にとは言わないよ。兄上には私からうまく言っておくから、気にしないで」

ジュリエは俯き考え込むようなそぶりをした後、意を決したように顔を上げた。

「……いいえ、国王陛下のご命令ですもの。王都へお供いたします」

彼女があまりにも深刻な表情をしているものだから、ルーファスは自分の説明不足を反省し、不安を和らげるために補足する。

「先日ディランから手紙が来て、オルティス伯爵と共に、王都に滞在すると書かれてあったんだ。だから、久しぶりに家族と会いたいかと思ってね」

「えっ、王都に？　ディランったら、手紙なんて私に一度もくれたことがないのに……。ルーファス様の元にはよく連絡があるのですか？」

「あぁ、わりと頻繁に」

「すみません。お忙しいのに、弟がすっかり懐いてしまったみたいで」

「いや、謝ることはないよ。では、王都行きの手配を進めるということでいいだろうか？」

意向を確認するため再度問いかけると、ジュリエは笑顔で「はい」と頷いた。

＊　＊　＊

その日、急にルーファスが告げてきた王都行きに、私はなんだか嫌な予感がしていた。

国王夫妻が私に会いたいとおっしゃっているのは、単なる顔合わせのため？

それとも、なにかを言われるのかしら……？

久しぶりに共にする夕食の席で、私は国王夫妻についてルーファスに尋ねてみた。

レオナルド国王陛下は才気溢れるお方で、恋愛結婚したエレノア王妃をこよなく愛しているのだという。

そんな愛妻家の王の寵愛《ちょうあい》を一身に受けるエレノア王妃は、由緒正しき侯爵家出身のご令嬢。

名門女学校を卒業後、王宮舞踏会でレオナルド国王陛下に見初められた、美しく慎ましやかな女性らしい。

年齢は、私やルーファスと同じ二十歳。

〝名門女学校出身、同じ年齢〟というワードに、嫌な胸騒ぎがする……。

「ルーファス様、その……。王妃様がご卒業なさった女学校は、どちらなのでしょうか？」

「ん？　確か、グレイス女学校だと聞いたよ。優秀な成績でご卒業なさったようだ」

（ヒィイイイ……！）

私は飛び出そうになる悲鳴を、切り分け途中の大きなステーキ肉を口に押し込むことで、なんとか防いだ。

両頬を膨らませて肉を咀嚼《そしゃく》する私を、ルーファスが微笑ましげに眺めている。

「ハハッ、随分と豪快だな。空腹だったのかい？」

正直、グレイス女学校と聞いた瞬間に、すっかり食欲は失せてしまっていたけれど、私はモグモグと口を動かしながら頷いて、「空いてまひた。おいしいれふ」と答えた。

もしかすると、エレノア王妃は私のことを知っている……？

い、いいえ。たった二日でスピード退学になった生徒のことなんて、今となっては誰も覚えていないわよね……。

大丈夫、大丈夫と自分に言い聞かせて心を落ち着かせていると、ルーファスがなにかに気付いたように私を見た。

「そういえば、君が王都の女学校に通っていたという噂を耳にしたことが……」

「グフッ――！」

「ジュリエ!?　大丈夫か！」

不意打ちの質問に驚いてむせてしまった私は、エマに背中をさすってもらいながら水を飲み、頭を高速回転させて考える。

学校側がすでに在籍記録を抹消しているため、離宮の中庭で出会った少女と私を結びつける手がかりはないと思う。

でも万が一、私が女学生として王宮見学に出席していたことを、ルーファスに知られてしまったら……。

これ以上、彼に情報を与えてはダメ……！

「すみません。あまりにお肉がおいしくて、喉に詰まらせてしまうところでした。危ない、危ない。失礼いたしました」

「いや、大事に至らなくてよかった。足りなければ、私はまだ手をつけていないから、この肉も食べるといい」

「あ、ありがとうございます……。ですが、私、急に胃もたれが……先に部屋に戻らせていただいても、よろしいでしょうか？」

「あ、あぁ……それは構わないが、大丈夫かい？　医者を呼ぼうか？」

「お気遣いありがとうございます。休めば治りますので、それではお先に失礼いたします」

本当は胃もたれなんてしておらず、具合もまったく悪くはない。

席を立つための方便なのに本気で心配されてしまって、彼の優しさに胸がひどく痛んだ。

（嘘をついて、ごめんなさい……）

心の中で謝りながら、逃げるように私はダイニングルームを後にする。

ルーファスにあの日のことを知られる気配がないから、最近はこのまま何事もなくエヴァンズ邸で幸せな人生を送れるかもしれないと、私は淡い期待を抱きはじめていた。

周囲に隠し事をして嘘をつき続けている私に、そんな幸運が訪れるはずがないのに……。


それから数日後、相変わらず手際のよいルーファスのおかげで、あっという間に王都への出発日が決まり、それをリラとロットに伝えるため私は森へと向かった。

大きな木の切り株に腰かけて待っていると、可愛らしい鳴き声を上げて、二羽のブルーバードが近づいてくる。

「明日から王都に行ってくるから、リラとロットにお土産を買ってくるね。なにがいい？」

『ピィ……わたし……その、キラキラ……ほしい……ピッ』

「キラキラ？　あぁ、これ？　ネックレスね。うん、分かった。ロットはどうする？」

『ピピッ……ボクも……おうと……つれてって……ピィ』

「そうしてあげたいけれど、王都には人間がたくさんいて怖いところなのよ。ブルーバードには、すごく危険だわ」

『ピピッ……いきたい……いきたいっ……ピィ』

『ピィ……ロット……ダメ……ピッ』

リラに怒られたロットは、拗《す》ねたように『ピピッ！』と鋭く鳴いて短い足で地面を蹴り、羽を広げて飛び上がる。

『ピピッ……ボク……ぜったい、いく……ピィ』

『ピィ～！　またね、ジュリエ……ピッ』

飛び去るロットを追ってリラが羽ばたき、二羽のブルーバードは森の彼方へと消えていく。

この青い鳥の存在が、のちにクライン王国の未来を変えることになるとは、この時の私はまだ知るよしもなかった。

五章　明かされた真実

王都にあるエヴァンズ公爵家の別邸は、立派な門をくぐり、広大な敷地をずっと進んだ先に建っていた。

屋敷の周囲に広がる青々とした芝生、手入れの行き届いた花壇にはたくさんの花が咲き誇り、景色に彩りを添えている。

馬車から降りた私は強ばった身体を伸ばしながら、真っ白な壁に紺青《こんじょう》屋根の大きなお屋敷を眺めた。

隣に歩み寄ってきたルーファスが「長旅で疲れただろう？」と問いかけてきたので、「大丈夫です」と返事をした時——。

「たっ、大変だ！　荷物の奥になにかいる！」

馬車からカバンを下ろしていた使用人が、唐突に悲鳴を上げた。

メイソンが急いで荷台に駆け寄り見回した後、両手を伸ばしてなにかをすくい上げ、こちらに近づいてくる。

その手のひらの上にいたのは、羽根の一部が赤いブルーバード。

「えっ、ロット？　どうしてここにいるの？」

驚いて声を上げると、ロットがメイソンの手元から飛び立ち、私の両手の中にすっぽり収まった。

『ピピッ……ボク、きたよ……ピィ』

「ひとりで来たの？　それともリラと一緒に？」

『ピピッ……リラ、もり……ボク、だけ……ピィ』

ロットの言葉をそのまま伝えると、ルーファスは「来てしまったものは仕方ないな」と肩を竦《すく》めて、メイソンの方に顔を向けた。

「領地に伝令を送って迎えを来させよう。メイソン、頼めるか」

「承知いたしました、すぐに手配いたします」

当のロットは荷台で揺られ続けて疲れてしまったのか、私の手の中でウトウトと居眠りを始めてしまった。

気持ちよさそうに眠る小鳥を見下ろして、ルーファスはやれやれというように苦笑し、私とエマはその可愛らしい寝姿に口元を綻ばせる。

「フフッ。疲れて急に寝てしまうご様子は、幼い頃のルーファス様にそっくりですね」

「私はそんなことをした覚えはないよ。いいから、早く屋敷に入ろう」

昔話を始めようとするエマを振り切るように、ルーファスはメイソンを連れて足早に屋敷の方へと向かっていく。

「あら、幼少の頃のことを持ち出されるのは、お恥ずかしかったようですね」

エマがそう呟き、私は意外に恥ずかしがり屋なルーファスの一面に笑みをこぼして、彼の背中を追いかけ屋敷に入った。

王都の別邸は、領地の本邸より規模こそ小さいものの、それでも十分広々としており内装も優雅で洗練されている。

大理石の床に赤絨毯が敷かれた重厚感溢れるエントランスホールには、別邸の使用人たちが並んでおり、一糸乱れぬ動きで頭を下げた。

「おかえりなさいませ、旦那様、奥様」

私たちは温かな出迎えを受けてリビングで一息つき、長旅の疲れを癒やしてから、今夜の国王夫妻との晩餐会《ばんさんかい》に向けての準備を始めた。

エマを筆頭とした優秀な侍女たちのおかげで身支度はつつがなく整い、姿見の前に立った私は、別人のように着飾った自分の姿に息を呑む。

いつもは下ろしているストロベリーブロンドの長髪は、夜会に相応しい装いにするため緩く編み込み、金剛石のちりばめられた髪飾りで留めてアップスタイルに。

エレノア王妃は水色の衣装をお召しになると事前に王宮から知らせがあったので、私は同色を避けて薄緑色を選んだ。

歩くたび柔らかな生地のドレスがふわりと揺れて、袖や裾にさりげなくあしらわれたフリルやレースが、ほどよい可愛らしさを演出している。

「さぁ、ジュリエ様。ルーファス様がお待ちですので、参りましょうか」

エマに声をかけられてリビングへ向かうと、先に支度を終えていたルーファスが長い足を組んでソファに座り、外の景色を眺めていた。

均整の取れた身体にまとうのは、白地に金糸の刺繍と紺青の差し色が入ったジャケットに、長い脚をさらに引き立たせる細身のトラウザーズ。

前髪を軽く後ろに撫でつけているため、いつもにも増して凛々しさが際立っていて、盛装した麗しいルーファスに私は思わず見とれてしまう。

「ジュリエ様のお支度ができましたよ」

エマに声をかけられたルーファスがこちらへ視線を移すと、なぜかピタリと動きを止めて立ち上がろうとしない。

「あの、ルーファス様、私どこか変でしょうか……？」

「いや……」

あまりにも驚いた表情をするものだから不安に駆られて尋ねると、ルーファスは目を背けて立ち上がり、片腕を差し出してくる。

エスコートする彼の腕に手を添えて寄り添うように身体を近づけると、不意に掠れた呟きが私の耳に届いた。

「ジュリエ。とても、似合っている」

いつになくストレートな褒め言葉に頬が熱くなるのを自覚しつつ、私は喜びのまま彼に笑顔を向けた。

「あ、ありがとうございます。エマと侍女のみなさんのおかげです」

そんな私たちのやりとりを、エマとメイソンをはじめとした使用人たちが微笑ましげに眺めており、彼らの見送りを受けながら王宮へと出発したのだった。

馬車は、美しい夕焼けに染まる王都の街を颯爽と駆け抜けていき、ものの数分で王城前へとたどり着く。

城内に入り長い廊下を進むたび、すれ違う宮廷使用人や衛兵たちにお辞儀をされて、以前王宮を訪れた時とはまったく違うもてなしに、ますます緊張してしまう。

衛兵が廊下の突き当たりにある大きな扉を開け放つと、白壁に黄金の装飾が施された煌びやかな謁見の間が、目の前に広がった。

鏡のように磨き抜かれた大理石の床に、頭上には無数の蝋燭《ろうそく》が灯るシャンデリア。

真っ直ぐに伸びる赤いビロードの絨毯の先にいるのは、玉座に悠然と腰かけるレオナルド国王陛下。その隣にはエレノア王妃のお姿もある。

間近で目にするレオナルド国王陛下は、ルーファスとよく似た金色の髪に、眼光鋭く凜々しいお顔立ちの美丈夫だった。

玉座にゆったりと腰かける姿は堂々としており、思わずひれ伏したくなるような王者の貫禄が漂っている。

レオナルド国王陛下が濃い青色の瞳を私に向けて、低く威厳のある声で告げた。

「そなたがジュリエか。ルーファスから話は聞いている。先日はブルーバードの治療に貢献してくれたこと、礼を言うぞ」

「身に余るお言葉、恐悦至極に存じます」

レオナルド国王陛下が鷹揚に頷いておもむろに片手を挙げると、控えていた宮廷使用人が奥の間に続く扉を開いた。

「堅苦しい挨拶はここまでにして、話の続きは晩餐の席で行うとしよう」

レオナルド国王陛下が玉座から立ち上がり、隣の席に腰かける王妃殿下へと手を伸ばした。

微笑を浮かべてその手を取ったエレノア王妃の美しさに、同性の私も思わず見とれてしまう。

触れたら消えてしまいそうな儚く美しい顔立ちに、細身の体躯《たいく》、透明感のある白い肌。

歩くたびに腰上で切り揃えられたプラチナブロンドの長髪がさらりさらりと揺れ、その可憐なお姿はまるで雪の妖精みたい。

「ジュリエ、私たちも行こう」

そう告げてくるルーファスに私は頷いて、差し出された腕に手を添え、いくつかの部屋を通り抜けて晩餐室にたどり着いた。

その場の全員が着席すると、レオナルド国王陛下が威厳のある表情を緩め、明るく快活な笑顔で酒杯を高く掲げる。

「ルーファス、ジュリエ、よく来てくれた。今宵は無礼講だ。心ゆくまで楽しんでくれ」

その言葉を合図に宮廷料理が次々と運ばれてきて、王族だけの晩餐会が始まった。

「お前と食事を共にするのは、いつぶりだろうか。さあ、ルーファス、お前も飲め！」

「それでは一杯だけ。少量で結構ですので。……兄上。少量でと言っているのに、なぜなみなみ注ぐのですか」

「ハハハハハ！　酒は苦手ではないだろう。せっかくの祝いの宴なのだから、お前もたまには羽目を外したらどうだ。肩の力を抜かねば、身体を壊すぞ」

レオナルド国王陛下とルーファスが兄弟らしく砕けた口調で会話を交わす一方で、先程からエレノア王妃がなにか言いたげに私を見つめている。

「お久しぶりです、ジュリエ様」

エレノア王妃が意味深な笑みを浮かべてそう言った瞬間、背中にすーっと冷や汗が伝った。

（あぁ、やっぱり私のことを知っていた……）

どこでお会いしました?と訊かなくても、グレイス女学校に決まっている。

大変……このままだと、ルーファスに六年前のことを知られてしまうかもしれない。

ここで私がとれる手段はひとつだけ、ひたすら——知らないふりをする！

「『お初に』お目にかかります、王妃様。どうか私のことは、ジュリエとお呼びくださいませ」

初対面であることを強調するように告げれば、エレノア王妃は少し不思議そうな顔をしてから寂しそうに微笑んだ。

「そうですわよね……会ったのはもう六年も昔のことですもの。わたくしが学校で通りすがりに物を渡しただけで、お話をしたこともありませんでしたから、覚えていらっしゃらないのも当然ですね」

六年前、渡す、という言葉を手がかりに、蓋をしていた女学生時代の記憶が鮮明に蘇る。

あれは登校初日のこと、教室でどこに座ろうか悩んでいた私に、助言の紙を渡してくれた親切なご令嬢がいた。

すぐに立ち去ってしまったから誰かは分からなかったけれど、まさかエレノア王妃だったなんて。

『あの時は本当に助かりました。ありがとうございます』とお礼を言うべきなのだけれど、今は無理……。

「ジュリエは王妃様と知り合いだったのか？」

ルーファスに問いかけられて血の気がサーッと引いてしまうけれど、私は動揺を必死に押し隠して、小さく首を横に振った。

「いいえ。王妃様から紙片を受け取ったというその方は、私ではございません。恐れながら、きっとどなたかと勘違いされていらっしゃるのではないかと……」

私がそう話すと、エレノア王妃は一瞬物言いたげにしたものの、「そうでしたか……」と呟いたきり言及することはなかった。

「わたくしの勘違いだったみたいで、お恥ずかし……コホッコホッ！」

言葉の途中でエレノア王妃が急にハンカチで口元を押さえ、身体を丸めて激しく咳き込みはじめた。

隣に座るレオナルド国王陛下がすかさず彼女の背中をさすり、使用人から受け取ったローブを肩にかけてあげている。

「水だ。飲めるか？」

「はい……コホコホッ、すみません……」

「いい、謝るな」

ゆっくりと水を飲んだエレノア王妃は、咳を鎮めるように胸を撫でながら告げてくる。

「失礼いたしました。侍医によると病ではないようなのですが、最近息苦しくて」

体調の優れないエレノア王妃を、レオナルド国王陛下はとても心配しているようで、宴の最中「大丈夫か？」と何度も優しく声をかけていた。

その仲睦まじいふたりの様子を私が眺めていると、不意にレオナルド国王陛下がこちらを見て、怪訝そうに眉をひそめる。

「先日ルーファスから話を聞いて、夫婦仲はよいと思っていたが……お前たちは随分と余所《よそ》しいな。ルーファス、そんなことでは愛想を尽かされてしまうぞ。女性の心は一度離れたら最後、二度と戻らないというからな。一日一回は妻を褒め、行動で愛を示さねばならぬ」

ルーファスが酒杯を傾けながら「はあ……」と気のない返事をするので、レオナルド国王陛下は軽くため息をつくと、今度は視線を私に向けた。

「ジュリエ。我が弟は見ての通り愛嬌がある方ではないが、根は優しく真面目でいい奴なのだ。これからも見捨てずによろしく頼む」

「とんでもないことでございます。ルーファス様には、いつも温かなお心遣いをいただいております」

私がそう返事をすると、レオナルド国王陛下は安心したように表情を緩めて頷いた。

「そう言ってもらえて、よかったな、ルーファス。妻は宝だ。これからも大事にせよ」

「ええ、分かりました」

「その淡々とした返事。まったく、本当に分かっているのだろうか」

ルーファスとレオナルド国王陛下の軽快なやりとりを聞きながら、私は内心ホッと胸を撫で下ろしていた。

エレノア王妃に『お久しぶりです』と言われた時はもうダメかと思ったけれど、切り抜けられて本当によかった……。

結局、最初から最後まで神経を尖《とが》らせていた私は、晩餐会が終わる頃にはどっと疲れてしまっていた。

そろそろ宴もお開きの時間帯、ようやく退室できるとホッとしたのも束の間――。

「ルーファス、ジュリエ。向こうで飲み直そう」

返事も待たずにレオナルド国王陛下とエレノア王妃が立ち上がったので、私も席を立とうとした瞬間、クラリとめまいがしてよろめいた。

傾いてしまった身体をルーファスがとっさに抱き留めてくれて、心配そうに顔を覗き込んでくる。

「ジュリエ、大丈夫か？」

「はい。めまいがしてしまって……でも大丈夫です」

「いや、平気そうには見えないよ。兄上。ジュリエを休ませたいので、部屋をお借りしてもよろしいですか？」

「無論だ。今夜は泊まるものと思い、すでに迎賓離宮に客間を用意してある。あぁ、夫婦仲を深める贈り物もそこに用意してあるから、ふたりで見てくるといい」

「夫婦仲を深める贈り物……？　とりあえず、ありがとうございます。さあ、ジュリエ、行こうか」

ルーファスは私の背中に手を添えて、宮廷侍女に先導されて歩き出す。

「こちらが、お使いいただくお部屋でございます。なにか必要な物がございましたら、お声がけくださいませ。どうぞごゆっくりお過ごしください」

通されたのは、高い天井に小ぶりのシャンデリアが煌めく、高級感漂う客間だった。

ベッドに横たわった方がいいとルーファスに促され、寝室の扉を開けた瞬間、私たちは揃って言葉を失い立ち尽くす。

部屋の真ん中にドーンと置かれた大きなベッドは、大人ふたりで寝てもまだ余裕がありそうなキングサイズ。

純白のベッドカバーの上には、赤薔薇《ばら》の花弁でハートが描かれており、枕やクッションなどの寝具もご丁寧に金糸でハートの形の刺繍が施されている。

どこからどう見ても新婚仕様の寝室に動揺していると、隣でルーファスがため息交じりに呟いた。

「これが贈り物か。はぁ……兄上のやりそうなことだ」

「その……国王陛下は、私たちの関係をご存じないのですか？」

「知ってはいるが、面倒見のよい人だから色々と余計な気を回してくれたらしい。とりあえず私はリビングのソファで寝るから、君はベッドを使ってくれて構わないよ」

「えっ⁉　いっ、いいえ。ルーファス様がソファでお休みになるのに、私だけベッドを使うなんて、そんな恐れ多いことはできません」

「私は別に気にしないが……。それでは、もう一部屋用意させようか」

そんなことをしたら、新婚早々寝室を別にするほど不仲だと宮廷使用人に邪推され、あることないこと噂されてしまうかもしれない。

エヴァンズ邸ではルーファスがうまく事を収めてくれているけれど、王宮ではそうはいかないだろう。

悪評を立てられるのは、もうたくさん。

どうにかよい手立てはないかと悩んでいると、以前ディランがどこかから聞きつけ、話してくれた噂を思い出した。

『ルーファス殿下は、見合い話をことごとく断り続けている大の女嫌い』

これまで深く考えてこなかったけれど、ルーファスが契約結婚を望み、しかも寝室を別にする提案を快く受け入れてくれたのは、もしかして女性に興味がないから……？

そうだとしたら同じベッドを使っても問題はないし、そもそも私たちは愛も夫婦の触れ合いもない契約結婚なのだから、間違いなんて起きようがないわよね。

「ルーファス様。私たち、一緒に寝ましょう」

「は？」

冷静沈着ポーカーフェイスのルーファスにしては珍しく、ひどく驚いているのか口を少し開けて固まっている。

私はリビングに行きソファの上にあるクッションを持ってくると、ベッドの真ん中に縦に並べて置いていく。

「ここを境界線にして寝ましょう。これなら大丈夫ですよね？」

「いや、大丈夫ですよね、って……大丈夫、なのか……？」

ルーファスがなにかを言いかけた時、コンコンというノックの音が響いて会話を遮られた。

「何用だ？」

彼がそう問いかけると、部屋の外から宮廷侍女らしき女性の声が聞こえてくる。

「ルーファス殿下宛のお手紙をお持ちいたしました」

すぐに手紙を受け取りに行くかと思いきや、ルーファスは戸惑うような表情で私を見つめて、その場に佇んでいた。

おそらく私を気遣い、行くに行けないのだろう。

「ルーファス様。めまいも治まりましたので、私は大丈夫です。ここまで付き添ってくださり、ありがとうございました。この後、国王陛下の元へ戻られますよね？」

「あ、あぁ……そうしようと思っているが……」

「それでは、私は先に休ませていただきます」

ルーファスはなにか言いたげにしていたものの軽く頷き、「おやすみ」と告げて寝室を出ていった。

その背中を見送った私は、緊張の糸が切れて腰が抜けたようにベッドに座り込み、そのまま動けなくなってしまう。

（あぁ、疲れた……今日は怒濤《どとう》の一日だった……）

明日もなにが起きるか分からないから、しっかり寝て元気にならなければ。

寝支度を整えてからベッドに横たわると、すぐにまぶたが重くなり、私は吸い込まれるように心地よい眠りへと落ちていった。

＊　＊　＊

ルーファスが手紙を開くと、そこにはメイソンの達筆な字で端的に用件が記されていた。

【ロットの件ですが、先程領地に伝令を送りました。引き続き、屋敷の外に出ないよう見守っておりますので、どうかご安心を】

ロットのことはメイソンとエマに任せておけば問題ないとして、目下気になるのはエレノア王妃とジュリエの関係性だ。

先程の晩餐会での会話に、ルーファスは引っかかりを覚えていた。

エレノア王妃が渡したという〝なにか〟を、ジュリエが迷いなく『紙片』と言い切っていたところを見ると、ふたりはおそらくグレイス女学校で会っているはずだ。

しかし、結婚前に身辺調査をした際、ジュリエが王都の女学校に通っていたという経歴は見つからなかった。

グレイス女学校にいたはずなのに在籍記録のないジュリエ。

あの日確かに王宮にいたのに、どこを探しても見つからない自称〝妖精〟の少女――。

ルーファスの頭の中に、ある仮説が浮かび上がる。

（明日にでも、グレイス女学校に再度問い合わせを行い、調べてみよう。とりあえず今は、王妃様にもう一度詳しく話を聞きにいくか）

ルーファスが国王夫妻のいる部屋に入ると、エレノア王妃は退室しようとしていたのか、ちょうど席を立ったところだった。

「あら、ルーファス様。ジュリエの体調はいかがですか？」

「だいぶ落ち着いたようで、今は部屋で休んでおります。退室されるところ恐れ入りますが、王妃様にお尋ねしたいことがありまして。よろしいでしょうか？」

「ええ、構いませんよ」

エレノア王妃が再びレオナルドの隣に腰を下ろし、その向かいにルーファスも着席する。

「わたくしに訊きたいこととは、なんでしょうか？」

「晩餐の席でおっしゃっていた、六年前に王妃様がなにかをお渡しになった女学生は、ジュリエだったのですよね？」

「わたくしはそう思っておりましたが、ご本人が否定されていますので、なんとも……」

「それでは訊き方を変えますが、その女学生は王宮見学に出席し、なんらかの理由で紅茶を被り、途中で迷子になりましたでしょうか？」

「え？　ええ……ロザリー様に紅茶をかけられて、部屋を追い出されはしましたが、迷子になったかまでは分かりません」

「そうでしたか。教えていただき、ありがとうございます」

（間違いない。やはりジュリエが、あの少女……。ようやく……ようやく見つけた。まさかこんなに近くにいたとは思わなかったな）

時折、どことなくジュリエがあの少女に似ているように感じることはあったが、まさか同一人物だったとは。

驚きと共に、全身が震えるほどの喜びがこみ上げてくる。

おぼろげな記憶にある少女のキラキラとした瞳と、こちらを見つめるジュリエのひたむきな眼差しがピッタリと重なった。

思い返せば、弾けるような明るい笑顔も、自分を驚かせるような行動をするところもそっくりなのに、どうして今まで気付かなかったのだろう。

ルーファスが静かに喜びを噛みしめていると、それまで黙って会話を聞いていたレオナルドが物珍しそうに呟いた。

「他人に興味のないお前が、こんなにも人の過去を知りたがるのは珍しいな」

「実は六年前の王宮見学の日、私は離宮の中庭でジュリエと出会ったのです。そこで彼女に告げられた言葉のおかげで、叔父と決別する決心がつきました」

「なんと。それはまた、すごい縁だな。正直に言えば、ジュリエを妻に迎えるとお前から報告された時は、かなりの懸念を抱いたが、話してみれば素直で聡明そうな女性であった。ルーファス、大切な妻を慈しめよ」

ルーファスはその言葉を胸に刻み頷くと、エレノア王妃の方へ顔を向けて、疑問に思っていることを尋ねた。

「どうしてジュリエは、自分の過去を隠したがるのでしょうか？」

「それは……おふたりがお会いになった時、ジュリエはひどいお姿でしたでしょう？　そのようなところを殿方に、しかも夫に見られたら、わたくしなら恥ずかしくなってしまいます。ですから言い出せなかったのかと。女性は大切な人の前では特に、美しくありたいものですから」

「そうでしたか。女性の心は複雑ですね……。それではこの件、私は聞かなかったことにいたします」

「ええ。わたくしも、そうした方がよろしいと思いますわ」

頷きそう告げるエレノア王妃の手を、レオナルドがすくい取るようにして握りしめた。

「エレノアは、どのような姿でも美しいよ」

「まあ、陛下ったら……」

手を取り合い熱く見つめ合う国王夫妻は、いつものごとく、ふたりだけの世界に入り込んでしまったようだ。

普段のルーファスであれば『あぁ、また始まったよ……好きにしてくれ』と呆れるところだが、今日は違う。

（なるほど。愛する女性に対しては、こういう振る舞いをすべきなのか）

言葉を尽くしてエレノア王妃に愛と賛辞を送るレオナルドを観察して、よき夫の姿を学んでから、ふたりの邪魔をしないようそっと退室する。

部屋に戻ったルーファスは、もしかしたらジュリエが自分に遠慮してソファで寝ているかもしれないと思い、まずはリビングに向かって姿がないのを確認した。

そして、寝室の前で一瞬ためらってから、心を決めて扉を開ける。

室内は薄暗く静まり返っており、目をこらしてベッドの方を見れば、寝具に埋もれるようにしてジュリエがすやすやと眠っていた。

（ようやく会えた。この六年間、私はずっと君を探していたんだ）

できることなら今すぐに抱きしめて、湧き上がる想いをすべて伝えたい。

だが、こんなに気持ちよさそうに寝ているのに、起こすのは可哀想だ。

「んぅ〜。もうお肉は、たべられませぇん……あぁ、おれい、まいりは、いやぁ……」

「フッ、『おれい、まいり』？　君はいったい、どんな夢を見ているのだろう」

乱れた境界線のクッションを並べ直そうと手を伸ばせば、ジュリエが「んん～」と呟き、コロリコロリと寝返りを打ってベッドの端へと向かっていく。

ルーファスはとっさに手を伸ばし、転がるジュリエの身体を受け止めて苦笑した。

「ジュリエ、落ちるよ」

そっと声をかけると起こしてしまったのか、ジュリエは少し目を開けてぼんやりとルーファスを見つめた。

そしてふわりと顔を綻ばせて、自分が横たわっている隣の場所を、手のひらでトントンと優しく叩く。

（もしかして、それは『ここにおいで』ということなのか……？）

甘い期待を抱いてしまいそうになるが、きっとジュリエはベッドを共有しようという意味でそうしているだけで、自分が望んでいるような意図ではないのだろう。

分かっている。そう、分かってはいるが……。

今すぐにでも境界線を越えて、ジュリエに触れたい。

しかし、結婚前に夫婦の触れ合いは不要だと告げたのは他でもない自分で、それになにより彼女は、ルーファスが誠実な男だと信用しているからこそ、共寝を許してくれたのだろう。

心のままに振る舞いたい一方で、ジュリエの信頼も失いたくない。

欲望と理性の間で葛藤していると、ジュリエは両腕をルーファスに向かって広げ、眠気をおびた柔らかな声で「早く……」と囁いた。

その瞬間、恋い焦がれる女性の甘やかな誘惑によって、ルーファスの鉄壁の理性にもついに亀裂が走った。

(触れたい、抱きしめたい――!)

抗えない激情に駆られ、惹きつけられるようにジュリエの方に手を伸ばした。

直後――。

「雷は……」

そう、ジュリエが呟いた。

「……雷?」

「すぐやむから、大丈夫よ……ディラン……」

「ディ、ラン……?」

ルーファスが固まっている間に、ジュリエはブランケットの中に両腕を入れて、再び目を閉じて動かなくなってしまった。

「まさか……寝た……のか……?」

ひとり取り残されたルーファスは、両手で顔を覆って「はぁ~」と荒ぶる感情を吐き出すようにため息をつく。

（共寝の誘いどころか、寝ぼけて弟と間違われただけだった……）

まったく男として意識されていない現状に打ちひしがれるが、恋愛感情も夫婦の触れ合いも求めないと宣言したのは自分だから、今の状況は自業自得だ。

契約結婚した夫から唐突に「好きだ」と告白されたら、ジュリエはひどく混乱してしまうだろう。

最悪、嫌われて離婚を言い渡されてしまうかもしれない。

（それは……それだけは、なんとしてでも避けなければ……）

ここはやはりレオナルドを見習い、さりげなく優しい言葉をかけたり贈り物をしたり、まずは好きになってもらえるよう努力しよう。

（それにしてもディランの奴。ジュリエと一緒に寝ていたとは、随分と羨ましいことを……！仲がいいとは思っていたが、いつまで添い寝をしていたのだろう。早々に呼び出して確かめなければいけないな）

ルーファスは着替えてから、ベッドの中央で眠るジュリエの横にクッションで境界線を築き直し、空いている狭いスペースに横たわった。

彼女の美しい寝顔を見つめながら、心の中で告げられぬ想いを囁く。

（君を愛している。もう二度と、離さない）

＊　＊　＊

私は時を告げる鐘の音で目覚め、爽やかな朝を迎えた。

伸びをするように大きく両手を広げると、不意にコツンとなにか硬い物に手が触れて、そちらに顔を向ければ金色の髪が見える。

なぜか私の隣に、男性が背を向けて横たわっていた。

（えっ、ルーファス様？　どうして、ここに……？　あっ、そうだ。同じベッドで寝ることにしたんだった）

ルーファスをよく見てみると、自分の腕を枕代わりにして、ブランケットもかけずに縮こまって眠っている。

どうして、そんなに窮屈そうな体勢で寝ているのだろう？

私は不思議に思い起き上がろうとしたけれど、ブランケットが身体に巻きついてしまっていて、身動きが取れない。

どれだけ暴れたら、こんなミノムシみたいな状態になるのかしら……。

自分で自分の寝相の悪さに呆れてしまう。

なんとか這《は》い出ようとゴソゴソ身体を動かしてみても、網にかかった魚のように、どんなに頑張っても抜け出せない。

（あぁ、どうしよう……）

ベッドの上でグッタリして諦めていると、フッと笑いを堪えるような吐息が聞こえてきて、ルーファスの肩が震えていた。

「ルーファス様。もしかして、起きていらっしゃいますか？」

小声で問いかければ、ルーファスは寝返りを打ってこちらを向き、口元に笑みを湛えて私を見つめた。

寝起きの彼は、完璧な貴公子の姿とは違って気だるい様子で、どことなく色っぽい。

いつもは隙なく整えられている金髪は寝乱れ無造作に跳ねて、朝日を受けてキラリと煌めいている。

普段とは別人のようでドキリとしながら見つめていると、ルーファスが笑いを堪えるように形のよい唇を引き結んだまま、ゆっくりと上半身を起こした。

寝起きなのにすこぶる麗しい美青年に見下ろされて、私は恥ずかしさと情けなさで顔を隠そうとするものの、なにせミノムシ状態なので憐《あわ》れに転がることしかできない。

モゾモゾ身じろぎしながら赤面していると、ルーファスは耐えきれないといった様子で朗らかに笑ってから、イタズラっぽく尋ねてきた。

「ジュリエ。君の身体に巻きついている、それ。どうにかしようか？」

「うぅ……すみません、お願いします……」

自分ではどうすることもできないので素直に頼めば、ルーファスは笑いながら私の方に手を伸ばしてくる。

その拍子に彼の夜着が乱れ、ずれた合わせ目から逞《たくま》しい胸元が見えてしまって、私は慌てて視線をそらした。

まるで耳元で心臓が動いているみたいにドキドキと、うるさいくらいに自分の鼓動が聞こえてくる。

その間にもルーファスは懸命にミノムシの解体をしてくれていて、はじめは優しく解こうとしていたものの、ありえないくらいひどく巻きついている状態に、徐々に力を入れはじめた。

「すごい絡まり方だな。ブランケットをこうも巧みに巻くとは、ある意味すごい才能だと思う」

ぐいっと強く引っ張られ、私は勢い余ってルーファスの胸に顔を埋める形になってしまった。

鼻をかすめる爽やかな彼の香りに、またもや心臓が痛いほど高鳴る。

動揺を悟られたくなくて、陸に打ち上がった魚のようにジタバタともがいていると……。

「ジュリエ。もうすぐ終わるから、おとなしくして」

そう言って、ルーファスに優しく窘《たしな》められてしまった。

寝具との格闘の末、ようやくブランケットの拘束から逃れた私は、「ありがとうございます」と彼に感謝を告げて上半身を起こす。

そうして辺りを見回すと、ベッドの周りは大変なことになっていた。

就寝前は寝床を分ける境界線が築かれていたはずなのに、クッションはすべて床に落ちており、私が寝ていたところはキングサイズのベッドのど真ん中。

（もしかして私、境界線を破壊して大の字になってベッドを占領したあげく、ルーファス様の枕とブランケットを強奪して寝ていた……？）

だから彼は枕も上掛けもなく、隅の方で小さくなって眠っていたのだろう。

（あぁ、どうしよう……寝ていて記憶がなかったとはいえ、なんてことを……）

不敬に不敬を塗り重ねているこの状況、いったい、どうすればいいのだろうか。

「おはよう、ジュリエ。昨夜はよく眠れた？」

「は、はい。とても……」

貴方を押しのけて、それはもうグッスリと、とは口が裂けても言えない。

「ルーファス様。昨夜は、大変申し訳ございませんでした」

「それは、なにに関する謝罪だろうか？」

「えっ？　寝相の悪さ以外に、他にもなにかご迷惑をおかけしたのですか？　すみません。私、全然覚えていなくて」

さすがに心の広いルーファスも、今回は怒っているかもしれない。

私は咎められるのを覚悟したけれど、彼は目を細めて微笑むだけだった。

（あれ？　怒っていない……？）

微笑むルーファスは、起き抜けでも端正な美貌がまったく損なわれておらず、差し込む朝日に縁取られて、まるで本人が発光しているかのようにキラキラと輝いている。

そのような麗しい男性に瞬きもせずに見つめられて、私は急に自分が恥ずかしくなってしまい、俯いた。

「寝乱れたお見苦しい姿で、すみません……」

「見苦しい？　どこが？」

「えっ？　どこって、髪もこんなにグチャグチャで……」

「ジュリエは髪がどうなっていても、たとえ畑仕事で顔に泥をつけていても。どんな姿でも、素敵だよ」

ルーファスが爽やかな微笑を湛えて、驚くような褒め言葉をサラリと口にする。

（えっ？　ええっ!?　ルーファス様、急にどうしてしまったの……？）

つい昨日まで褒めるどころか私にそれほど興味のない様子だったのに、この変化はいったいなぜだろう……。

戸惑っていると扉をノックする音がして、宮廷侍女の声が聞こえてくる。

「ルーファス殿下、ジュリエ様、おはようございます。お目覚めでしょうか？」

私は返事をしようとするルーファスを止めてベッドから飛び降り、大慌てで床に転がるクッションを拾いはじめる。

不思議そうに「ジュリエ？」と声をかけてくる彼に、私は忙しなく動きながら、息を切らして小声で告げた。

「はぁ、はぁ。じ、侍女が入ってくる前に、少し、片付けたいのです」

私の視線をたどって室内を見回したルーファスは、合点がいったように頷き立ち上がった。

「あぁ、確かにこれは……人に見せられるような状況ではないな。昨夜なにがあったのか、勘ぐられてしまいそうだ。手伝うよ」

手際のよいルーファスのおかげで早く片付けることができた私は、手櫛《てぐし》で髪を整えながら何事もなかったかのように涼しい顔でソファに座った。

さっきまで焦っていたのに、急に澄まし顔をする私の行動が面白かったのか、ルーファスはずっと楽しそうに笑っている。

向けられる眼差しは優しく、日だまりみたいに温かで、いつもとは違う彼の様子になんだか調子が狂ってしまう。

ルーファスが入室の許可を出すと宮廷侍女が入ってきて、彼女たちに身支度を手伝ってもらいながら、私はずっと先程のことを考えていた。

（ルーファス様は国王陛下の言いつけを守って、私に優しくしてくれているのかも……？）

思い返せば昨夜の晩餐会で、レオナルド国王陛下が夫婦円満の秘訣《ひけつ》をルーファスに語っていた。

（うん、そうよね……。そうじゃなきゃ、今朝の寝乱れた私の姿を見て『素敵だよ』と褒めるはずがないもの）

ルーファスの不自然な行動の理由が分かってスッキリしたはずなのに、なぜか少しだけ、胸がチクリと痛んだような気がした。

王宮を下がる前に国王夫妻の元へ挨拶に伺うと、姿を現したのはレオナルド国王陛下だけで、エレノア王妃は寝込んでしまっているらしい。

「実は、昨日もそなたらが来るまでは伏せっていたのだが、ジュリエに会いたいと言って、少々無理をしたようだ」

レオナルド国王陛下の話によると、エレノア王妃は具合が悪く、ここ数ヶ月は公務を欠席しているという。

国中から名医を集めて不調の原因を特定しようとしているが、いまだに分からず、治療も思うように進んでいないそうだ。

陰謀渦巻く王宮では暗殺の危険もあるため、エレノア王妃の身の安全には常に気を配り、厳重な警備体制が敷かれている。

特に毒物に関しては、飲食の際の毒味や、身につける物、手に触れる物、献上品の事前検査なども徹底しているようだ。

体調が優れない中、再会を楽しみにして晩餐会に出席してくださったエレノア王妃に、私は嘘をついてしまった。申し訳なさが募り、胸が苦しくなる。

「兄上。王妃様がご無理をされないよう、今回の婦人茶会は見送った方がよろしいのでは？」

「そう言っているのだが、本人が開催を強く望んでいるのだ。どうやら貴族らの手前、これ以上、公務を休むわけにはいかないと考えているらしい。ああ見えて王妃は頑固なところがあるため、説得にも応じてもらえない。そこでだが――」

会話の途中で、レオナルド国王陛下がルーファスから私に視線を移した。

「ジュリエに頼みがあるのだ。王宮で催される婦人茶会に、出席してはくれないだろうか？」

唐突な王の頼み事に私は驚き、ルーファスが眉間にしわを寄せる。

「兄上、急にそうおっしゃいましても……」

「王妃はジュリエに心を許しているようだから、無理を承知で頼んでいる。貴族らの中には『王妃が世継ぎを産めないのなら側妃を』と進言してくる者も多い。そのような場所にひとりで行かせたくはないのだ。ジュリエ、どうか引き受けてはくれないか？」

思ってもみなかった出来事に私は戸惑い、すぐに答えを出せず言葉を詰まらせた。

伯爵令嬢として一通りの淑女教育は受けているものの、私は社交界に疎いうえに、もしかしたらロザリーと顔を合わせてしまうかもしれない。

断る理由ばかりが浮かんでくるけれど、レオナルド国王陛下に逆らうわけにはいかず。

なにより、少しでもエレノア王妃のお役に立てるのなら……。

嘘をついてしまったことへの罪滅ぼしと、学生時代に助言をもらったことへの恩返しをする機会は、今しかないと思う。

それに、虐《いじ》められた側はずっと嫌な記憶が残っているものだけど、虐めた側であるロザリーは、六年も顔を合わせていない私のことなんて、きっと覚えていないはず。

(何事も悪い方にばかり考えてしまうのは、やめましょう)

隣を見ればルーファスと目が合い、覚悟を決めて私が頷けば、表情から心の内を察してくれたのだろう。

彼は分かったといわんばかりに、優しく微笑んで頷き返してくれた。

「私がおそばにいることで、少しでも王妃様のお役に立てるのでしたら、婦人茶会に出席したく存じます」

「本当か！　感謝するぞ、ジュリエ。王妃もさぞ心強いだろう」

安堵した様子のレオナルド国王陛下に感謝を告げられ、私たちは御前を後にして王都の別邸へと戻った。

そしてエマに、国王陛下の依頼で婦人茶会に出席することになったと告げれば、元宮廷侍女の彼女は驚き慌てはじめる。

「まあ！　それは大変です！　早く準備をしませんと……！」

「婦人茶会は、そんなに大変な催しなのですか？」

私がおっとり問いかけると、エマはいつになく真剣な面持ちで深く頷いた。

「ジュリエ様。婦人茶会をただのお茶会だと侮《あなど》ってはいけませんよ。あそこは、貴族の女性たちが牽制《けんせい》し合い、互いを蹴落とそうと思惑を巡らせる。いわば女の戦場なのですから」

戦場という不穏な単語に、私はゴクリと唾を飲み込んだ。

認識が甘かったみたい。お飾りの妻とはいえ、私は表向き王弟夫人。粗相をすれば、ルーファスだけでなく王室にも迷惑がかかってしまう。

それに今回は、体調の優れないエレノア王妃の盾になれるよう頑張らなくてはいけないのだから、余計に気を引きしめなければ。

「エマ。急ぎですまないが、ジュリエが侮られないよう、最高の支度を整えてほしい」

「かしこまりました。お任せくださいませ」

ルーファスの手配ですぐさま仕立屋や宝石商などが集められ、さっそく準備に取りかかった。

ドレスは一から作ると間に合わないので、手持ちにあるものに装飾を加え、王宮行事に相応しい装いに仕立て直すことにする。

その他、装飾品や髪型などを決めてすべてを終える頃には、窓の外に広がる空は夕焼け色に染まっていた。

「ジュリエ様、お疲れになりましたでしょう。夕食までお休みになってはいかがですか？」

「えぇ、そうですね……。少し疲れてしまったので、そうします」

　ほんの少しだけと思っていたのに横になるとすぐに眠ってしまい、エマに声をかけられ目が覚めた時には、すっかり夜になっていた。

　ダイニングルームに向かうと、そこにはルーファスの他に弟のディランがいて、私に気付くと人懐っこく笑いかけてくる。

「やあ、姉さん。久しぶり！」

「ディラン！　来ていたのね」

「あぁ。ルーファス殿下が夕食に招待してくださったんだ」

　王弟殿下に招かれたことがよほど嬉しかったのか、ディランはそう言って、ますます上機嫌に破顔した。

「父さんも来る予定だったんだけど、急用で先に領地に戻ってしまったから、今日は僕だけなんだ。ところで姉さん、さっきルーファス殿下から聞いたよ。エヴァンズ公爵家のお屋敷で木工作業とか畑仕事をしているんだって？　頼むから、変なことはやめてくれよ！」

　好きでやっているわけじゃなくて目的があっての行動なの、と言いたいけれど、まさかここで理由を明かすわけにもいかず、私は素直に頷いた。

「善処します……」

「そこは、もうしませんって言ってほしいな」

「ごめんね。でも、私にも色々と事情があるの」

「事情ってなんだよ？　……って、聞きたいけど、ここではやめておくよ。申し訳ございません、ルーファス殿下。このような姉弟喧嘩《げんか》をお見せしてしまって」

ディランは居住まいを正してルーファスに頭を下げた。

私も普段通り弟と気安く会話してしまったことを反省して謝罪すると、ルーファスは笑って許してくれる。

「言葉遣いなど気にしないから、いつも通りにしてくれて構わないよ。それにしても、ふたりはとても仲がよいのだな。実に羨ましい。そういえばディラン、君は雷を克服できたのかな？」

「え？　雷、でしょうか……？」

「雷鳴の夜は、怖くてジュリエのベッドに潜り込んでいたのだろう？」

「ゴホッ――！　ゴホゴホッ‼　どっ、どうして、それを……」

ちょうど水を飲んでいたディランは驚いた拍子に激しく咳き込み、苦しそうにしながら首を横に振った。

「それは子供の頃のことで……。姉さん、そんなことまでルーファス殿下に話さないでくれよ」

「ごめんなさい、ディラン。でも私、そんなお話をしたでしょうか？」

不思議に思ってルーファスに視線を向けるけれど、彼は意味深な微笑を浮かべるだけで、なにも答えてはくれない。

腑に落ちないでいると、おいしそうな香りを漂わせたメイン料理が運ばれてきたので、私はひとまずそれ以上考えるのをやめた。

さっそく香ばしく焼き上がったステーキをいただこうとカトラリーに手を伸ばせば、ルーファスが「ジュリエ、少し待って」と声をかけてくる。

不思議に思って動かないでいると、彼は自分の目の前にある肉を手早く一口大に切り分け、私の皿と交換してくれた。

「この前、大きな肉を頬張って胃もたれしただろう？　よく噛んで」

甲斐甲斐しく世話を焼いてくれる旦那様に戸惑ってしまうけれど、おそらく彼は敬愛するレオナルド国王陛下のアドバイスを守り、妻を大切にしようとしているのだろう。

特に今日はディランがいるから、念入りに夫婦円満の演技をしているに違いない。

私は「ありがとうございます」と笑顔で感謝を告げて、切り分けられたお肉を口に運んだ。

「ん？　ディラン？　どうして私をじっと見ているの？」

「もしかして姉さん、普段からそんなことまでしてもらっているの？　さすがに、王弟殿下のお手を煩わせすぎじゃないか？」

「まさか。いつもは違いますよね、ルーファス様」

「ああ。だが、ジュリエさえよければ、今後はこういうことをもっとしたいと思っている。いいだろうか？」

それは、これからもレオナルド国王陛下の助言通り、愛妻家のふりを続けるということだろうか。

「はい……ありがとうございます」

私が頷くと、ルーファスは嬉しそうに口元を綻ばせた。

それを見ていたディランが「仲がよくて憧れるなぁ……いいなぁ、結婚生活」と羨ましがる。

「ディランは、意中の相手はいないのか？」

「それが実は……僕はあまり女性運がないようでして。最初は好印象でも、後々問題が発覚したり、実家や本人に事情があったりして、なかなかいい相手が見つからないのです」

まさかディランまでも恋愛運に恵まれていないなんて。

私たちオルティス姉弟は、ひどい星の下に生まれてしまったのだと知って、切なくなってしまう。

「家を継ぐために、いつかは僕も結婚しなければいけませんが、伴侶は時間をかけて探すつもりです」

「もしなにか相談事があれば、遠慮なく連絡してくれて構わないよ。できる限り力を貸そう」

「よいのですか……！　僕、ずっと男兄弟に憧れていたので、頼もしい兄上ができて本当に嬉しいです。ありがとうございます、ルーファス義兄上《あにうえ》‼」

「ディラン。ルーファス様をそんな風に馴《な》れ馴《な》れしく呼ぶなんて」

「構わないよ、ジュリエ。大切な妻の弟は、私にとっても大事な家族だ。遠慮することはない。ディランのよい義兄になれるよう努力するよ」

「あぁ、ルーファス義兄上は、なんて素晴らしい方なんだ……。ますます尊敬します！」

ディランはルーファスと親しくなれたのがよほど嬉しかったらしく、その後も感激しきりで、食事会が終わるまで終始笑顔だった。

「それでは、僕はそろそろお暇いたします」

「もう帰るのか？　久しぶりにジュリエに会ったのだから、ゆっくりしていってはどうだ？」

「そうしたいのですが、明日にはオルティス領へ戻りますので、この辺で。今宵はお招きいただき、ありがとうございました。とても楽しかったです」

「次はオルティス伯爵と一緒に来るといい。帰り道に気をつけて」

「はい！　それでは、失礼いたします」

ルーファスに「ディランを見送っておいで」と促された私は席を立ち、弟とふたりで馬車の乗り場へと向かった。

「姉さんが幸せそうでよかったよ。ルーファス義兄上に、すごく愛されているんだね」

「う～ん……それは分からないけれど、とても優しくしていただいているわ」

「えぇ？　愛されているのが分からないって？　はぁ……我が姉ながら鈍感《どんかん》すぎて驚くよ。ルーファス義兄上も、きっと苦労しているんだろうなぁ」

旦那様は、お飾り妻の私に義務で優しくしてくれているだけなのよ――と正直に言うわけにもいかず口を噤んでいると、弟はやれやれといった感じで肩を竦めた。

「これからも、ルーファス義兄上と仲よくね！　それじゃあ、また！」

そう言って馬車に乗り込み、ディランは暗闇の彼方に消えていったのだった。


それからもルーファスの愛妻演技は続いているようで、外出するたびにお花やお菓子、装飾品などを買ってきてくれるようになった。

さらに、食事を共にする日も増えて、話す機会が格段に多くなっている。

朝食の席でルーファスが「美しいな」と呟いたので、私は丁寧に盛りつけられたサラダのことだと思い頷いた。

「はい、とても美しいですね。特にこのお花のように巻かれたサーモン。食べるのがもったいないくらいです」

「あ、いや。美しいのはサーモンではなく、ジュリエのことだよ」

「え？　私、ですか……？　あっ、ありがとうございます」

急に褒められて驚いてしまうけれど、ルーファスはレオナルド国王陛下の助言を守っているだけだから、真に受けて喜んではいけないと自分自身に言い聞かせる。

それから数日が経ち、婦人茶会を明日に控えた夜。

そろそろ休もうと思っていた矢先、ルーファスが帰宅して私の部屋を訪ねてきた。

向かいに腰かけた彼は「これを受け取ってほしい」と言って、リボンのかけられた小箱を差し出してくる。

中に入っていたのは、シルバーチェーンのネックレスだった。

銀の台座にはめ込まれた宝石は、一見ダイヤモンドかと思ったけれど違うみたいで、光の当たり方によって色が変化し、神秘的な七色に煌めいている。

「不思議な輝きの宝石ですね。とても綺麗……」

「この石はブルーバードの涙が結晶になった物で、災いをはね除ける力があると言われているんだ。これからはお守りとして、身につけていてほしい」

「ブルーバードの涙……。素敵な贈り物をありがとうございます」

大切にしますと私が告げると、ルーファスは嬉しそうに、そしていつも以上に優しく微笑んで部屋を出ていった。

ひとりになり、寝室へ行ってベッドに横たわると、頭の中に浮かぶのはルーファスのことばかり。

あぁ、また……。彼の笑顔を思い浮かべるだけで、いとも簡単に胸が高鳴ってしまう。

私がどんなに突飛な行動をしても、怒らず否定せず笑ってくれるルーファスの隣は居心地がよくて、エヴァンズ公爵家で過ごす日々があまりにも幸せすぎて……。

六年前のことを知られる前に別れなければいけないのに、離れがたく思ってしまっている自分がいる。

私はいったい、どうすればいいのだろう。

「今日はもう、寝なきゃ……」

大切なお茶会を明日に控えた私は、今はこれ以上考えるのをやめようと自分自身に言い聞かせて、目を閉じた。

そうして一夜明け、ついに迎えた婦人茶会の当日。

ドレスという名の戦闘服に身を包み、女の戦場へ赴く時がやってきた。

事前にエマからお茶会の内容は教えてもらっており、同席する方々の身分と人柄も一通り頭に入っている。

予習は完璧、あとは無事に会が終わるのを祈るのみ。

みずからを奮い立たせて王宮へと向かい、案内された控え室に入ると、美しく着飾ったエレノア王妃に笑顔で出迎えられた。

私はドレスの端を摘まみ、いつもよりも丁寧な所作でお辞儀をする。

「本日はお招きいただき、ありがとうございます」

「お礼を言うのは、わたくしの方よ。出席してくれてありがとう、ジュリエ。貴女がそばにいてくれて、とても心強いわ」

エレノア王妃は華やかな化粧で血色を足しているものの、無理をしているようなぎこちない表情から、まだ本調子ではないことが窺える。

「王妃様、ジュリエ様。そろそろお時間でございます」

宮廷侍女に呼ばれて私たちが大広間の壇上に姿を現すと、その場に集った女性たちは一斉に立ち上がり、丁寧にお辞儀をした。

エレノア王妃が微笑みながら会場内を見渡し、胸の高さでまで持ち上げた右手をゆっくりと下ろせば、着席のお許しを得た人々が椅子に腰かけはじめる。

席順は身分の高さで決められており、壇上から下りた私たちは一番手前にある上席のテーブルへと向かった。

エレノア王妃の隣の席には王弟夫人である私が座り、同じ円卓には公爵家にゆかりのあるご婦人たちが着席している。

「王妃様におかれましては、ご機嫌麗しゅう存じます。このたびはお招きいただきまして、心より感謝申し上げます」

「みなさん、いらしてくださってありがとう。今日は、新しく王族の一員となった王弟夫人のジュリエを紹介します」

エレノア王妃に紹介された私は優雅に微笑みながら、同じテーブルに座る女性一人ひとりに会釈をしていく。

そして最後に目を向けたのは、真っ赤なドレスに身を包んだ薄茶色の髪の女性。

本来であれば、この場にはモディール公爵夫人が来るべきなのだが、数年前に他界しているため、娘のロザリーが代理として出席しているのだ。

「ジュリエ様、お初にお目にかかります。わたくし、モディール公爵家の長女、ロザリーと申します。以後お見知りおきを」

「よろしくお願いいたします、ロザリー様」

お初にというロザリーの挨拶を受けて、私も当たり障りのない言葉を返した。

その後はエレノア王妃のサポートに回りつつ、同じテーブルの貴族婦人らと和やかに会話を交わしていく。

そうして茶会も終盤に差しかかった頃、エレノア王妃がハンカチで口元を押さえて咳き込みはじめ、みるみるうちに顔色が青ざめていった。

周囲の視線がエレノア王妃に注がれてしまい、このままの流れで彼女の体調のことが話題になってしまわないように、私はさりげなくエヴァンズ領の話を始める。

同席の婦人たちはすぐに意図を察して会話を盛り上げてくれたが、ひとりだけ空気を読まない女性がいた。

「まぁ、王妃様！　咳が止まらないようですけれど、大丈夫なのですか？」

無神経に体調の悪さを指摘するロザリーの発言に、その場が凍りつくけれど、エレノア王妃は動揺することなく微笑みを浮かべた。

「ええ、紅茶でむせてしまっただけですので、平気です」

「それにしては、お顔が真っ青ですわよ。お加減が悪いのでしたら、中座してお休みになってはいかがでしょう？　ここ最近、公務もご欠席が続いていると聞いておりますので、わたくしとても、とても心配なのです！」

まるで舞台女優のように芝居がかった口調で話すロザリーに人々の注目が集まり、目立って気分がよくなったのか、彼女はますます饒舌《じょうぜつ》になった。

「王妃様にはお元気でいただかなくては。なにせ王位継承のお世継ぎがまだなのですもの！ああ、別に、わたくしが急かしているわけではございませんのよ。この国の人間はみな、お世継ぎの誕生を望んでおりますもの。新聞はお読みになりまして？」

ロザリーの意地悪な問いかけに、エレノア王妃が気丈にも「ええ」と返事をした。

確かにここ最近、世継ぎ不在の現状を取り上げる新聞報道が多くなってきている。

今日の朝刊にも、エレノア王妃について、このように書かれていた。

【いまだエレノア王妃殿下に懐妊の兆しが見られず、世継ぎ不在の状況に国民の不安は高まるばかりだ。

そんな中、レオナルド国王陛下は先日の定例議会にて、側妃を迎えるべきとする貴族らの進言をはね除けた。

レオナルド国王陛下がよき政治をしているからこそ、人々は平和が続くことを願い、王位継承問題で国が荒れるのを恐れている。

善政を敷き民に慕われる賢王に、影が差すか……？】

一刻も早い世継ぎの誕生を願う民衆の声が高まるにつれて、心身共に弱ったエレノア王妃は追い詰められてしまっているのだろう。

ロザリーが勝ち誇ったように赤い唇をニンマリとつり上げ、僅かに身を乗り出して、このテーブルにいる者だけに聞こえる声量で囁く。

「王妃様？　わたくしがお世継ぎを産むお役目、代わって差し上げてもよろしいのですよ」

とんでもない発言に婦人たちが息を呑み、まるで時間が止まったかのように硬直する。

言葉を失うエレノア王妃の姿を見て、私は黙っていることができなくなってしまった。

「モディール公爵令嬢、今の発言はさすがに聞き捨てなりません」

「あら、わたくしはこの国のためを思い、忠誠心と親切心でご提案申し上げたまでです。ジュリエ様に非難される謂《いわ》れはありませんわ」

ロザリーの無礼な言動は許せないけれど、ここで感情的になるのは得策ではないので、私はあえて視線を外し、テーブルを囲む女性たちを見回して問いかけた。

「今のロザリー様の言葉は、大変不敬なことだと私は思いますが、みなさまはどうお考えになりますでしょうか？」

この席にいる女性は、ロザリー以外みな既婚女性。

高貴な貴族夫人たちが非常識な意見に賛同するはずもなく、口々に声を上げはじめる。

「国の行く末を案じるお気持ちは分かりますが、今の言葉はあまりにも不敬極まりないと、わたくしは考えます」

「わたくしも同感です。世継ぎを産むお役目を代わって差し上げる？　国王陛下がお選びになった女性はただひとり、王妃様だけです。ロザリー様は、お呼びじゃありません。立場をわきまえなさい」

「そうですわ！　だいたい、そのふてぶてしい態度、何様のつもりです？　不快ですわ」

「なっ、なんですって……!?　このわたくしに、よくも……」

非難の嵐に晒されて、ロザリーは顔を真っ赤にしながら立ち上がった。

「わたくしは、由緒正しいモディール公爵家の人間よ！　それを侮辱するなんて許せない‼」

ロザリーは見境なく喚き散らすと、苛立ち紛れの靴音を響かせて大広間を出ていき、それを見ていた人々が呆れたため息をつく。

「まあ、相変わらず品のないご令嬢ね。大声を張り上げて駄々を捏《こ》ねるなんて、まるで子供みたいですわ」

「ええ。モディール家が公爵家の頂点に君臨していたのは、もう昔の話ですのに。いつまで過去の栄光にしがみつくおつもりかしら？」

かつては王宮の要職を独占し、前国王の側妃を輩出するほど力のあったモディール公爵家。

だが、数々の不祥事が相次いで明るみになり、凋落《ちょうらく》の兆しが見えはじめていることが、貴族夫人らの口ぶりからよく分かる。

その後、お茶会は元の穏やかさを取り戻し、みなロザリーのことなど忘れたかのように、再び和やかに談笑を始めたのだった。

＊　＊　＊

「ああっ、もう嫌だ！　腹が立つ‼」

王宮を後にしたロザリーは屋敷に戻る途中、馬車の中で頭をかきむしって叫び散らした。

「わたくしが王妃になるはずだったのに！　許さない！　許さないんだから‼」

エレノアに正妃の座をかすめ取られ、仕方ないから王弟夫人で我慢してあげようと思っていたのに。

よりにもよってルーファスは、あの野蛮令嬢と結婚した。

レオナルドもルーファスも、公爵令嬢の自分を袖にして、あんな下等な女たちを選ぶなんて、兄弟揃って女の趣味が悪すぎる。

（それにしても、ジュリエ・オルティス。あの女、本当に図太いわね！）

昔、紅茶をかけて虐めた時もジュリエは平気な顔をしていたが、さすがに今日はロザリーを恐れて怯えるかと思っていたのに、何事もなかったかのように平然と振る舞っていた。

だから仕方なく自分も初対面のふりをして挨拶をしたけれど、婦人茶会の間、終始ジュリエに見下されているような気がして、思い出すだけで屈辱的だ。

(格下の侯爵家出身のエレノアと、田舎の芋令嬢のジュリエが、わたくしより上の身分になるなんて！　あのふたりさえいなければ、わたくしは王族の一員になれたのに‼)

屋敷に到着早々、執事の制止を振り払い父の書斎に駆け込むと、どうやら来客中だったようで、数名の貴族男性がソファに座っていた。

ノックもせずに入ってきた娘に、父親であるモディール公爵が盛大に眉をひそめる。

「今は大事な会議中だ。出ていきなさい」

ロザリーがなにかを言い返す前に、父の正面に腰かけていた貴族らが不愉快そうな顔で立ち上がった。

「それでは、モディール公爵。我々はこれで失礼する」

「まっ、待て！　話はまだ終わっておらんぞ！　今まで散々面倒を見てやったのに、恩を仇で返すつもりか‼」

「それは、こちらの台詞だ！　恩があるから、ここまで貴方の無茶な計画にも付き従ってきたが、もう限界だ。お宅のお嬢さんの軽率な発言のせいで、モディール家と関わりのある我が家まで逆賊扱い。これ以上は付き合いきれん‼　国王に盾突くのなら、ひとりでやればいい」

「待て！　待ってくれ‼」

貴族男性らは追い縋《すが》る父の手を払い除け、振り返ることなく部屋を出ていってしまった。

膝をつきガックリと項垂れる父の姿は憐れだが、そんなことよりもロザリーは、早く自分の話を聞いてもらいたい一心で声を張り上げる。

「ねぇ、お父様、聞いてください！　わたくし、婦人茶会でひどい目に遭ったのよ！　お父様のツテで、わたくしを馬鹿にしたジュリエとエレノア、それと公爵夫人たちを――」

「うるさい！　黙らんか‼」

突如として父が怒鳴り声を上げたので、ロザリーはビクッと肩を竦めた。

「な、なんですの？　急に……」

「この愚か者！　謀反の計画を台無しにしたうえに、まだ我が家の置かれている状況を理解していないとは……。呆れて物も言えんわ」

我が家の状況というものが分からずロザリーが首を傾げると、父は深くため息をついてから、唾を飛ばしながら捲《まく》し立てた。

「はぁ……愚かなお前にも分かるように言ってやる。いいか？　お前のせいで！　モディール家は、逆賊も同然の扱いなのだ‼　これまで築いてきた人脈はすべて失った。根回しのために使った金も水の泡だ。時間をかけて王宮に潜ませた間者も、次々に捕らえられている。

あぁ……我が家はもう……おしまいだ！」

父は頭を抱えてその場にうずくまると、八つ当たりするように「クソッ！」と叫んで、両手でぐしゃぐしゃと髪の毛をかきむしった。

そして急に手を止めて顔を上げたかと思えば、落ちくぼんだ目を見開き、ロザリーの方をじっと見つめる。

「そうだ……我が家が生き残る道はひとつだけだ……。王妃が懐妊する前に、ロザリー、お前がレオナルドの子を……男児を産めばよいのだ！　こんなことになった責任を、お前が取るのだ！　レオナルドの子を、王子を、時期国王を産め‼」

取り憑《つ》かれたように「王子を産め」と繰り返す父はひどく不気味で、ロザリーは震え上がって叫んだ。

「わっ、わたくしだって産めるものなら産んで妃になりたいわよ！　でも今日だって、そのことを口にしたら不敬だってひどく責められたわ！　そもそも夜を共にする機会がなきゃ、身ごもれないし……。あっ、もしかしたら、エレノアはすでに妊娠しているかもしれないわ。さっきだって、口を押さえて気持ち悪そうにしていたもの」

「なんだと？　そんな、まさか……あの女に赤子ができるはずが……。いや、〝あれ〟の効果も絶対ではない。もしも男児が生まれたら、我が家の付け入る隙がなくなってしまうではないか……ああ、ああ……大変だ……」

ロザリーが、なにげなく言ったことに父は異常なまでに狼狽《ろうばい》し、目をギョロリとさせながら、青ざめた顔でブツブツとなにかを呟いている。

その姿があまりにも恐ろしく、父が得体の知れないバケモノになってしまったかのように思えたロザリーは、踵を返してその場から逃げ出した。

「どうして……どうしてわたくしばっかり、こんなに不幸なの⁉　ひどい、ひどいわ！　神様の意地悪‼」

自室に駆け込んだロザリーは、泣き喚きながらベッドにうつ伏せに倒れ込んだ。

昔はなにをしても『いい子だ』と褒めてくれた父は、ロザリーが王妃に選ばれなかった日から別人のように変わってしまった。

顔を合わせれば常にしかめ面、ルーファスがジュリエと結婚したと知った日には、『男ひとり落とせないとは、この役立たずが！』と大激怒された。

（わたくしがこんなに辛い思いをしているのに、エレノアもジュリエもなんの苦労もしないで、幸せに生きているんだわ。許せない……‼）

自分より幸福な女たちを、どうにかして貶《おとし》めてやりたい。

「あ～、いいこと思いついちゃった。わたくしってば、なんて頭がいいのかしら」

ロザリーはニヤリと笑って自画自賛し、使用人を部屋に呼びつけた。

「今すぐ会いたい人がいるの、連れてきて。ああ、お父様には言わないでね」

秘密にするように命じられた使用人は、狼狽えた様子でその場に立ち尽くしていたが、ロザリーが「早くしなさいよ！」と怒鳴れば慌てて部屋を出ていった。

その夜、呼びつけた客人がようやく現れて、ロザリーは笑顔で手招きする。

「よくいらしてくれたわ。さあ、こちらへ。おかけになって」

真っ赤な口紅を引いた唇で、誘惑するように甘く囁く。

すべては、自分に恥をかかせた憎き女に復讐するために――。

「ジュリエに恨みを持つ者同士。わたくしたち、仲よくしましょうよ。ねぇ？」

六章　煌びやかな王宮に潜む黒い影

無事に婦人茶会が終わり、エレノア王妃の私室に招かれた私は、肩の荷が下りて一息ついていた。

初めて訪れた王妃の部屋は、彼女にぴったりの優美で落ち着いた内装になっている。

桃色の小花が描かれた乳白色の壁紙に、美しい寄せ木細工の床、家具や調度品はどれも品があって居心地のよい空間だった。

人払いした後、テーブルを挟んで向かいに座るエレノア王妃が微笑みかけてくる。

「ジュリエ、今日は本当にありがとう。貴女がいてくれて本当に心強かったわ」

「少しでも王妃様のお役に立てたのでしたら、光栄なことでございます」

「あら、〝少し〟ではないわ。とても、とても助かりました」

その場の和やかな雰囲気に背中を押された私は、ずっとエレノア王妃に告げなければと思っていたことを切り出した。

「……私は、王妃様に嘘をついておりました。六年前、グレイス女学校で紙片を受け取った生徒は、間違いなく私です。お礼を申し上げるのが遅くなりましたが、あの時は本当にありがとうございました。そして先日は初対面のふりをしてしまい、大変申し訳ございません」

「まぁ。あの生徒は、やはりジュリエだったのですね」

六年前に、しかもたった二日しか在籍していない私のことを、エレノア王妃はなぜ覚えていてくださったのか。

その理由を尋ねてみると、彼女は昔を懐かしむようにしみじみと語りはじめた。

エレノア王妃がグレイス女学校に入ってすぐの頃から、ロザリーの横暴な言動は目立っており、実際に何人もの生徒が嫌がらせを受けて学校を去っていったらしい。

そんな状況に心を痛めつつも、当時侯爵令嬢だった彼女はなにもできなかった。

けれど、せめて自分のできる範囲で周囲の人々を手助けしようと思い、教室のどの席に座ろうか悩んでいた私に、助言の紙を渡してくれたそうだ。

「王宮見学の時、貴女はロザリー様から嫌がらせを受けていたのに、わたくしは見ていることしかできずに後悔しておりました。ですがジュリエはあの時、取り乱すことなく冷静に対応していましたよね。その姿がとても素敵で、印象に残っていたのです。また会えて嬉しいわ」

「王妃様……覚えていてくださり、とても嬉しく光栄なことでございます」

しかし、再会を喜んでくださるエレノア王妃には申し訳ないけれど、私があの日の王宮見学にいたことをルーファスに知られてはいけない。

「王妃様に折り入ってご相談があるのですが、申し上げてもよろしいでしょうか？」

「ええ、構わないわ。なにかしら？」

私が居住まいを正して切り出せば、エレノア王妃も真剣な面持ちで聞き返してくる。

「退学を通告された時、私は学校側から『在籍記録を抹消するため在学していたことを口外しないように』と命じられました。ですから、ルーファス様には話しておりません。いつかは、打ち明けなければいけないでしょうか……？」

「そのような事情があるのでしたら、無理に話す必要はないと思いますよ。ジュリエは、隠し事をしているという罪悪感があると思いますが、夫婦であっても、言えない過去のひとつやふたつあるものですから。あまり気に病まないで」

「王妃様……ありがとうございます。そう言っていただけて、とても心が軽くなりました」

「そう？　それはよかったわ……コホッコホッ！」

会話の途中でエレノア王妃が突然激しく咳き込んだので、私は急いで立ち上がり駆け寄った。

「王妃様、大丈夫ですか⁉　お薬をお持ちしましょうか？　それとも、侍女を──」

「コホコホッ……いいえ。大丈夫、です。少し疲れが出てしまっただけなので、横になれば治まります。楽しくお話をしていたのに、途中でごめんなさい……」

「私のことはお気になさらずに、どうぞお休みになってください」

「ええ……では、そうするわね……」

足取りのおぼつかないエレノア王妃をそっと支えると、口元をハンカチで押さえた彼女は『ありがとう』と言うように頷き、共に寝室へと向かった。

エレノア王妃はゆっくりとベッドに横たわり、「ふぅ……」と不調の滲むため息をつく。

「手を貸してくれてありがとう。お話ができて、とても楽しかったわ。またいらしてくださるかしら？」

「はい、もちろんでございます。お呼びくだされば、いつでも参ります。それでは王妃様、私はこれで失礼いたします」

「ええ。またね、ジュリエ」

エレノア王妃の返事を聞いてから、私は天蓋のシルクカーテンを静かに広げてベッドの周りを囲った。そして部屋を出て、宮廷侍女にエレノア王妃がお休みになられたことを伝えて、エマと共に王宮を後にする。

屋敷に戻ると騒がしい声が聞こえてきたので、なにかあったのかと私とエマが顔を見合わせていると、メイソンがエントランスホールに姿を現した。

「ああっ、ジュリエ様！　よいところにお戻りに！」

「なにかあったのですか？」

「それが、領地から職員たちが迎えに来たのですが、ロットが帰るのを拒んでおりまして。説得のため、ジュリエ様のお力をお借りしたいのです」

ロットの部屋として使われている一室は、ブルーバードにとって棲み心地がよくなるように、ルーファスの指示で植物の鉢植えがたくさん置かれている。

部屋に入れば、そこには飛び回って逃げるロットと、途方に暮れて立ち尽くすエヴァンズ領の職員たち、そして苦笑をしているルーファスがいた。

「あぁ、おかえり、ジュリエ。婦人茶会が無事に終わって、兄上もとても喜んでいたよ。王妃様と話してから帰宅すると聞いていたが、随分と早かったね？」

「王妃様のご体調が優れないので、早めに切り上げて戻ってきました。ロットのあの様子ですと、帰る気は全然ないようですね？」

「ああ。職員が『リラも心配しているから、早く帰ろう』と言っても、飛び回って逃げるだけで、まったく聞いてくれずに困っているよ」

天井を見上げると、ロットはつぶらな目を平らに細め、絶対に帰らないぞと主張するように『ピィ、ピッ！』と尖った声で鳴いている。

「ロット。お話をしたいの。下りてきてね」

手招きしながら優しく声をかけると、ロットは興奮が収まってきたのか、おとなしく私の手のひらに下り立った。

そして、先程とは違った鳴き方で『ピィ、ピピッ、ピッ！』とさえずりはじめる。

『ピピッ……ジュリエに……くろい……わるい、もの……ついてる……ピィ』

「黒い、悪いもの？」

『ピピッ……すごく……イヤな……かんじ、する……ピィ』

「ええっ、怖いわ、なんだろう……。ルーファス様。ロットが私に、黒くて悪い嫌な感じのものがついていると言っているのですが、なにかおかしなものはついているでしょうか？」

「いや。私には、なにも見えないが……」

ルーファスと同様にメイソンやエマも、なにも見えないと首を横に振る。

そんな中、職員のひとりがおずおずと手を挙げた。

「あの、もしかしたらですが……それは、ブルーバードが知覚できる〝災い〟のようなものではないでしょうか？」

「災い？　あぁ、そういえば、『ブルーバードのおかげで奇跡的に災いから逃れられた』という逸話を、私も文献で読んだことがあるな」

「はい、それです！　自分もそれを思い出しまして」

職員と話し合った後、ルーファスは考えを整理するように一瞬黙ってから、ロットに目を向けた。

「ロット、訊きたいことがあるんだ。その黒いものは、エマにもついているだろうか？　ついていたら、羽を動かしてほしい」

ロットはピクリとも動かないので、今度は「ついていない場合は、羽を動かしてくれ」とルーファスが頼むと、今度は翼をパタパタと広げた。

「ジュリエ。今日は一日、エマと共にいたのだろう？　別行動することはあっただろうか？」

「いいえ。お茶会の時も、後ろに控えてもらっていましたから……。あっ、そういえば、王妃様のお部屋に入る時だけは、別室で待ってもらいました」

「ということは、ロットの言う黒い災いがジュリエに付着したのは、王妃様の部屋にいる時の可能性が高いな。メイソン、兄上に報告するため至急謁見の手配を。それとロットには頼みたいことがあるため、もうしばらくこの屋敷に留まってもらうことにする。すまないが、職員の君らも滞在してほしい」

ルーファスの指示を受けたメイソンが足早に部屋を出ていき、滞在を命じられた職員たちが困惑の面持ちで承諾する。

「まぁ……大変なことになってしまいましたね……」

エマの呟きに頷きながら、私は試しにもう一度、自分の身体を見下ろして確かめてみた。

黒いものは見当たらないが、災いがついていると言われたら、不気味なものに取り憑かれたような気がして鳥肌が立ってしまう。

「ジュリエ様！　そのようなものをつけておく必要はございませんよ！　さぁさぁ、お早くご入浴いたしましょう」

その後、ルーファスはすぐさまレオナルド国王陛下に黒い災いの件を報告し、エレノア王妃を別室に移動させて室内をくまなく捜索したが、不審物は見つからなかったそうだ。

人の目では判別できない代物かもしれないと推測したルーファスは、ブルーバードの協力を得ることを進言し、翌日には、ロットによるエレノア王妃の私室の検査が行われた。

エヴァンズ領にのみ生息するブルーバードが王宮に現れたとなれば、なにかあったのではないかと騒ぎになるため、ロットの入城は秘密裏に進められた。

エレノア王妃の私室に入った途端、ロットが威嚇するような鋭い鳴き声を上げたので、私はすぐに言葉を訳してルーファスに伝える。

「この部屋には、大量の黒い災いが漂っているとのことです。特にひどいところに案内するからついてきて、と言っています」

私が話し終えると、辺りを飛び回っていたロットが『ピピッ……こっち……ピィ！』と鳴いてから、寝室にある天蓋ベッドの前に下り立った。

「特にこのベッドの周りが、ひどいそうです」

「分かった。寝具をすべて回収し、詳しく検査せよ」

「ハッ！　かしこまりました、ルーファス殿下」

ロットが発見した不審物はすぐさま専門機関に回され、検査の結果、天蓋カーテンに使用されている布地が、異国からもたらされた有害な繊維だということが判明した。

光沢のある滑らかな生地は一見シルクのようだが、実際はまったくの別物で、布から発せられる微細な繊維の破片を吸い込むことで、身体が衰弱し呼吸障害などの症状が起きる。

天蓋カーテンは主に、埃《ほこり》や虫、隙間風を防ぐ目的で使用されるものだが、今回は風を通さない性質が逆効果となった。

エレノア王妃は王宮に上がってからずっと、独り寝の時は風通しの悪い天蓋の中で就寝していたため、原因不明の不調に陥ってしまったらしい。

この有害な布は、我が国を含めた多くの国で輸入禁止物に指定されており、犯人は違法なルートで手に入れたのだろう、とルーファスは当たりをつけ、現在も捜査が行われている。

限られた者しか入室できないエレノア王妃の部屋に、いったい誰が不審物を持ち込んだのか。

ルーファスの指揮の下さらなる調査が行われ、徐々に事件の全容が浮かび上がっていくのだった。

＊　＊　＊

エレノア王妃の居室の天蓋カーテンが、有害物質だと判明してから数日後。

ルーファスは事件の進捗をレオナルドに報告していた。

「王妃様暗殺に加担した容疑者を一名、連れて参りました」

「よくやった。ここへ」

レオナルドの命令により謁見の間の扉が開き、両手を後ろで拘束された男がひとり、玉座の前に引っ立てられてくる。

乱れた茶髪にヘビのように鋭い目つき、王宮官吏の制服を身につけた容疑者の男は、騎士に両側から肩を押さえつけられ深紅の絨毯の上で膝をついた。

「氏名、身分、役職を名乗れ」

「……っ、カッ、カイン・チェスターと申します……。チェスター侯爵家の長男で、今は王宮に納められる備品や献上品の検査を行う部署で、管理役人を務めております……。あの……自分はなにゆえ……ここへ呼ばれたのでしょうか……？」

「余計なことは言わなくていい。すぐに分かる」

ルーファスは、震える声で質問してくるカインを冷淡にあしらい、背後に控える騎士に目配せして、その場に箱を持ってこさせた。

目の前で蓋を開けると、ただでさえ顔色の悪かったカインがさらに青ざめ、盛大に顔を引き攣らせる。

「箱の中にあるこの品は、王妃様の寝室にあった毒物だ。カイン・チェスター、見覚えがあるのではないか？」

「……いっ、いいえ……！」

カインは首を大きく横に振って否定するが、その異常な動揺具合から見ても、事件への関与は明白だった。

「嘘をつかない方が身のためだぞ。王妃様のお命を脅かした罪は重い。極刑になってしかるべきところだが、素直に白状すれば情状酌量《じょうじょうしゃくりょう》の余地があるかもしれない」

「王妃様のお命を、脅かした……？」

カインがまるで初耳だと言わんばかりに目を見開き、聞き返してくる。

この期に及んでまだ無実を演じているのか、それとも本当に知らなかったのか。

本人の口からすべてを語らせなければいけない。

「恐れながら、レオナルド国王陛下。王妃様がご体調を崩されたのは、職務を怠り不審物の搬入を未然に防げなかった、カイン・チェスターの責任です。この者を、極刑に処すのが妥当かと存じます」

「きょっ……極刑……!?　ひぃいいぃ……！　ちっ、違うのです!!」

ルーファスが、あえて全責任をカインに負わせるような言い方をすれば、本人は悲鳴を上げて必死に否定しはじめた。

「どっ、毒だなんて知らなかったのです！　検品を誤魔化して物を搬入したら金がもらえるから、指示に従っただけで……」

「知らなかっただと？　お前は先日モディール公爵家に行っただろう？　王妃様の暗殺を命じた黒幕は、公爵家の人間ではないのか？」

「ルーファス様にはすでにお話ししましたが、ロザリー様に呼び出されたのは、王妃様には関わりのない別件の頼み事をされたからです。それに検品の指示はすべて匿名の手紙で受けておりましたので、誰が黒幕かは分かりません……。自分は本当に、なにも知らないのです……」

供述の内容には真実味があり、振る舞いからもカインが嘘を言っているようには見受けられない。

何者かによって、知らず知らずのうちにエレノア王妃の毒殺に加担させられていたというのは、本当なのだろう。

もっとも、知らなかったから許されるような軽い罪ではないが――。

「この件について自分は無関係なのです‼　ですから、どうか、どうかお許しを……‼」

カインが縋るように玉座を見上げるが、睨み返すレオナルドの視線は真冬の凍て風のごとく冷たく、刺すような鋭さだった。

「貴様が賄賂《わいろ》を受け取り悪事に加担した結果、我が妃の命が危機に晒された。たとえ殺意がなくとも、その事実は揺るがぬものである。しかるべき捜査ののち、司法の裁きと処罰を下す。それまで牢《ろう》の中で己の愚かさを悔やむがいい」

「そんな……！　金のために、ほんの出来心だったのです……！　嫌だ……牢屋なんて嫌だ！　いやだあああ！」

絞り出すような絶叫が謁見の間に反響し、騎士に両脇を拘束されたカインは涙と鼻水を流して、引きずられながら連行されていった。

その様子を冷静な面持ちで眺めていたレオナルドだったが、ルーファスとふたりきりになった途端、肘掛けに拳を叩きつけて堪えきれぬ怒りを露《あら》わにする。

「なんたることだ、愚か者め！　侯爵家の長男ともあろう者が、金に目がくらみ犯罪の片棒を担いでいたとは。宮廷役人として十分な報酬を得ていただろうに、なぜそんなにも金が必要だったのだろうか」

「カイン・チェスターは虚栄心が強く、自分をよく見せるためなら金を惜しまない散財癖があったようです」

数年前、カインは実家の税収を横領したことで父親のチェスター侯爵と口論になり、後継者の資格を剥奪されて勘当を言い渡された。

その後、母親の援助でなんとか宮廷役人になれたものの、落ちぶれたと周囲から見下されないように、以前にも増して金遣いが荒くなったようだ。

「方々から金を借り、負債で首が回らなくなったところを、犯人に利用されたのでしょう」

「そういう事情であったか。それにしても、よくチェスター侯爵子息が関与していると分かったな」

「あの男はジュリエの元見合い相手で、最初に悪評を流した人物なのです。そのため、結婚当初から監視をつけておりました」

これまでカインに目立った動きはなかったが、先日の婦人茶会の直後、ロザリーに呼び出されてモディール公爵邸に赴いたとの情報を入手した。

ジュリエに逆恨みしたロザリーが、カインと手を組んでよからぬことを企んでいるのではないかと懸念を抱いたルーファスは、再度ふたりを徹底的に調査。

その結果、ここ最近のカインは一介の宮廷役人にしては羽振りがよく、また莫大な借金を一度に全額返済していたことが明らかとなった。

突如としてカインの懐に入ってきた不明な大金、検品係という職務内容、エレノア王妃の居室で見つかった有害物質、すべてが繋がっていたのだ。

ちなみに、逮捕直後にカインの取り調べを行い、ロザリーとなにを話していたのか、ルーファスが直に問いただしたところ――。

『ジュリエに……あっ、いえ、ジュリエ〝様〟に、恨みを持つ者同士、仲よくしようと言われました』

『仲よくとは、具体的にはどのようなことだ？』

『金をやるから、目障りなジュリエ様を襲って痛い目に遭わせろと……。もっ、もちろん断りました！　なにもするつもりはなかったのです。信じてください！』

必死にそう弁明していたが、金に目がくらんだカインが果たして本当に断ったのかは疑わしいところだ。

何度思い返しても、抑えがたい怒りがこみ上げてくる。

ジュリエに危害を加えようとした者たちを、絶対に許してなるものかと考えていると、レオナルドが心配そうに声をかけてきた。

「ルーファス、どうしたのだ？　すさまじく恐ろしい顔をしているぞ」

「すみません、少し考え事を。王妃様のお命を脅かされた兄上の憤り、よく分かります」

「あ、あぁ……そうか、理解してくれたか」

「現在、闇商人の取り締まりに着手しておりますので、すぐに有害な布の取引記録など、証拠が見つかるはずです。また疑わしい人物には全員、監視をつけております。無論、最も疑わしいモディール公爵家にも」

「さすがは聡明な我が弟だ。今からでも王宮に戻って、余の補佐をする気はないか？」

冗談半分、本気半分といったレオナルドの誘いに、ルーファスもやや軽い口調で答える。

「光栄なお話ですが、遠慮いたします。この事件が解決したら、妻とのんびり領地で過ごしたいので」

「そういえば、お前たちは息抜きに王都へ来たのだったな。あれこれと巻き込んで、すまないことをした」

「ええ、まったくですよ。報酬はきっちりいただきますので」

「ハハハ！　国王相手にも手厳しいな！」

和やかに談笑していたその時、王宮騎士が血相を変えて謁見の間に飛び込んできた。

「ご報告いたします！　西の離宮から――‼」

＊　＊　＊

この日、私はルーファスと共に王宮を訪れていた。

敷地の入り口で分かれて、彼はレオナルド国王陛下にお会いするため王城の謁見の間へ。

私はエレノア王妃の仮住まいになっている西の離宮へと、それぞれ赴く。

「来てくれてありがとう、ジュリエ。さあ、中へ入ってちょうだい」

笑顔で私を出迎えてくれたエレノア王妃は、以前とは打って変わって顔色がよく、表情も溌剌としている。

聞けば日に日に体調がよくなっているようで、ずっと続いていた咳もようやく治まり、息苦しさもかなり和らいだらしい。

寝室から発見された毒物には、不妊の症状を引き起こす危険性もあったが、幸い今のところ目立った後遺症はなく、治療を行えば問題なく子を授かれると、宮廷医からお墨付きを得たそうだ。

いつになく饒舌なエレノア王妃の話に頷いていると、彼女が「あっ」と口元に手を当てて、恥じらうように目を伏せた。

「わたくしったら、楽しくて一方的に話してしまったわ。ごめんなさい。ジュリエは本当に聞き上手ね」

「王妃様のお話がとても面白いので、つい聞き入ってしまいました」

「まぁ、褒め上手でもあるのね。ふふっ、ありがとう。息苦しさがなくなって、すっかりおしゃべりになってしまったみたいなの。けれど今日は侍女がほとんど出払ってしまっているから、ジュリエが来るまで話し相手がいなくて寂しくて」

「侍女のみなさんは、どちらへ行かれたのですか？」

「王宮の私室の清掃が終わって近々戻る予定だから、その準備に行ってもらっているのよ。この離宮も住み心地はよいのだけれど、王城から離れているせいで、陛下にご足労をかけるのが申し訳なくて……。できれば早く元の生活に戻りたいのよ」

レオナルド国王陛下はエレノア王妃に会うため、公務を終えた後や多忙の合間を縫って、足繁くここに通っているそうだ。

国王夫妻の仲睦まじい日常に微笑ましくなっていると、コンコン――とノックの音が響き、次いで「新しい紅茶をお持ちしました」と侍女の声が聞こえてくる。

エレノア王妃が入室を許可すると、年配の侍女がティーポットとお菓子を載せたワゴンを押しながら入ってきた。

その侍女の顔にエレノア王妃は見覚えがなかったようで、「あら？」と不思議そうに呟いた。

「お手伝いに来てくださった臨時の方かしら？」

「さようでございます、王妃様。今日は離宮の人手が足りないとのことで参りました」

優しげな顔立ちの侍女は、手際よくお茶を淹れ、果物の載ったタルトの皿を私たちの目の前に置いていく。そして室内を見回してから、エレノア王妃に声をかけた。

「お部屋が少々暗くはございませんか？　灯りをおつけいたしましょうか？」

「本当ね。急に曇ってきたからかしら。お願いするわ」

侍女が「かしこまりました」と恭しく頷いた後、部屋のあちこちにある燭台に順に灯りをともしていく。

再びおしゃべりを始めた私たちの横で、侍女がエレノア王妃のそばにある燭台に近づいた時、視界の端で一瞬なにかがキラリと光った。

なんだろう？と思い目を向けると、侍女の手にあったのは鋭利な短剣。

「王妃様――！　危ない‼」

凶刃が振り下ろされるのとほぼ同時に、私はエレノア王妃に覆い被さるように抱きついた。

その直後、胸元にあるお守りのネックレスが、パリンッと音を立てて砕け散る。

私は目をつぶり背中に刃が突き立てられる痛みを覚悟したが、衝撃と激痛は訪れず、その代わりに「ギャアアッ！」という苦悶《くもん》の絶叫が耳をつんざいた。

驚いてそちらを見れば、私の背中にあるはずの短剣がなぜか侍女の胸に突き刺さり、純白のエプロンドレスが真っ赤に染まっていく。

暴れ回る侍女が燭台をなぎ倒し、蝋燭の火がその場から床を走るように一気に燃え広がった。

突然の出来事に、私は一瞬その場に立ち尽くしてしまったけれど、熱風を感じてすぐに我に返り、燃えさかる炎から逃れるためエレノア王妃の手を取って立ち上がらせる。

「王妃様、早くここから逃げましょう！」

「えっ、ええ……！」

私はエレノア王妃に火の粉がかからないようにローブを被せ、手を引いて部屋の外に出ると、守衛のいる正面玄関へと駆け出した。

すると徐々に、男たちの叫び声や騒がしい足音、剣が交わるような金属音が聞こえてくる。

「早く王妃を探せ‼」

「王妃様をお守りしろ‼　何人《なんぴと》たりとも、ここを通すな！」

敵味方が入り乱れる喧噪を耳にした私は、その場で足を止めた。

一刻も早く味方と合流したいけれど、出入り口では騎士と刺客が交戦中に違いない。

戦場と化した場所にエレノア王妃をお連れするのは危険だ。

どうにか敵の目を掻《か》い潜《くぐ》って、安全なところに逃がす方法はないだろうか……。

「王妃様。離宮の出入り口は、この先の一ヶ所だけでしょうか？」

「ええ、そうです」

「それでは、隠し通路かなにか、外に出る手段は他にないでしょうか？」

エレノア王妃は一瞬考え込むように目を伏せた後、正面玄関とは真逆の方向を指さした。

「そこを曲がった先の廊下に、外へと続く隠し通路があります。近くにある騎士像の盾を動かすと、扉が開くはずです」

「分かりました。王妃様は先に、その隠し通路から脱出してください」

「えっ、ジュリエはどうするの？　一緒に行きましょう？」

「それが……侍女に襲われた時に足を挫《くじ》いてしまって、これ以上は走れないのです。必ず後を追いますので、先に行ってください。そのローブ、お借りします」

私はエレノア王妃が羽織っていた王家の紋章の入ったローブを受け取ると、すぐに身にまといフードを目深に被った。

「ジュリエ……貴女まさか、囮《おとり》になろうとしているの……!?　そんなのダメよ！　貴女を置いていけないわ！」

「どうかお願いします、王妃様！」

「でも……」

エレノア王妃は首を横に振ってその場に留まっていたけれど、私が必死に懇願すれば、目に涙を浮かべながらも最終的には頷いてくれた。

「分かりました。先に行きますが、必ず、必ず……追いついてきてくださいね！」

「はい！　後でお会いしましょう。どうかご無事で！」

背を向けて走っていくエレノア王妃に続いて、私も痛む足を引きずり進んでいると――。

「王妃がいたぞ！　追え‼」

背後から獣の唸《うな》りのような恐ろしい声が聞こえてきて、私は煙の充満する廊下を一心不乱に駆け出した。

徐々に近づいてくる無数の足音、迫りくる怒号。

恐怖と炎の熱さで滲む汗が、こめかみから頬を伝って滴り落ちる。

なんとか騎士像の近くまでたどり着いたけれど、足音と敵の声はすぐそばまで迫っていた。

私はいざとなったら戦うしかないと覚悟を決めて、騎士像の腰にある細剣《レイピア》を手に取る。

その直後、曲がり角から黒いローブに身を包んだ影のような刺客が現れ、剣を構える私の顔を見るなり苛立たしげに舌打ちをした。

「クソッ！　こいつは王妃じゃない。囮とは舐《な》めた真似しやがって」

「さっさと殺《や》って、標的を追うぞ」

「待て、殺すな。王妃がどこへ逃げたのか聞き出すのが先だ」

黒ずくめの刺客が言葉を交わしながら、手にした血塗れの剣を鈍く光らせ、私にゆっくりと近づいてくる。

「ほぅ、随分と勇ましい女だ。さすがは王弟夫人といったところか。だが、女の細腕で我々に敵《かな》うはずもない」

刺客は何度か戯《たわむ》れのように私と刃を交えた後、突然鋭い一撃を放ち、こちらの細剣を弾き飛ばす。

カランと音を立てて剣が床に転がり落ちた時には、敵の刃が私の喉元に突きつけられていた。

「おい！　殺すなと言っただろう！」

「ああ。すまん、すまん」

仲間に引き留められて刺客が剣を引いた直後、私は恐怖のあまりその場にくずおれた。

「さあ、王弟夫人。王妃の居場所を、さっさと吐いてもらおうか」

（あぁ……もうダメだ……）

追い詰められ、固く目を閉じて身を縮こまらせた、その時――。

「穢《けが》れた手で、私の妻に触れるな」

突如として、低く威厳のある声が耳に飛び込んできた。

ハッと顔を上げて目を凝らすと、煙の向こうから抜き身の剣を携えたルーファスが姿を現し、その背後には王宮騎士たちも控えている。

刺客たちがチッと舌打ちをして一斉にルーファスに飛びかかるが、彼の鮮やかな剣さばきになす術なく、うめき声を上げながら次々と床に崩れ落ちていく。それを、騎士たちが速やかに捕縛した。

ルーファスは真っ先にこちらへ駆け寄ってきて、へたり込む私の前で片膝をつき、顔を覗き込んでくる。

「ジュリエ、大丈夫か！　怪我は？」

「足を少し挫いてしまいましたが、大丈夫です。ルーファス様こそ、火傷をされているのではないですか？」

「私は大丈夫だよ」

そう答えるルーファスの頬は煤《すす》で汚れており、身にまとう外套《がいとう》は火の粉に晒され、ところどころに焦げ穴が空いていた。

その姿は言葉よりも雄弁に、ここに来るまでの苦労と危険を物語っている。

「ここまで炎と煙がひどいと、隠し通路は使えないな。戻って出入り口から脱出しよう」

ルーファスは素早く自分の外套を脱いで被せてくれたかと思うと、次の瞬間には、ひょいと私の身体を横抱きにして歩き出した。

「しっかり掴まっていてくれ」

そう告げてから、彼は燃えさかる離宮の中を駆け抜けていく。

私は言われた通りにしがみつき、力強い腕の中でおとなしくしていると、しばらくしてから「もう大丈夫だよ」と優しく声をかけられた。

顔を上げれば間近に端正な美貌があり、穏やかな微笑を浮かべたルーファスと目が合う。

「あっ、ありがとうございます、ルーファス様」

地面にそっと下ろしてもらい、今しがた出てきた離宮を見ると、エレノア王妃の部屋の窓から激しい炎が上がっていた。

建物の周りでは、騎士が消火活動のため忙しなく行き交い、縛り上げられた刺客たちが押送されていく光景も見られる。

「王妃様は今どこにいらっしゃるのでしょうか？　ご無事、なのですよね……？」

「ああ、無事だよ。今は王宮で休んでいるはずだ。王妃様から、ジュリエがまだ離宮の中にいると聞いた時は、心臓が止まるかと思った。本当に、無事でよかった……」

ルーファスが珍しく険しい顔で「無茶なことをして」と呟き、大きな手で私の頭を撫でる。

怒ったような表情に反して、その手つきは壊れ物を扱うように優しかった。

その後、ルーファスに支えられながら王宮へと向かい、国王夫妻の部屋に入ると、すぐさまエレノア王妃が駆け寄ってきて私を抱きしめた。

「あぁ、ジュリエ……とても、とても心配したのよ……。ルーファス様が間に合って、本当によかった……」

「王妃様、ご心配をおかけしました。私は大丈夫です」

安心させるように微笑むと、エレノア王妃は感極まって涙を流し、そんな彼女の肩をレオナルド国王陛下が抱き寄せ、労るようにさすっている。

「ジュリエ。身を挺《てい》して王妃を守ってくれたこと、心から感謝する。ありがとう」

私は頭を下げて感謝の気持ちを受け取った。

その様子を見守っていたルーファスが「兄上、王妃様」とふたりに呼びかける。

「ジュリエの手当てが済んでおりませんので、我々はこの辺で」

「近くの部屋に宮廷医たちを待機させているから、すぐに行きなさい」

国王夫妻の部屋を辞した私たちは、別室にて宮廷医の診察と治療を受けることになり、捻挫《ねんざ》した私の足には薬が塗られ、添え木をして固定された。

医師が退室して静かな空間にひとりきりになると、嫌でも先程の恐ろしい出来事が頭に浮かんできてしまう。震える身体を自分で抱きしめていると、隣室で治療を受けていたルーファスが私の元にやってきた。

ベッドサイドの椅子に腰かけた彼は、包帯の巻かれた私の首と足を見て「痛むか？」と気遣うように問いかけてくる。

「治療のおかげで、今はだいぶ痛みも引きました。この程度でしたらすぐに治ると、お医者様も言っていましたから、大丈夫ですよ」

「傷痕が残ったら大変だ。優秀な医師を手配しておこう」

「私はルーファス様の火傷の方が心配です。大丈夫なのですか？」

燃えさかる離宮から脱出する際、ルーファスは私に防炎外套を貸してくれていたため、熱波と火の粉に晒されてしまっていた。

本人は相変わらず涼しい顔で「平気だよ」と言っているけれど、相当熱かったに違いない。

よく見れば、髪の毛の先がところどころ焼け焦げて縮れている。

無意識にそこへ手を伸ばしかけて、自分の指先がひどく震えているのに気付き、私はとっさに腕を引いた。

そして、指の震えを隠すため両手を握りしめていると、私の手にルーファスの大きな手がそっと重ねられる。

包み込まれるような温かな手のひらの感触に、張り詰めていた緊張の糸が切れてしまって、胸の奥からこみ上げる感情と共に目に涙が滲んでしまう。

子供じゃないのだから、泣きじゃくるようなこと、したくない。

それなのに……。

「ジュリエ、ひとりでよく頑張ったな。もう、大丈夫だ」

ルーファスが寄り添うように優しく言葉をかけてくれたから、堰き止められていた感情が一気に溢れ出してしまった。

今こうして無事でいられることへの安堵と、彼が危険を顧みず助けに来てくれた喜びで、涙が次から次へと頬を伝ってこぼれ落ちる。

両手で顔を覆って泣きじゃくる私を、ルーファスはただ黙って抱きしめ、慰めるようにずっと頭を撫でてくれていた。

（あぁ……私は、ルーファス様のことが……）

ずっと目をそらしてきた気持ちを自覚した途端、彼への想いが溢れてしまって。

もう、見て見ぬふりはできそうになかった。

七章　役目を終えたお飾り妻は……

エレノア王妃暗殺未遂事件は、レオナルド国王陛下の命を受け、ルーファス王弟殿下が陣頭指揮を執って早急に捜査が行われた。

現行犯逮捕された刺客たちは厳しい取り調べの末、モディール公爵に雇われて犯行に及んだと、全員が自供したという。

さらに、モディール公爵はエレノア王妃の暗殺を刺客以外にも命じており、その実行役として選ばれたのは、暗殺の心得がある年配の宮廷侍女だった。

代々のモディール公爵家当主は、長い年月をかけて王宮内に多数の配下を潜り込ませていたようで、今回の侍女もそのひとり。

犯行当日、暗殺を命じられた宮廷侍女は、西の離宮の侍女を王宮へ行かせるように仕向け、エレノア王妃の周囲が手薄になったところで犯行に及ぼうとしたようだ。

しかし、偶然にも離宮を訪れていたジュリエ王弟夫人が、身を挺してエレノア王妃を守ったことで暗殺は失敗に終わった。

以前から、レオナルド国王陛下は王宮内に潜む間者の捕縛に着手していたが、今回の事件を受けて、よりいっそう取り締まりを強化することを宣言している。

首謀者であるモディール公爵は企みが失敗に終わったのを知り、首をつって死のうとしたところを取り押さえられた。

その処罰については現在裁判中ではあるものの、クライン王国で最も重い刑が科されるものと予想される。

また、今回の事件によってモディール公爵家は取り潰しとなり、あぶり出された配下の者たちも全員逮捕。

モディール公爵の指示を受けて、エレノア王妃の命を脅かしたカイン・チェスター侯爵子息は身分を平民に落とされ、過酷な強制労働の刑が科された。

それに伴いチェスター侯爵家には、降格処分と領地没収が言い渡されている。

一時はロザリー・モディール公爵令嬢も捕らえられたが、父親とは違って法に反する行いはしていなかったため釈放された。

だが、これまで彼女が幾度となく繰り返してきた問題行動により、処罰を求める世間の声は日に日に高まっている。

新聞各社の記者が、釈放後のロザリーの足取りを取材したところ、帰る家を失った彼女は縁者の貴族を頼ったが、手を差し伸べる者は誰ひとりとしていなかったようだ。

身分も金もなく、労働の経験もないロザリーは、今どのようにして生きているのか。

この先、ロザリー・モディール元公爵令嬢の歩む道は、牢の中より辛く険しいことだろう。

さらに別の角度からモディール公爵家を捜査していくと、さまざまな組織や団体に賄賂を配り、不正や犯罪まがいの行為を強要していたことも判明した。

公爵家と関係のあった組織のひとつが、グレイス女学校。

校長は癒着《ゆちゃく》の事実を認め、公爵家の命令で生徒に不当な処分を下したことや、ロザリーによる虐めと支配を容認していたことを深く謝罪した。

その後、上層部は退き、学校運営が適正に行われるようになるまで、グレイス女学校は国の管轄下に置かれることに。

そこで新たな監督役となったのが、卒業生でもあるエレノア王妃だ。

公務復帰の場となる就任会見には多くの国民が集い、温かな拍手と声援が送られた。

いまだに一部の貴族からは『世継ぎの産めない王妃』、『学校を監督する前に一刻も早い男児のご出産を』と心ない言葉を囁かれているが、エレノア王妃は意に介していないようだ。

悠然と微笑み『よい知らせをお待ちください』と余裕ある対応をする彼女に、巷では賞賛の声が上がっている。

さらに、レオナルド国王陛下とエレノア王妃が、ふたり揃って公の場で事件のあらましを説明した。

『ジュリエ王弟夫人が、身を挺して王妃の命を救ってくれた』と感謝の意を表すると共に、『世間に広まっているジュリエ王弟夫人に関する悪評は、すべて一部の貴族が意図的に流した虚偽の情報』だと、明言されたのだった。

＊　＊　＊

離宮での一件で私は捻挫と首に少しの切り傷を負ったものの、ルーファスが傷痕を心配して腕のよい医師を集めてくれたおかげで、時が経つにつれて怪我は綺麗に治っていった。

事件の後処理で多忙にもかかわらず、ルーファスは私のことを気にかけて、大切にしてくれている。

彼のことを考えると鼓動が速くなり、心惹かれていると自覚してしまった以上、自分の気持ちに嘘をつけなくなってしまった。

はじまりは愛のない契約結婚だったけれど、共に過ごすうちに私の心に愛情が芽生えたように、ルーファスの気持ちにも変化が訪れてほしいと願ってしまう。

（ルーファス様の本当の妻になりたい。でもそのためには、六年前のことを打ち明けて、ちゃんと向き合わなきゃいけないよね……）

そう自分に言い聞かせて、お茶を飲みながら新聞を手に取ると【モディール公爵の愚かな野望】という大見出しが目に入った。

【モディール公爵は娘のロザリーを、当時王太子だったレオナルド国王陛下に嫁がせようと根回ししていたが、三年前に陛下がエレノア侯爵令嬢に一目惚れしてしまい水の泡となった。

王妃が無理ならば側妃でも構わないと画策するも、レオナルド陛下はエレノア妃以外の女性を娶る気はないと断言して、またもや計画は失敗に終わる。

しかし野心家な公爵はなおも諦めず、今度は娘をルーファス王弟殿下に嫁がせて、レオナルド国王陛下の失脚と王弟殿下の擁立をもくろむが、オルティス伯爵令嬢とご結婚されたことで企みは破綻《はたん》した。

ルーファス殿下のご結婚については、かねてより疑問視する声が多く上がっていたが、今回明らかになった政治的背景を見ると、モディール公爵を牽制するためのご決断だったのだと推察される】

食い入るように新聞に目を落としていた私は、すべてを読み終えると、無意識に詰めていた息を吐き出した。

政治的な理由による結婚だとは聞いていたけれど、まさかこんな事情があったなんて……。

この記事の内容がすべて本当だとしたら、モディール公爵が逮捕された今、ルーファスが私と夫婦であり続ける理由はなくなってしまった。

でも優しい彼はきっと、役目を終えたからといって、すぐに離婚したいとは言い出せないのだろう。

できることなら見て見ぬふりをして、ここで幸せに暮らしたい。

けれど、ルーファスのことを想うのなら――。

（私から別れを切り出して、彼を自由にしてあげるべき、よね……）

ルーファスが帰宅したらそのことを話そうと気持ちの整理をしていたけれど、夜になってエマから「今夜は王宮へお泊まりになられるそうです」と知らせを受けた。

「そうですか……分かりました」

「あら、ジュリエ様。お顔の色が優れませんが、いかがなさいました？」

「えっ？　えっと……最近、ぐっすりと眠れなくて」

「まぁ……。そうですよね、あんなに恐ろしいことがあったのですもの。わたくしったら、気付かずに、すみません。よく眠れるようにお茶を淹れて参りますね」

エマが持ってきてくれた安眠茶を何杯も飲んだものの、その晩はまったく寝付けず、頭に浮かぶのは、エヴァンズ邸で過ごした幸せな思い出の数々。

この温かな日々も、もうすぐ終わり……。

役目を果たしたお飾り妻は、静かに退場するのよ。――そう自分に言い聞かせて、私はベッドの中でひとり涙を流した。

そして一夜明けた翌日の朝、ようやくルーファスが帰宅して、私は玄関ホールへと出迎えに向かった。

「お帰りなさいませ、ルーファス様。お疲れのところ申し訳ございませんが、お話ししたいことがございます。お時間をいただいてもよろしいでしょうか？」

「もちろん、構わないよ。すぐに聞こう」

なるべく平静を装っていたのだけれど、声が微かに震えてしまったせいで、私の様子にルーファスは違和感を覚えたのだろう。

朗らかな微笑から一転、表情を引きしめて「それでは、執務室に行って話そうか」と言って歩き出した。

向かい合って座り、話を切り出そうとするけれど、ルーファスを目の前にすると胸が激しく締めつけられて、昨夜から何度も頭の中で練習した台詞をなかなか言い出せない。

そんな私をルーファスは急かすことなく、静かに待ってくれている。

（本当に素敵な旦那様……）

だからもう私との契約結婚から解放されて、これから先は心から愛せる人と幸せになってほしい。

「ルーファス様。私と……離婚していただけませんか？」

「……ん？　り……離婚？　今、離婚と聞こえた気がするのだが……すまない、聞き間違いをしたようだ」

「いいえ、聞き間違いではございません。離婚と、申し上げました」

「離婚……」

ルーファスは目を見張りひどく驚いた顔をした後、悲しげな表情になった。

いつもならどんな質問に対しても冷静に素早く答える人なのに、今は私を見つめたまま口を閉ざしている。

どうしてそんなに傷ついたような顔をするのだろう……？

しばらく息苦しいほどの沈黙が流れ、ようやく彼が引き結んでいた口を開いた。

「……少し、時間が欲しい」

掠れた声でそう呟くルーファスは、とても疲れた様子に見えて、私は申し訳なくなった。

自分の気持ちに区切りをつけたくて、帰宅早々、離婚を切り出してしまったけれど、仕事明けの彼を気遣わない身勝手な行動だったと反省する。

「はい。お返事をお待ちしております。それでは、失礼いたします」

執務室を出ると、私たちがどのような会話をしていたのか心配だったのだろう、エマが廊下に立って待っていた。

「ルーファス様がとても疲れたご様子でしたので、疲労に効く飲み物を持っていって差し上げてください」

「えっ？　ええ、かしこまりました。ジュリエ様は、ルーファス様と一緒にお飲みになられないのですか？」

「えぇ。実は昨日もよく眠れなくて、体調が優れないので部屋で休みたいのです」

「まぁ……そうでしたか。なにかございましたら、すぐにお呼びくださいね」

勘のよいエマのことだから、ただならぬ雰囲気を感じ取っているとは思うが、あえてなにも聞かずにいてくれたのだろう。

エマの優しさに心の中で感謝を告げて、私はひとり自室へ戻ると、力が抜けたようにソファに座り込んだ。

自分から離婚してほしいと告げたのに、ルーファスの悲しげな表情を思い出すたび、本当にこれでよかったのだろうかと後悔が押し寄せてくる。

「ルーファス様のために、これでよかったの……」

みずからに言い聞かせるように呟いた声は、隙間風のように頼りなく、こみ上げる涙を我慢したせいで震えていた。

＊　＊　＊

ショックから立ち直れず呆然としていたルーファスは、ノックの音で我に返った。

返事をすると扉が開いて、お茶を持ったエマが執務室に入ってくる。

「ルーファス様がお疲れのご様子だと、先程ジュリエ様から伺いまして、飲み物を持って参りました」

そう言ってエマがカップにお茶を注いでいると、再び扉がノックされて、今度は大きな封筒を手に持ったメイソンが入室してくる。

メイソンが仕事の話をする前に、エマがいち早く口を開いた。

「先程はジュリエ様と、どのようなお話をなさっていたのですか？」

「……ジュリエに突然、離婚してほしいと言われた」

「ええっ⁉　りっ、離婚、ですか……？」

メイソンがひっくり返ったような声を上げて封筒を取り落とし、慌ててしゃがみ込んで拾い上げる。

そんな賑やかな息子に対して、エマは衝撃のあまり呆然として言葉を失っていた。

「母さん、大丈夫か？　えっと、それで……ルーファス様は、どのようにお答えになったのです？」

「少し時間がほしい、と答えた」

「え？　たったそれだけですか？」

メイソンの問いかけにルーファスが「あぁ」と頷くと、それまで固まっていたエマがハッと正気を取り戻し、普段の丁寧な口調とは打って変わって一気に捲し立てる。

「なぜ引き留めなかったのです？　ルーファス様は、ジュリエ様のことを愛していらっしゃるのですよね？　ご自分のお気持ちを、正直にお伝えにならなかったのですか？」

「母さん、ちょっと落ち着いてくれよ。ルーファス様が、ジュリエ様と離婚なんてするはずがないだろう」

メイソンが興奮するエマを必死に宥《なだ》めながら、こちらに向かって「そうですよね？　ルーファス様」と、同意を求めるように問いかけてくる。

正直に言えば、絶対に別れたくはない。

だが――。

「離婚するのがジュリエの望みであれば、それを受け入れずに引き留めるのは、可哀想だと思うのだ」

愛しているからこそ、ジュリエには誰より自由に、そして幸せに暮らしてほしい。

たとえそれが、自分のそばでなくとも。

「私は、オルティス家の弱みにつけ込む形でジュリエを娶った。彼女にとってこの結婚は、不本意なことだったのだろう。それに先日の事件に巻き込まれたことで、王弟夫人でいることに恐怖を抱いたに違いない」

「だからルーファス様は、黙って離婚を受け入れるおつもりなのですか？」

「あぁ、そうしようと思っている。もちろん離婚後もオルティス家の後ろ盾になり、彼女が不利益を被らないよう最大限手を尽くして、陰ながら見守り続けるつもりだ」

そう答えれば、エマは両目に涙を滲ませて「あぁ……そんな……」と嘆き、悲しみに打ち震える声でルーファスに訴えた。

「わたくしは……ジュリエ様と離れて暮らすなど、もう……想像すらできません。それに、あのお方は突飛な言動もなさいますが、軽率な発言をするような性格ではございません！　行動の裏には必ず……必ず、なにか理由があるはずです」

エマが両手で顔を覆ってすすり泣き、その隣ではメイソンが眉間に深いしわを刻んで、物言いたげに唇を噛んでいた。

「メイソン。言いたいことがあるのなら、言葉を選ばずはっきり言ってくれて構わないよ」

「それでは……僭越ながら、申し上げます。今のルーファス様は、ジュリエ様と向き合うのを恐れて、避けているだけのように思えます。王族であり続けることに危険が伴うのなら、ルーファス様が守り、ジュリエ様を幸せにして差し上げるという選択肢は、ないのですか？」

メイソンはいつになく厳しい口調でルーファスにそう告げると、エマの肩に手を置いて元気づけるようにトントンと優しく叩いた。

「母さん、泣かないでくれ。さあ、もう行こう」

ふたりは部屋を出ていこうとしたが、メイソンは自身の手にある封筒に気が付き、ふと足を止めて振り返る。

「昨日、領地から早馬でこれが届いておりました。中身は、ルーファス様が修復を依頼しておられた『クライン王国、いにしえの王弟の手記』という題名の文献です。事前に目を通したところ、今のルーファス様にぜひ読んでいただきたい内容でしたので、すぐにご確認をお願いいたします」

メイソンは執務机の上に封筒を置き「すぐに、必ず読んでくださいね」と念を押して、エマを連れて静かに部屋を出ていった。

いつも温和で丁寧な口調を崩さないメイソンが、今日のように感情的に話すのは珍しく、そこまでさせてしまうほど自分の選択は間違っているのだろうかと、心が揺れはじめる。

封筒に手を伸ばしたルーファスは、中から一冊の手記を取り出して目を落とした。

――それは今から遠い昔のこと。

ブルーバードの棲むエヴァンズ領を治めていた王弟は、下級貴族の令嬢を妻に迎えた。

王弟と下級貴族令嬢。地位の釣り合わぬふたりの結婚を、国民は〝身分差の恋〟などと噂していたが、実際はそのような甘い関係ではなく。

令嬢はブルーバードの声を聞くことができたので、王弟はその稀有《けう》な能力を利用するために娶ったのだった。

夫婦になった日、王弟は初夜の褥《しとね》で妻にこう告げる。

『これは目的のための婚姻、ゆえに私に愛など期待するな。役目を果たせば、そなたの実家を援助するが、期待はずれであれば離縁する』

その後、王弟は妻の能力を活かしブルーバードの恩恵を受けて、領地を繁栄させていった。

そうして共に過ごすうちに、王弟とその妻は徐々に心を通わせていくが、クライン王国は周辺国との戦争に巻き込まれ、王弟に出撃命令が下ってしまう。

『旦那様。どうかこれを、お守りとしてお持ちください』

そう言って妻が手渡してきた小袋の中には、七色に煌めく神秘的な石が入っていた。

『どうかご武運を。お帰りをお待ちしております』

守り石を胸に妻に見送られて出征した王弟は、激しい戦いのさなか、戦場で命の危機に瀕することになる。

敵の凶刃が間近に迫り死を覚悟した瞬間、なにかが弾ける音がして——気が付けば、王弟は怪我ひとつなくその場に立っていた。

あまりにも不思議な出来事に、もしやと思い胸元に忍ばせていた小袋の中身を確認すれば、守り石は粉々に砕け散っていた。

『妻が守ってくれたのだな。帰ったら礼を言わなければ』

その後、クライン王国は勝利を収め王弟はエヴァンズ領に凱旋《がいせん》するも、会いたいと願っていた妻は戦時中に亡くなっており、亡骸《なきがら》はすでに埋葬されて土の中。

『あぁ……こんなことになるのなら……もっと早くに、告げればよかった……』

初夜に残酷なことを言われたにもかかわらず、自分の身を案じて守り石を持たせてくれた、健気で心優しい妻。

初めは能力のために娶ったが、共に過ごすうちに王弟は彼女に惹かれていった。

だが、結婚早々ひどい言葉を浴びせてしまったことを考えると、想いを口にするのが憚《はばか》られ、ついぞ気持ちを伝えられなかった。

激しい後悔に苛《さいな》まれ、今更ながらに彼女を恋しく思うも、二度と会うことは叶わない。

『幸福と奇跡を運ぶ青い鳥よ。どうか、どうか……次に生まれ変わる時は、妻に溢れんばかりの幸せを届けてほしい』

ブルーバードには、死した魂を別の生き物に宿らせたり、生まれ変わらせたりする奇跡の力があると、一部の人々の間で信じられている。

この先いつか、妻の魂が巡り巡って転生できたその時には、大好きなブルーバードと共に争いのない世界で平穏な暮らしができるように。

王弟は残りの人生を、平和とブルーバードを守るために費やした。

手記の最後には、家臣へ向けたものだろう、震える字でこう綴られている。

『私の命の灯火は、もうすぐ消えようとしている。おそらく夜明けは、迎えられないだろう。死したのちは妻の隣に埋葬してほしい。彼女は私になど、会いたくはないだろうが……私は、できることなら、もう一度妻に巡り会って、今度こそ……幸せに……』

文章はそこで途切れてしまい、後ろに続く空白が、王弟の人生の終わりを物語っている。

手記を読み終えたルーファスは、愛する人に想いを伝えられずに生涯を終えた、王弟の後悔と悲しみに触れて、胸にこみ上げてくるものがあった。

そして、今これが自分の手元に巡ってきたことに、運命を感じずにはいられない。

——『今のルーファス様は、ジュリエ様と向き合うのを恐れて、避けているだけのように思えます』

本を閉じて目をつむれば、メイソンの言葉が脳裏に浮かぶ。

ジュリエに結婚を申し込んだ時、自分は『恋愛感情を求めはしないし、夫婦の触れ合いも跡継ぎも必要とはしていない』とそっけなく告げ、さらに目的のために彼女の悪評を利用した。

そのことを詫びたいと思っていたのに、いつまでもジュリエと向き合えずにいたのは、彼女の心が自分から離れてしまうことを恐れていたから。

だがこのままでは、手記を残した王弟のように、自分も悔やむことになるだろう。

今はまだジュリエが手の届くところにいるのだから、物分かりのよいふりをして離婚を受け入れるのではなく、考え直してもらえるように努力すべきではないか。

一度きりの人生、悔いのないように自分の思う通りに生きるべきだと、ジュリエから教えてもらったのだから。

心を決めて執務室にエマとメイソンを呼ぶと、部屋に入ってきたふたりは固唾を呑んでルーファスの言葉を待っていた。

「先程はすまなかった。ふたりのおかげで目が覚めたよ。ジュリエの心を繋ぎ止めるために、私は最後まで懸命に足掻《あが》くことにする」

ルーファスが力強く告げると、メイソンは安堵したように表情を和らげ、エマは感極まって再び涙ぐむのだった。

＊　＊　＊

ひとり自室にこもって、いったいどれほど時が経ったのだろう。

時間を確認しようとソファの背もたれから上体を起こすと、扉が軽くノックされて、エマがワゴンを押して入ってきた。

「失礼いたします。先程から、なにもお飲みになっておられませんでしょう？　お茶をお持ちいたしました」

ルーファスとのことを尋ねられると思っていたのに、エマはなにも言わず普段通りにお茶を淹れてくれる。

「さあ、どうぞ」と促されて一口飲めば、温かな紅茶が疲れ切った身体に染み渡り、後悔に塗りつぶされていた心がホッと安らいだ。

感じたまま「おいしい……」と呟けば、エマは「それは、ようございました」と目尻のしわを深くして微笑み、そして優しい面持ちのまま語りかけてくる。

「ルーファス様から、お話は伺いました」

なんの話？と訊かなくても、離婚の件だとすぐに分かった。気まずくて俯く私に、エマが静かな声で言葉を続ける。

「ルーファス様が、ジュリエ様とお話ししたいと仰せです。気持ちが落ち着きましたら、会ってほしいと」

「はい……」

カップをテーブルに置き、立ち上がらなければと思うのに、自分の意思に反して身体が言うことを聞いてくれない。

あんなことを言ってしまった後で、どんな顔をして会えばよいのだろう……。

俯いたままでいると、エマは寄り添うように隣に座って、固く握りしめた私の両手を包み込むように手を重ねた。

温かくて柔らかな手のひらの感触に、私はなぜだか泣きそうになってしまう。

「侍女が主人に物申すなど、本来ならば許されることではございません。ですが、わたくしを母のようだとおっしゃってくださったジュリエ様に、わたくしも我が子だと思って、老婆心ながら申し上げます。ジュリエ様が今お抱えになっている悩みを、どうかルーファス様にお話しになってくださいませ」

「ですが、今更……」

「ルーファス様のことがお嫌いなのであれば、わたくしからはもう、なにも言えることはございません。ですが、ジュリエ様、そうではありませんよね？」

嫁いできてからずっと私を見守ってくれたエマに、これ以上、嘘はつけない。

「……嫌いでは、ありません。……愛して、おります……」

思わずこぼれた『愛している』の言葉と共に、私の頬に涙が伝った。

本当の気持ちを口にしてしまったら最後、ルーファスへの想いが溢れて、感情は雫へと変わり止めどなくこぼれ落ちる。

エマはそっとハンカチを差し出してきて、慰めるように優しく背中を撫でてくれていた。

「でしたら、ジュリエ様。どうか、ルーファス様にすべてお打ち明けくださいませ。他でもないジュリエ様ご自身が、後悔しないように」

「私が、後悔しないように……」

「ええ、そうです。わたくしも長いこと生きて参りましたが、取り返しのつかない過去を悔やむことほど、辛いものはございません。みな等しく、人生は一度きりなのですから」

人生は一度きり……あぁ、そうだった。

六年前、ルーファスに『一度きりの人生だもの。自分の思う通りにしないと、後悔すると思う』と偉そうに言ったのは、他でもない私なのに。

今まさに、悔やむと分かっていながら自分の心に嘘をつき、過去を隠して後ろめたい気持ちを抱えたまま、彼から逃げようとしている。

「ジュリエ様。想いは口にしないと伝わりませんよ。よいことでも、悪いことでも、ルーファス様に言いたいことがおありなら、お伝えになるべきです。あの方は必ず受け止めてくださると、乳母のわたくしがお約束いたします」

「……そうですよね。伝えなければ、いけませんよね。私……ルーファス様に、すべてをお話しします」

「ええ、ええ！　それがようございます！　それでは、王宮に参りましょう」

「えっ、王宮？　ルーファス様のお部屋ではなく、王宮へ行くのですか？」

エマはニッコリ微笑むと、私の気が変わらないうちに出発しなければと思ったのか、いつにも増して手際よく着替えを手伝ってくれた。

そうして身支度を整えてエマと共に玄関へと向かえば、そこにはメイソンが立っており、私に気付いた瞬間ホッとしたように表情を緩めて、扉を開けてくれる。

「ジュリエ様。いってらっしゃいませ」

微笑むメイソンに見送られて馬車に乗り込み、私は待ち合わせ場所に向かって出発した。

馬車が貴族街を抜けて順調に王宮へ近づくにつれて、緊張感が高まっていく。

ほどなくして到着したのは、私たちが最初に出会った場所――ルーファスの亡きお母上の離宮だった。

建物の中に入ると、見覚えのある赤いビロード絨毯の廊下が奥まで続いている。

思い返せばこの離宮で迷子になって二度もルーファスと出会い、最終的には夫婦になってしまうなんて、もう運命としか言いようがない。

きっと六年前の出来事に向き合いなさいという、神様の思し召《おぼめ》しなのだろう。

「この扉を出た先の中庭で、ルーファス様がお待ちになっております。わたくしがご一緒できるのは、ここまでです。この先はジュリエ様おひとりで」

エマが庭園に続く扉を開けてくれたので、私は深呼吸をして心を静めて、ひとり中庭へと下り立った。

枝葉の隙間から差し込む柔らかな陽光、風に乗って漂う緑の香り。

みずみずしく咲き誇る草花の間を縫って、石畳の小道が奥へ奥へと続いている。

やがて目の前に噴水が現れ、その奥に白い支柱に青い円形屋根のガゼボが見えてきた。

ルーファスはガゼボのベンチに腰かけ遠くを眺めており、その姿を目にした途端、私は動けなくなってしまう。

声もかけられずに戸惑っていると、私を視界に捉えたルーファスが微笑みを浮かべながら歩み寄ってきた。

「ジュリエ、来てくれてありがとう。あそこに座って話そうか」

ベンチに並んで腰を下ろせば、静寂の中、吹き抜ける風が草花を揺らし、先程まで晴れていた空から急に大粒の雨が降ってくる。

その光景をぼんやり眺めていると、雨音に負けないほど力強い声が耳に届いた。

「ジュリエ。私は、離婚を受け入れることはできない」

驚いてルーファスの方を見ると、彼は真剣な面持ちで真っ直ぐに私を見つめている。

「愛している。だから離婚はしたくない」

突然の予期せぬ告白に、私の頭の中は真っ白に塗りつぶされた。

（……え？）

驚いて声も出せずにいると、彼がいつになく感情を込めて、ひたむきに語りかけてくる。

「君に『恋愛感情は求めない、夫婦の触れ合いも跡継ぎも不要』と、今思えば最低なことを言ってしまった、本当にすまない。一生かけて償っていく。どうか許してほしい」

「え？　えっと……？　ルーファス様……？」

謝るルーファスの姿を見て私はハッと我に返り、謝罪しなければいけないのは自分の方だと思った。

「どうか、謝らないでください。目的があっての結婚ということは承知しておりましたから。それより謝罪しなければいけないのは……私の方なのです。ルーファス様、六年前は大変なことをしてしまい、申し訳ございませんでした」

「え？　なんのことだろう？」

「処罰されても仕方のないことをしたと、分かっております。ですが、どうか家族だけは……父と弟は、お許しください……」

「ジュリエ、待ってくれ。話がまったく分からないが、君を処罰するなどありえないよ」

恐る恐るルーファスの顔を仰ぎ見れば、彼は困り果てたような表情をしていた。

「君はなにか勘違いをしているようだな。六年前とは、ここで出会ったことだろうか？」

緊張で身体を強ばらせて、震える声で「はい……」と答える私にかけられたのは、思いもしない言葉だった。

「あの時のことなら、私はとても感謝している」

「えっ、えぇ？　感謝、ですか……？」

「あぁ、そうだよ。私は、君の言葉に背中を押されて叔父と決別し、兄上と対立しない人生を選ぶことができた。それなのに、どうして処罰されると思ったのか、本当に謎だよ」

「それは……ルーファス様が『お礼』をするために、中庭で出会った少女のことを何年も探しているると、エマから聞いたので……」

彼は不思議だと言わんばかりの表情をしながら、静かに私の言葉の続きを待っている。

「ルーファス様はきっと、王位継承権を放棄したことを後悔していると思ったのです。ですからお礼はお礼でも、自分に不利益を与えた人間に復讐する『お礼参り』だと、考えてしまったのです」

「フッ、寝言でお礼参りと言っていたのは、そういうことか……君にはいつも驚かされるな」

ルーファスは口元に朗らかな笑みを浮かべると、優しく問いかけてくる。

「まさか、私に処罰されるのが恐ろしくて、離婚したいと言い出したわけではないよね？」

「隠し事をしているのが辛くなったのは確かですが、一番の理由はモディール公爵が逮捕されたことで、お飾りの妻はもう不要になったのだと思って……」

「それで、みずから身を引こうとして、離婚したいと言ったのだな？」

私が小さく頷くと、包み込むようにそっと抱きしめられた。

「ジュリエ。私のことを嫌いになったわけではないのなら、もう二度と、離婚すると言わないでほしい。君を、愛しているんだ。君なしではもう、私は生きていけない」

ストレートな告白と、まるで離さないと言わんばかりの熱い抱擁に鼓動が速くなり、胸が熱くなる。

「ここで出会った少女のことが、ずっと忘れられなかった。だがどんなに探しても見つからなかったから、私は一生、恋などできないと諦めていたのだ。だけどジュリエと結婚して、明るく心優しい君に惹かれていった。気付けばもう、君しか見えなくなっていたよ」

「ルーファス様……。私、ルーファス様のお気持ちにまったく気が付かなくて、ひとりで悩んで……道に迷っていました」

ルーファスは「フッ」と笑って私からゆっくり身体を離すと「君はよく迷子になる人だから

ね」と、からかうように告げてくる。

「六年前も三年前も、道に迷った君と私は出会った。この先君が迷っても、必ず私が見つけるよ。どんなに時が経ち、姿が変わろうとも、何度だって私は、ジュリエに巡り会い恋をする」

この瞬間があまりにも幸せすぎて、こみ上げる喜びと共に涙が頬を伝ってしまい、ルーファスがそれを優しく拭ってくれる。

「初めて会った時に言ったことは、すべて撤回させてほしい。もう一度、最初から夫婦生活をやり直したい。心から、ジュリエを愛している」

「私も、ルーファス様のことを、愛しています」

蕩《とろ》けそうなほど甘い眼差しを注がれて、熱を帯びた美しいネイビーブルーの瞳に見とれていると、ルーファスがクスッと微笑んだ。

「ジュリエ。そろそろ、目を閉じてほしいのだが」

「あっ、はい。私ったら、また……」

慌ててまぶたを閉じて、私は静かにその時を待つ。

そっとルーファスの唇が触れて、甘やかすように何度か重なり合った後、吐息を奪うような深い口づけが施される。

甘美なキスに翻弄されているうちに、次第に雨音が遠ざかり、世界にふたりきりになったような錯覚を覚えた。

唇を離して目を開ければ、ルーファスが愛おしそうに私を見つめ、幸福を噛みしめるように微笑んでいる。

「ようやく、誓いの口づけをやり直せた。これから、ふたりで一から始めていこう」

「はい、ルーファス様」

差し出された手を取ってガゼボを出れば、雨はすっかり上がっていた。

辺り一面に咲き誇る色とりどりの草花は、雨粒を受けてキラキラと煌めき、頭上には大きな虹がかかっている。

晴れやかな気分だからだろうか、視界に映る世界がいつもより爽やかで明るい。

未来を祝福するかのような美しい空を見上げ、私とルーファスは寄り添い微笑み合って、新たな夫婦生活の一歩を踏み出した。

中庭から離宮に入る扉を開けると、すぐそばの廊下に立っていたエマが、不安そうな面持ちで歩み寄ってくる。

「エマ、心配をかけたな」

そう言ってルーファスが固く繋いだ手を持ち上げてみせると、エマは一瞬にして笑顔になり、

「まぁ……！　本当に、本当にようございました」と噛みしめるように呟いた。

「メイソンも案じていることだろう。さあ、帰ろうか」

エントランスホールを目指して歩いていると、純白の制服を身につけた近衛騎士がこちらに駆け寄ってきた。

「レオナルド国王陛下から、伝言を預かって参りました。お帰りになる前に謁見の間にいらしてほしいと、仰せです」

「ジュリエ、そうしてもよいだろうか？」

私が頷くと、ルーファスが「すぐに伺うと伝えてくれ」と言い、近衛騎士は恭しく頭を下げて去っていった。

再び歩き出そうとすると、エマが「わたくしは急ぎの用がございますので、先にお屋敷へ戻らせていただきます」と告げてくる。

「ん？　急ぎの用とは？」

「ルーファス様、なにをおっしゃいますか。もちろん、今宵の準備でございますよ。おふたりの寝室を整えなくてはいけませんので、これにて失礼いたします」

エマは淀《よど》みなくそう告げて、私とルーファスがなにかを言う前に、軽やかな足取りで行ってしまった。

今宵の準備、ふたりの寝室……。

なにを意味しているのか分かってしまい、自然と頬が熱を帯びてしまう。

恥じらい俯く私の隣で、ルーファスが苦笑しながら「エマは、気が早いな」と呟いた。

「安心してくれ、ジュリエ。先程、気持ちが通じ合ったばかりなのだから、私は急ぐつもりはないよ。心の準備ができるまで、いつまでも待っている。少しずつ歩み寄ってくれれば、それで十分だ」

「ルーファス様……。その……私は、待っていただかなくても……大丈夫です」

俯いて思ったままのことを正直に告げると、そっと肩を抱き寄せられ、低く掠れた囁きが耳に触れた。

「まったく、君という女性は……私の心を乱す天才だな。今夜は、覚悟しておくといい」

ルーファスがやけに艶っぽい声で言うものだから、僅かな不安と、それを上回る好奇心にも似た感情で、私の胸は激しく高鳴ってしまうのだった。


それから、外回廊を渡って王宮に入り謁見の間の前まで行くと、両脇に立つ衛兵が重たい扉を開け放ち、室内へ通してくれる。

あの事件の後、私が国王夫妻の元を訪ねるのは、これが初めて。

御前に行くと、レオナルド国王陛下が「よく来たな」と笑顔で迎えてくださり、エレノア王妃は一段高いところからわざわざ下りてきてくださって、そっと私の手を取った。

「ジュリエ、先日は本当にありがとう。身の危険を顧みずわたくしを守ってくれて、とても感謝しています。その後、お怪我の具合はいかがかしら？」

「おかげさまで、すっかりよくなりました。お気遣い、ありがとうございます」

「それはよかった……安心しました。実は、ジュリエが回復したら王宮舞踏会を開こうと、陛下と話していたのです。先日の婦人茶会では、限られた者にしか紹介できませんでしたから、今度は正式な場を設けて、貴女を王族の一員としてお披露目したいのです。いかがかしら？」

これから私はお飾りではなく、ルーファスの本物の妻として、人生を歩みはじめるのだ。

いまだに夢のようだけれど……すごく、すごく嬉しい。

「とても光栄でございます」

「それでは決まりね。ふふっ、楽しみだわ」

私が感極まりながら答えると、エレノア王妃が嬉しそうに微笑んで、レオナルド国王陛下とルーファスが揃って満足そうに頷いた。

「ふたりとも、今宵は王宮に泊まっていってはどうだ。ジュリエの回復を祝って、晩餐会を開こうではないか」

「すみません、兄上。大変ありがたいお誘いですが、今夜は妻とふたりきりで過ごす予定ですので、晩餐会はまたの機会に」

レオナルド国王陛下はルーファスと私を交互に見てから、穏やかに目を細めて頷いた。

「そうか、分かった。ルーファス。お前は今まで我が国のため、さまざまな苦労を背負い、時にはみずからの身を削って尽力してくれた。だがこれからは、自分と、そして大切な者を守るために生きよ。それが、兄としての願いだ」

「お言葉、胸に刻みます」

「そしてもうひとつ、言っておきたいことがある。王位継承問題に悩まされたお前のことだ。国を乱さぬよう子を設けないなどと考えているのではないか？　もしそうであれば、そのような考えはやめよ」

「やはり兄上には気付かれていましたか。確かに少し前までは、そう考えていました。ですが、今はそのような気持ちはございません。ジュリエが私を変えてくれましたので、これからはひとりの人間として、自分の人生を大切に歩んで参ります」

信念のこもったルーファスの言葉に、レオナルド国王陛下は深く頷き、その隣ではエレノア王妃が優しい微笑みを浮かべていた。

私とルーファスはその後、国王夫妻に別れを告げて、連れだって王宮を後にする。

馬車は夕焼けに彩られた街を走り抜け、別邸前に到着する頃には、辺りはだいぶ暗くなっていた。

屋敷の中に入ると、いつもは大勢の使用人たちが一列に並んで出迎えてくれるけれど、今日エントランスホールに立っていたのは、私たちの事情を知るメイソンだけだった。

「ルーファス様、ジュリエ様。お帰りなさいませ」

そう告げて恭しくお辞儀をしたメイソンは、寄り添うように佇む私たちを見て、ホッとしたように顔を綻ばせる。

「おふたりのことは母から聞いて安心しておりましたが、以前にも増して仲睦まじいご様子。よかったですね、ルーファス様」

「ああ。メイソンにも、心配をかけてすまなかった」

「どうかお気になさらないでください。さあ、中へ。お食事の準備が整っておりますよ」

ルーファスと共に夕食のテーブルにつくけれど、私は胸がいっぱいで食が進まず、早々にカトラリーを置いた。ちょうどその時、エマがダイニングルームに入ってくる。

「ジュリエ様。お食事がお済みでしたら、ご入浴にいたしましょうか？」

気を利かせたエマがそう尋ねてくれたので、私は頷きルーファスに挨拶をしてから部屋を後にした。

浴室に行くと、侍女たちによって頭のてっぺんから爪先までピカピカに洗い清められる。

入浴の後、薄いシルクの夜着に着替えてドレッサーの前に座れば、エマが丁寧に髪をとかして薄づきの寝化粧を施してくれた。

その後も、爪を整えたり、よい匂いのする香水をつけたりと、あれこれ支度をするうちに時間はあっという間に過ぎていき、すべてを終える頃には夜もだいぶ深まっていた。

「それでは、ジュリエ様。わたくしはこれで下がらせていただきます」

「ありがとう、エマ。おやすみなさい」

「ええ、おやすみなさいませ」

エマが退室してひとり寝室に残された私は、緊張のあまり浅く呼吸を繰り返し、高鳴る胸を押さえながらルーファスの訪れを待った。

支度中は忙しくて緊張も緩和されていたけれど、いざその時を目の前にすると、どうしても意識してしまう。

椅子に腰かけソワソワと身じろぎすると、動くたびに上質なシルクの夜着が肌の上をサラリと滑り、艶を増した髪が肩から胸元にこぼれ落ちる。

精油の混ぜ込まれたキャンドルがゆっくりと燃え、薄暗い寝室を柔らかな光とほのかな花の芳香で満たしてゆく。

安らぎ効果のある香りに包まれ、ゆらゆら揺れる蝋燭の灯りを見つめていると、徐々に眠くなってきてしまった。

そういえば離婚を告げた後悔と悲しみで、昨夜はほとんど寝ていないのだった……。

少し前までは絶望の中にいたのに、今はルーファスと新たな夫婦生活の一歩を踏み出そうとしている。

夢のような幸せを噛みしめていると、とてつもない眠気が襲ってきた。

（寝ちゃ、ダメ……ルーファス様が、もうすぐ来るから……）

そう思っていても、まぶたがどんどん重くなっていく。

舟をこぎながら必死に抗うが睡魔は私を逃がしてくれず、とうとう視界が暗闇に覆われた。

「んぅ……」

身体が揺れる感覚で目が覚めてまぶたを持ち上げると、ルーファスの端正な美貌が超至近距離にあって私は息を呑んだ。

あれ？　ソファに座って待っていたはずなのに、彼の腕に抱かれているということは……。

「あのぅ……私、眠っていました、よね？」

「ああ、声をかけても起きないほど、ぐっすりと。奥様、このままベッドまでお連れしてもよろしいでしょうか？」

「はっ、はい……」

ルーファスは優しい微笑みを浮かべながら寝台まで近づくと、広いベッドの上に私をそっと座らせてくれた。

いつもは客室として使用しているこのツインルームは、急遽《きゅうきょ》エマの手によって私たち夫婦の寝室に模様替えされている。

セミダブルベッドをふたつ並べた広々とした寝台、純白のシーツの上に座る私の目の前に、ルーファスが恭しく跪《ひざまず》いて手を取った。

「ジュリエ、愛している」

熱を帯びたネイビーブルーの瞳に見つめられ、低く艶やかな声でそう囁かれれば、鼓動は抑えられないほど速くなる。

「私も、です……」

小さな声で答えれば、ルーファスは幸せそうに笑って目を伏せ、私の手の甲に口づけを落とした。

私を怖がらせないよう気遣う彼の仕草はとても優しくて、額や頬に柔らかなキスの雨が降り注ぐたび、ますます脈が速くなっていく。

唇で首筋をなぞられると、背中にゾクッとするような感覚が走り、触れられたところから熱が広がり全身が火照ってくる。

強く抱きしめられた後、口づけを待ちわびていると、耳元でルーファスが切なげに囁いた。

「そんなにねだるような仕草をされたら、手加減できなくなりそうだ。ジュリエ。それでも、いいのか？」

掠れた声色、途切れ途切れに告げられる言葉、触れ合ったところから伝わる熱い体温。

そして恋い焦がれて求めるように私を見つめる、ひたむきな表情。

それらすべてからルーファスの想いが伝わってきて、心の内が幸福で満たされてゆく。

静かに頷くと、彼は長い指で私の口元をなぞり、そっと唇を重ねてきた。

甘やかすような優しいキスは、次第に深い口づけへと変わっていく。

私が羽織っているローブに彼の手がかかり、僅かな衣擦れの音と共に、布地が肌の上を滑り落ちた。

露わになった肩や鎖骨、素肌の至る所にルーファスが口づけを落としていく。

まるで、私の身体に自分の存在を刻みつけるように。

夢中になって彼の激情を受け止めていると、いつしかローブは脱がされていて、薄い夜着しか身につけていない私の姿に、彼の熱い眼差しが注がれた。

結婚式の時に見たルーファスの瞳はまるで深海のように暗く冷ややかで、なんの感情も窺えなかったのに……。

今は『君のすべてが欲しい』と情熱的に訴えかけてくる。

見つめ返して頷けば、ルーファスは自分が羽織っていたローブを脱ぎ捨て、私を優しくベッドに横たわらせた。

色気を滴らせた男っぽい表情で見つめられて、じらすように長い指先で触れられるたび、抑えきれないほど鼓動が高鳴り、全身に甘い痺れが走る。

「愛している、ジュリエ」

「……私もです、ルーファス様」

告白は口づけと共に甘い吐息となって、真夜中の静寂に溶けていく。

こうして私たちは、身も心も固く結ばれた本物の夫婦になったのだった。

＊　＊　＊

その夜、クライン王国の王城では盛大な王宮舞踏会が開かれていた。

シャンデリアの明かりが煌々と輝く黄金のダンスホールには、国内外から多くの賓客が招かれ、みな主役の登場を今か今かと待ちわびている。

今宵の舞踏会は、公の場にめったに出ないルーファス王弟殿下とジュリエ夫人が出席するとあって、ふたりの話題で持ちきりだ。

「王弟夫妻の〝あの噂〟は、本当なのかしら？」

「ええ、わたしも気になりますわ。おふたりが政治的な理由で結婚した、契約夫婦だという話ですわよね？」

「まさか、そんなこと……。でも、浮いた話が一度もなかったルーファス殿下が急にご結婚なさったのは、やはりそういうことなのかも……」

「本物の夫婦か、それとも演技なのか。見れば分かりますわ。ふふっ、楽しみですわね」

そう囁く女性たちの目には隠しきれない好奇心が滲んでおり、ホールに集った人のほとんどが同じような表情をしていた。

それまで静かな音色を奏でていた宮廷楽団が華やかな曲を演奏しはじめ、王族席の奥にある扉からレオナルド国王陛下とエレノア王妃が入場してくる。

その後ろに続いて、王弟夫妻がついに人々の前に姿を現した。

純白に金糸の刺繍が施された夜会服を身にまとうルーファス王弟殿下は、いちだんと美しく高貴な雰囲気を漂わせており、この場に集った女性はみな彼に熱い視線を注ぐ。

「あぁっ……ルーファス殿下！　今宵も素敵ですわ……！」

「ええ、本当に……。それにしても、殿下があのようなお顔をなさっているのを、わたくし初めて見ました」

「わたくしもですわ。なんだかとても、お幸せそう……」

今まではどこか掴みどころのない笑みを浮かべていたルーファス王弟殿下が、今宵はとても優しく幸せそうに微笑んでいることに、女性たちは目ざとく気付いた。

ルーファス王弟殿下の視線の先にいるのは、青いドレスを身につけたストロベリーブロンドの髪の可憐な女性。

「あの方が、ジュリエ王弟夫人か……。いやぁ、お美しいな」

「あぁ、そうだな。それに、とても幸せそうなご様子ではないか。あの噂は本当ではなかったということだな」

麗しい王弟夫妻の姿に、その場に集った者たちは感嘆のため息をこぼした。

そして寄り添い微笑み合う様子を目の当たりにして、仮初めの夫婦だという話は嘘だったのだろうと口々に囁く。

人々は華やかな王宮舞踏会で夢のようなひとときを過ごし、翌日にはその模様が各社の新聞の一面を飾った。

【昨夜クライン王城で行われた王宮舞踏会に、ルーファス王弟殿下とジュリエ夫人がご出席し、息の合った見事なダンスを披露された。

一部の間では、王弟夫妻は愛の伴わない契約結婚ではないかと噂されていたものの、舞踏会でのおふたりは終始笑顔で寄り添い、とても仲睦まじいご様子だった。

さらに宴のさなか、ルーファス王弟殿下はジュリエ夫人を優しく抱き寄せて、このように愛を囁く場面もあったという。

『君に出会えたことが、私の人生で一番の幸福であり、奇跡だ』

ブルーバードの伝説になぞらえたルーファス殿下の愛の言葉に、ジュリエ夫人は幸せそうに微笑み、その場は祝福ムードに包まれた。

幸福と奇跡を運ぶという青い鳥の伝説に、縁結びの逸話が加わる日も、近いのかもしれない】

エピローグ

四季が移り変わり、年月が流れ――。

エヴァンズ公爵領に再び、爽やかな初夏の季節が訪れていた。

嫁いできた当初から広大な面積を有していたエヴァンズ邸だったが、居住部分の増築によって今では一段と大きくなっている。

かつて私が剣を振っていた裏手の空き地にも見事な芝生が敷き詰められ、木陰に設置した自作のベンチはいまだに健在。

お揃いのテーブルも作って並べ、今も休憩場所として利用している。

剣の稽古や木工作業に続き離婚されるために始めた農業は、土壌が整い作物を育ててみると楽しくて、つい夢中になってしまった。

いつもは私がなにをしても笑って見守ってくれるルーファスだったが、連日屋外で作業をする妻が心配になってしまったのだろう。

『さすがに頑張りすぎだ。このまま見過ごすわけにはいかないよ。人を手配する』

そう言って、驚くべき早さで農作業員を雇ってしまったのだった。

こうして趣味で始めた小さな畑は私の手を離れ、今では本職の方々によって四季折々の野菜や果物が育てられている。

雲ひとつない青空の下。日差しが降り注ぐ夏の畑では、野菜の収穫をしている侍女たちのそばで、子供が舌足らずなはしゃぎ声を上げていた。

「あった！　あった、でしゅ！」

葉の間にあるキュウリを見つけて弾けるような笑顔を浮かべるのは、もうすぐ三歳の誕生日を迎えようとしている息子のアレン。

父親似のネイビーブルーの瞳がキラキラと輝き、ぴょんぴょんと飛び跳ねるたびに柔らかな金髪が揺れている。

そのすぐそばには、すっかりアレンと仲良くなったリラとロットの姿もあり、『ピィ、ピピピッ！』と、さえずりながら周囲をパタパタと飛び回っていた。

「キューリ、キューリ～！　ど、れ、に、しゅる、かな？　これっ！」

「あっ！　アレン様、素手で触ってはいけませんよ。新鮮なキュウリは、トゲが鋭くて危険ですからね」

アレンはお目当てのキュウリに伸ばしかけていた手を慌てて引っ込めて、大きな瞳でエマを見上げ可愛らしくお願い事をする。

「チョッキン、して、くらしゃい」

「ええ、分かりました。こちらがよろしいのですね？　それでは、トゲが刺さらないようにいたしますので、少々お待ちくださいね。……はい。このままお持ちいただいても、大丈夫でございますよ。どうぞ」

「わぁ……！　ありがとう、でしゅ！」

エマが採れたてのキュウリを丁寧にハンカチで包んでくれたので、アレンは笑顔で受け取り、きちんとお礼を言ってから私の方へと駆けてくる。

「おかあ、しゃまぁ～！」

「あっ、アレン様！　畑の中を走ったら危ないですよ！」

「はぁ～い！　あっ、うわあっ！」

エマが危惧した通りアレンは土に足を取られたようで、前のめりになって転んでしまった。

ベンチから立ち上がる私の耳に、「ヒック、ヒック……」という泣き出す寸前の声が聞こえてくる。

近くにいるエマは助け起こしたいという顔をしつつも我慢して見守っていて、地面に下り立ったリラとロットが慰めるかのように、モフモフの身体をアレンにすり寄せた。

すると少し離れた場所から、ルーファスの低く伸びやかな声が聞こえてくる。

「アレン！　泣いては、いけないよ！」

「ヒック……ヒック……おとう、しゃまぁ～！」

アレンは顔を歪めながらも泣くのを必死に堪えていて、息子の元にたどり着いたルーファスは地面に片膝をつき優しく語りかけた。

「我慢して偉いぞ！　次は自分ひとりで立ち上がれるな？　もう兄になったのだから、アレンはできるはずだ。頑張れ！」

「……うん。ぼく、ぼく……ヒック……がん、ばる……！」

その場にいる者たちが固唾を呑んで見守る中、アレンは大きな目に涙を溜《た》めながらゆっくりと立ち上がった。

「すごいぞ！　よく頑張ったな、アレン！　だがこれから走る時は、十分に気をつけること。分かったな？」

「はい！　おとう、しゃま！」

ルーファスはアレンの顔や手、膝についた土埃を払い、怪我をしていないか確かめた後「よし、大丈夫だ」と呟いて、優しく頭を撫でてあげていた。

アレンにすぐ手を貸してしまう私とエマは、日頃から何事も自分でさせるようにとルーファスから注意されていて、最近はできるだけ見守るように心がけている。

「あれぇ？　ぷれ、じぇんと。どこぉ……？　ポキッ、しちゃった⁉」

「大丈夫ですよ、アレン様。折れずに、ここにございます！」

エマからキュウリの無事を知らされたアレンは満面の笑顔になり、喜ぶ息子の様子にルーファスも表情を緩める。

そんな愛する息子と旦那様に、私は優しく微笑みかけた。

「アレン、さすがお兄ちゃんね。泣かないで自分で立ち上がって、すごいわ！」

私に手放しで褒められて、もう一度ルーファスに頭を撫でられたアレンは、照れたように
「エヘヘ……」とはにかんだ。

「おかえりなさいませ、ルーファス様」

「ただいま、ジュリエ。……おや？　我が家のお姫様は、お昼寝中のようだな」

「はい。つい先程までは、起きていたのですけれど」

私の腕の中ですやすやと寝息を立てている長女のリリィを見つめて、ルーファスが幸せそうに微笑んだ。

その様子を眺めていたアレンが私のドレスを、ちょんちょんと引っ張り、目をまん丸にしながら首を傾げた。

「おかあ、しゃま。リリィ、また、ねたの？」

「えぇ。赤ちゃんは、たくさん寝て大きくなるの。アレンもそうだったのよ」

「えーっ！　ぼくも？」

「ハハハッ！　あぁ、そうだよ。それよりアレン、国王陛下と王妃様からたくさん玩具と菓子をいただいてきたよ。リビングに置いてあるはずだから、見に行ってごらん」

「おもちゃ！　おかし！　わぁ～い！」

『ピィ、ピピ、ピッ〜！』

アレンのはしゃぎ声につられるようにリラとロットも高らかに鳴き、いつものように息子の両肩にとまった。

ブルーバードたちのさえずりに合わせて、アレンが独特な音程の自作曲を口ずさむ。

「うわぁ〜い！　おかしぃ〜！　おもちゃぁ〜！　はやく〜、はやく〜！」

歌いながら、今にも走り出しそうに足踏みしているアレンに、メイソンがそっと手を差し出して優しく声をかける。

「アレン様。転ばないように、手を繋ぎましょうね」

「はぁ〜い！　あれぇ？　エマは？」

「わたくしもすぐに参りますよ。少しだけ待っていてくださいね」

アレンにそう一声かけてからエマがこちらを向き、私の腕の中で眠るリリィに視線を落として問いかけてくる。

「先に屋敷へ戻りますので、リリィ様をベッドにお連れいたしましょうか？」

「ありがとうございます、エマ。お願いします」

エマは私の腕からリリィを抱き上げると、両肩にブルーバードを乗せたアレンとメイソンと共に歩きはじめる。

ちなみに私へのプレゼントだと言っていたキュウリは、アレンの手に握られたままだった。

「あっ。キューリ、わしゅれた！」

「ジュリエ様の元へ戻りましょうか？」

「……ううん。メイソンに、あげ、ましゅ！　おいしい、でしゅよ！」

「ありがとうございます。ですが、せっかくですから、アレン様がご自分でお召し上がりになってはいかがですか？」

「うぅ……イヤ、でしゅ」

「えぇ？　今おいしいと、おっしゃっていたじゃないですか？　アッハハハ！」

メイソンは、アレンのことが可愛くて仕方がないといった様子で朗らかに笑い、そんなふたりの様子をエマが微笑みながら眺めている。

並んで歩く三人の後ろ姿をルーファスと共に見送りながら、私は王都から帰ってきたばかりの彼に話しかけた。

「お帰りは明後日だと聞いていましたが、随分と早かったのですね。王都での用事はすべて終えられたのですか？」

「あぁ、とりあえず。ディランの件が、思ったより早く片づいたからね」

「ディランの件って……！　またですか……!?」

私たち姉弟は恋愛運の乏しい星の下に生まれてしまったようで、男性運のない姉に続いて、弟の女性運も最悪だったのだ。

しかもディランときたら、私には毒舌のくせに女性の涙には弱くて、ハッキリと断れずにいるうちに、どんどんと関係がこじれてしまうみたい。

そうして収拾がつかなくなると、なぜか最終的にルーファスの元に連絡が来てしまう。

頼もしい私の旦那様は『愛する君の弟だからね、助けるのは当然だよ』と、いつも嫌な顔ひとつせずに事を収めにいってくれる。

「もう、あの子ったら、どうして毎回ルーファス様に連絡するのかしら？」

「まあ。男同士でしか話せないことも、いろいろとあるからね」

「そうだとしても……。そろそろ、自分で解決してくれないと困ります」

「問題があるのは女性の方だから、あまりディランを責めないでくれ」

（あぁ。私の旦那様はどうしてこんなにも、心が広いのかしら……）

結婚してから何度、そう思ったことだろう。

「いつも面倒な後始末をさせてしまって、ごめんなさい」

「苦にしていないから、気にしなくていい。それと、お義父さんが孫に会いたがっているとディランが言っていたよ。『いつでも、いらしてください』と伝えるように頼んでおいた」

「お気遣い、ありがとうございます」

前回、父と会ったのはリリィが生まれたすぐ後だったから、もう半年以上も前のこと。

成長した孫に会える日を、父も心待ちにしているに違いない。

大きくなったアレンを見て『背が伸びたなぁ！　ルーファス様にどんどん似てきて、将来が楽しみだ！』と、喜ぶ父の顔が目に浮かぶ。

「そういえば。王妃様がアレンとリリィに会いたいとおっしゃっていたよ」

「私のところにも王妃様からお手紙が届きまして、いつかリリィに似合う可愛いドレスを仕立てさせてねと、書かれていました」

「ハハハッ。兄上のところは男の子ばかりだから、女の子が羨ましいのだろう」

「そうかもしれませんね」

かつて一部の貴族から『世継ぎを産めない王妃』と呼ばれていたエレノア王妃だったけれど、それはもう昔のこと。

初産で待望の王太子を授かりその後もご懐妊なさって、現在四人の王子の母となった彼女に、もはやそのような不敬なことを言う者はいない。

グレイス女学校の監督役に就任したエレノア王妃は、それをきっかけに女性の権利拡大や社会進出の推進を積極的に行うようになった。

そのおかげで女性の活躍する機会が、数年前に比べてかなり増えたように思える。

さらに、リリィが生まれてからは——。

【可愛い姪《リリィ》が大人になる頃には、さらに住みよい国になるように、わたくしもますます頑張らなければいけませんね】

そんな決意の言葉が、毎回エレノア王妃の手紙に綴られるようになっていた。

「それはそうと、王妃様が多忙で構ってくれないと、兄上が嘆いていたよ。『そうならないように、お前も家族サービスは欠かすな』と釘を刺されてしまった」

「もしかして。早く帰宅した理由は、それでしょうか？」

「ああ。大切な妻に、愛想を尽かされたら大変だからね」

相変わらずルーファスは王宮に出向くたび、レオナルド国王陛下から夫婦円満の秘訣を伝授されて帰ってくる。

国王と王弟が膝をつき合わせて家庭の話をしているなんて、この国は本当に平和ねと微笑まずにはいられない。

「……ジュリエ。私が不在の間、寂しかったか？」

「はい、とても」

返事を聞いたルーファスは嬉しそうに口元を緩めると、片手で私の腰を引き寄せ、もう片方で焦らすように優しく頬や首筋に触れて、そっと唇を重ねてきた。

結婚して何年も経つのに、彼は昔となにひとつ変わらずに、ずっと私を愛してくれている。

「ルーファス様……そろそろ、戻りませんと……」

「そうだな……。では、この続きは夜に」

耳元で甘く囁かれ、恥ずかしくなって俯く私に、ルーファスは上機嫌な笑い声を上げる。

結婚した当初に比べて、彼はとても笑うようになった。

楽しげな旦那様に肩を抱き寄せられて、私たちは家族の待つ我が家へと歩き出す。

「たくさんの贈り物に囲まれて、きっとアレンは大はしゃぎでしょうね」

「あぁ。喜ぶ愛らしい姿が、目に浮かぶよ」


かつて偽りの笑顔で本心を覆い隠していた新郎と、いわくつき令嬢と噂されていた新婦は、もうどこにもいない。

最愛の伴侶を得て心から笑えるようになったルーファスと、愛を注がれ自分らしく伸び伸びと生きられるようになったジュリエ。

そしてエヴァンズ邸で暮らす人々は、今日も、そしてこれからもずっと――。

幸福と奇跡を運ぶというブルーバードの棲むこの地で、希望溢れる幸せな日々を積み重ねていくのだった。

END

あとがき

この度は『お飾り妻は嫌われたい！〜愛のない契約結婚のはずが、旦那様がなぜか離してくれません〜』をお手に取ってくださり、誠にありがとうございます。

作者の葵井瑞貴と申します。


ベリーズファンタジースイート様から二冊目となる本作は、完全書き下ろしで出版させていただけることになりました。

これもひとえに、作品を読んで応援してくださっている皆様のおかげでございます。


今回は、旦那様に嫌われて追い出されるために奮闘する主人公・ジュリエと、そんな彼女に興味を持ち惹かれていくヒーロー・王弟ルーファスとの、誤解から始まるすれ違いラブストーリーを書かせていただきました。

〝幼少期の出会い〟〝運命の再会〟〝ヒロインを想い続ける一途なヒーロー〟という私の大好きな要素を詰め込み、嫁ぎ先の人々との賑やかな交流なども織り交ぜてみましたが、いかがでしたでしょうか？

理不尽な目に遭い悪評を立てられながらも、挫けず歩み続ける前向きなジュリエを通して、少しでも元気をお届けできましたら幸いです。

最後になりますが、とても美しいイラストを描いてくださいました、夏葉《なつば》じゅん先生。刊行にご尽力くださいました担当編集S様、並びに編集協力H様。

制作・販売など本作に携わってくださいました、すべての皆様に、深く御礼申し上げます。

そして、この一冊を選んでくださり、ここまでお読みくださった皆様に、心より感謝申し上げます。

またどこかでお会いできることを願っております。

葵井《あおい》瑞貴《みずき》

お飾り妻は嫌われたい！
～愛のない契約結婚のはずが、旦那様がなぜか離してくれません～

2024年10月5日　初版第1刷発行

著　者　葵井瑞貴

発行人　菊地修一

発行所　スターツ出版株式会社

〒104-0031　東京都中央区京橋1-3-1　八重洲口大栄ビル７F
TEL　03-6202-0386（出版マーケティンググループ）
TEL　050-5538-5679（書店様向けご注文専用ダイヤル）
URL　https://starts-pub.jp/

印刷所　大日本印刷株式会社

ISBN　978-4-8137-9372-4　C0093　Printed in Japan

［葵井瑞貴先生へのファンレター宛先］
〒104-0031　東京都中央区京橋1-3-1　八重洲口大栄ビル７F
スターツ出版（株）　書籍編集部気付　葵井瑞貴先生